引きこもり令嬢は
話のわかる聖獣番9

JN118308

山田桐子

TOHKO YAMADA

一迅社文庫アイリス

CONTENTS

ミュリエル・ノルト
人づきあいが苦手で屋敷に
引きこもっていた伯爵令嬢。
天然気質で、自分の世界にはまると
抜け出せないという、悪癖がある。
現在、聖獣たちの言葉がわかる
ことから「聖獣番」として
活躍し、サイラスとは
婚約中。
サイラス・エイカー
聖獣騎士団の団長。
ワーズワース王国の王弟で、
公爵位を得ている。
どんな仕草でも色気が
あふれるという特殊体質で、
世の女性たちを虜にしている
という噂がある。
WORDS
聖獣
今はなき神獣である竜が、
種の断絶の前に、
己の証を残そうと異種と
交わった結果、生まれた存在。
竜の血が色濃く出ると、
身体が大きくなったり、
能力が高くなったりする
傾向がある。
パートナー
聖獣が自分の
名前をつけ、
背に乗ることを許した
相手のこと。
聖獣騎士団の
特務部隊
聖獣騎士団の本隊に
身を置くことができない
ほど、問題を抱えた聖獣
たちが所属する場所。

引きこもり令嬢は話のわかる聖獣番

レインティーナ・メールロー

聖獣騎士団の団員。
白薔薇が似合う男装の麗人で、
大変見目がよい。
しかし、見た目を裏切る
脳筋タイプの女性。

リーン・クーン

聖獣を研究している学者。
聖獣騎士団の団員としても
籍を置いている。
聖獣愛が強すぎる人として
知られる青年。

リュカエル・ノルト

聖獣騎士団の新団員。
ミュリエルの弟だが、
姉とは違って冷静沈着。
サイラスの執務の
手助けもしている。

CHARACTER

アトラ

真っ白いウサギの聖獣。
パートナーである
サイラスとの関係は良好。
鋭い目つきと恐ろしい
歯ぎしりが印象的だが、
根は優しい。

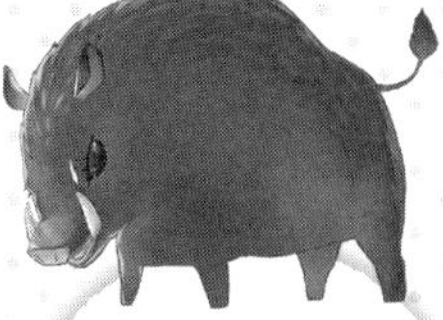

レグゾディック・デ・グレーフィンベルク

巨大なイノシシの聖獣。
愛称はレグ。パートナーで
あるレインティーナの
センスのなさに、悩まされ
続けている。

クロキリ

気ぐらいが高い、
タカの聖獣。
自分に見合った
パートナーが現れる日を
待っている。

ロロ

モグラの聖獣。
学者であるリーンが
パートナーであるため、
日がな一日まったりと
過ごしている。

スヴェラータ・ジ・オルグレン

気弱なオオカミの聖獣。
愛称はスジオ。
パートナーとなった
リュカエルが大好き。
彼からは「スヴェン」と
呼ばれている。

イラストレーション◆まち

引きこもり令嬢は話のわかる聖獣番9

HIKIKOMORI REIJYO HA HANASHINOWAKARU SEIJYUUBAN 9th.

プロローグ

齢《よわい》二十六にして、ここワーズワース王国のエイカー公爵であり聖獣騎士団団長でもあるサイラス・エイカーは、冬の入り口に差しかかった静かな執務室にて、直近の予定が書き連ねられた日程表を前に熟考していた。

まず念頭に置かなければならないのは、これからの一定期間、聖獣騎士団の機能が低下することだろう。とはいえ、そこに深刻な理由はない。本隊に在籍する聖獣の約半数が、冬眠に入るだけだからだ。一人と一匹として行動ができない間は、鍛錬に精を出すのが騎士の日課となる。しかしその一方で、他所《よそ》からの要請に駆り出されることもまた、決まっていた。

聖獣騎士団の環境が安定している最近を思えば、方々に散って活動したとて個々で解決できない問題に巻き込まれる可能性は限りなく低い。だから今、サイラスが深く思案している事柄は、私情と呼んで間違いのないものだった。

(私も時間が取れるうちに、夏と約束した婚姻に向けて、用意を進めておかなければ……)

サイラスは机に両肘《りょうひじ》をつくと、うつむくようにして額を組んだ指に預けた。もし今、同じ空間に人がいたならば、我らが団長をここまで深く思い悩ませている懸案とは、いったいどれほど重要なものなのだろうか、などと心配させてしまっただろう。

だが、なんのことはない。サイラスのつぶった眼裏に浮かぶのは、潤んで艶《つや》めく翠《みどり》の瞳《ひとみ》だ。

(夏……、夏、か。そこまで、私は我慢が利くだろうか……、……、……)

サイラスの苦悩は深い。奥手な反応をしてくれていた間は、大人《おとな》としての余裕を保つことができていたと思う。しかし、ここ最近はどうだ。求めれば応《こた》えてくれるどころか、強請《ねだ》ってくるあの仕草。色香まで漂いはじめたそれは、はっきり言って惚《ほ》れた男には毒なのだ。己はあと幾度、熱に浮かされて潤む翠の瞳に見上げられても、踏みとどまってみせねばならぬのか。

(せめて夏ではなく、春にしておけば……)

出会った頃《ころ》の様子から、二人に必要な時間は次の夏までだと算段した。だが、蓋《ふた》をあけてみれば己の婚約者は成長が著しい。すべての評価で「秀」を取る素直さは、伊達《だて》ではないのだ。

(……力量に見合うよう軌道を上方修正したいと伝えたら、受け入れてくれるだろうか)

見極めには、自他共に定評のあるサイラスだ。しかも、自身の望む形に持っていく筋道とて、なくはない。もちろん、無理強いすることは誓ってしないつもりだが。

サイラスはいったん気持ちを引き締めるために、今一度日程表を目で追った。全員が楽しい予定ばかりではないのだ。とくに、いまだパートナーの決まらぬクロキリには、見合い方法について横やりが入ったところでもある。無理に事を進めても、一利もないというのに。

「とはいえ、何事も目の前のことから一つずつ、確実にこなさなければならない、か」

独りごちると、サイラスは立ち上がる。まずは午後から取った半休のために、見栄えよく着替えることが必要だ。

1章　元引きこもり令嬢、見合いの立会人を拝命する

晴れているのに、冬の空はなんとなく頼りない水色だ。それでも遠くの山々の稜線《りょうせん》がくっきりと映えて見えるのは、空気が冷えて澄んでいるからだろう。ただし、木枯らしにさらされた丸裸の木々は寒々しく、葉を残すものとて緑の色は固くとげとげしい。

いつもの庭からの景色も、見渡す限りすっかり冬構えだ。しかし今日《きょう》に限っては、ミュリエルがそこに彩りを添えていた。いつもの聖獣番の緑の制服は着ておらず、温かみのある赤いワンピースにふわふわのマフラーを巻いた他所《よそ》行き姿は、冬枯れの景色のなかに咲く花のようである。

実際、ミュリエルを囲む聖獣騎士団の問題児である特務部隊の面々は、可愛《かわい》らしく装った妹分を前にそれぞれそれらしい言葉を送っていた。歯音や鼻息に鳴き声が響けば、それらはミュリエルの頭のなかでわかる言葉となって響く。

「ガッチン。ガチ、ガチン……、ガチガチガチ」

『いいんじゃねぇの。まぁ、なんだ……、苺《いちご》みたいで』

赤い目で上から下までひと通り眺めたのは、白ウサギのアトラだ。眼光は鋭いしなんなら最後は視線をそらしてしまったが、歯音を鳴らして確実に褒め言葉とわかる台詞《せりふ》を言ってくる。

なんといっても苺はアトラの好物だ。ならばある意味、最大の賛辞である。

「ブフフ。ブフゥンブフフブフ？　ブフン、ブブフゥ、ブフゥン！」

『うふふ。照れずに言えれば満点なのにね？　だけど、本当に可愛いわぁ、ミューちゃん！』

バチンと長い睫毛《まつげ》でウィンクをしたのは、イノシシのレグだ。鼻息でしっかりアトラに突っ込みを入れるものの、乙女《おとめ》心を持つ故に絶賛する声に迷いはない。

「ピュピュイ。ピュル、ピュルルルルゥ」

『寒さが増しているからな。その素材に重ね方ならば、防寒面でも問題なかろう』

胸毛をふくらませ、格好をつけた声で鳴いたのはタカのクロキリだ。完全なる冬毛仕様のため、いつもより丸みが強い。

「ワンワンワオン？　ガウガウ、ワワワンワン」

『寒くてもダンチョーさんが一緒なんスよ？　あったかくなる方法は、いくらでもあるっス』

同じくオオカミのスジオも、厚い毛皮のせいで面白いほどに寸胴体型だ。笑顔になっているせいか、ハッハッと舌が出てしまっている。

「キュキュ、キュキュイキュイ、キュキュキュウ。キュキュ」

『いやいや、照れて汗かいてしもて、逆に冷やさんようにせんと。ひひっ』

そして、モグラのロロは季節問わずにいつでもこんもりと色艶《いろつや》がよい。いついかなる時もきっちりオチをつけるのは、もはや性分だろう。

（み、皆さんに、褒《ほ》めていただけるのは、嬉《うれ》しいけれど……）

会話が繋《つな》がればどうしたってからかいの方向に進む。そのためミュリエルは、指摘されたばかりだというのに恥ずかしさからじんわりと汗がにじんでしまった。そもそも、アトラから褒め言葉をかけられた時点で、他所行き姿にもかかわらす白い毛玉に飛びつきたかったのだ。恥ずかしさも加われば、顔を埋めたい欲求が限界を超える。

そう思って両手を伸ばしたミュリエルだったが、鼻先だけを先んじて突き出してきたアトラによって、最小限の接触に抑えられてしまった。より目になった赤い瞳《ひとみ》と至近距離で見つめ合えば、ギリリッとされた歯ぎしりが触れた掌《てのひら》にも伝わってくる。

『めかし込んでるのに、毛がつくぞ。それに、浮かれてらんねぇだろ。見舞いなんだからよ』

突き出した顔を引っ込めてくれないために、全身でくっつく体勢がとれない。ミュリエルは少しだけ考えたあと、顔だけを白ウサギの鼻の頭に落とすように埋めた。そこから深呼吸を三度ほど。ゆっくりと顔を上げれば表情は打って変わり、両の眉《まゆ》が下がりきっている。

「安静にしていれば、問題ないとは聞いているのですが……」

ミュリエルが庭で聖獣達と共にあって、聖獣番の制服を着ていない理由。それは、母であるノルト夫人をサイラスと共に見舞うためであった。妊婦であり産み月間近のノルト夫人だが、おなかの張りが強くでているため、ここのところベッドでの安静生活を余儀なくされている。

知らされてすぐにでも帰ろうとしたミュリエルだったが、見越して止めにかかったのは、状況を伝え聞くと同時に託された母本人からの手紙だった。

「ねぇ、ミュリエルちゃん？　私のお強請《ねだ》りを聞いてくれるかしら？　次のお休みに、届けたワンピースを着て帰ってきてほしいの。張りきって選んだワンピースを素敵に着た可愛い娘と、ゆっくりお茶をしながらおしゃべりがしたいわ。あ、そうそう。暖かそうなマフラーも後ほど届けるから、ぜひ巻いてきてね！　普段使いにもお勧めのデザインよ！」

母の容態は心配だ。だが、そんな浮かれた出だしで希望を述べたあとも、それらを身につけた愛娘《まなむすめ》について嬉しそうに言葉を重ねる手紙に、ぐぐっとミュリエルは思いとどまらされた。

いつも通りおっとりしているが話し口が元気で、とても体調が悪い者が書ける文章量でなかったことも、理由の一つである。

（そ、それに、この手紙からもわかるもの。心配ですぐに駆けつけたとしても、贈られたものを身につけていない姿を見たら、お母様は絶対に、悲しそうにするから……）

よってミュリエルは、事の次第をサイラスやアトラ達に告げ、マフラーが届いたらすぐにでも実家に帰る用意をしていたのだ。それなのに、マフラーはちょうどよく人手が足りており、しかもサイラスが時間を取れる日の午前中に届く。要するに、今日だ。

そんなわけでミュリエルはいそいそとめかし込み、母親の無理にはならない時間帯で実家に帰るべく、庭にてその時を待っていた。

『それでも、やっぱり心配よねぇ。アタシは祈るくらいしかできないけど……』

「あ、ありがとうございます、レグさん。そう言っていただけるだけで、嬉しいです」

ブフゥンとため息のような鼻息をついたレグに、ようやっとアトラから身を離したミュリエルは、少々情けない顔で微笑《ほほえ》んだ。

『人間の出産は、下準備が途方もなく入念だな。種族の違いとはいえ、興味深いものだ』

『野生の世界も、ある程度用意するっスけど。人間は、産んだあともずっとずっと大変っス』

『それは、あれや。生存戦略。血を残す最適解を、それぞれが突きつめてきた結果です』

さっきはからかいまじりに進んだ会話が、今度は一転して小難しい。そして、血を残すなどという言葉が出れば、考えさせられるのは聖獣達のことだ。

竜の魂のひと雫《しずく》をその身に受け、聖獣と呼ばれる存在になったアトラ達。本来の種より大きく、そして賢くある彼らは、番《つが》う相手がいないために自身の血を繋ぐ術《すべ》がない。しかし、それは通説とされる聖獣の生態をもとに、結論づけられたことでもある。だから、ミュリエルが聖獣達と共に過ごしてきた日々のなかで知った事柄を加味すれば、違った見方ができるようになっていた。竜が己の証《あかし》を後世に残そうと繋いだのは、血ではなく魂だったのだから。

であれば、聖獣達も血を残すことはできずとも、魂を繋ぐことはできる。たとえまざって溶けた魂のひと滴が、竜の大いなるひと滴と比べればとても小さなものだったとしても。

(今になって考えれば、血ではなく魂というのも、とても納得できるわ。だって、私がお会いしたなかでも、小さい生き物ではネズミにリス、大きい生き物であればクマ、だもの……)

大きさも生態も番う方法も違う多種の生き物と血を残そうとしたのなら、竜の節操のなさはひどいものだ。しかし、魂であれば無理がない。

『何ぼんやりしてんだ、ミュー』

顔の近くで歯ぎしりが鳴って、横に目を向けたミュリエルの視界は、ひくひく動くアトラの鼻先でいっぱいになる。そこから上に視線をずらせば、真《ま》っ直《す》ぐにこちらを見つめる赤い瞳があった。

「不思議だなって、思ったんです」

色んな方向に延びていくミュリエルの思考は、いつだってまとまりがない。

「これから、弟か妹が生まれるわけですが、もしかしたら……。もしかしたら、ですが。その子にも、竜の魂のひと雫が注がれている可能性が、あるのかしら、なんて……」

だからこの時も、紡いだ台詞を追いかけるようにして納得することになる。

ファルハドと呼ばれた彼の竜は言っていたはずだ。ミュリエルの身に奇跡的に注がれた花嫁のひと雫に惹《ひ》かれて、竜のひと雫を宿す者が集まっているのだ、と。ならば、これから生まれる弟か妹にも、同じ不思議がおこるかもしれない。

『なんにせよ、今まで身近なところで赤ちゃんが生まれるってこと、なかったじゃない？』

しかし、レグが鼻息を弾ませたことで、ミュリエルは思考を切り上げることになった。

『うむ。よって、やはり逐一動向が気になる。だが……』

続いてクロキリが訳知り顔で頷《うなず》けば、そのあとはスジオとロロが引き継いだ。

『今のうちに一回経験できてよかったっスね！』

『せやな。こない大事なんや！　って知らんかったら、大慌てしてしてしまいます』

隠すことない笑顔のスジオとロロの発言まで聞いたミュリエルは、目を瞬《まばた》かせた。

「えっと、それは……？」

首を傾《かし》げたところに、アトラの呆《あき》れたような視線が降ってくる。

『オマエの時の話に決まってんだろ』

「えっ?」

理解できないミュリエルは首の角度はそのままに、アトラと見つめ合った。

『だから、ミューが産む時の話をしてんだよ』

「……、……、……」

沈黙をもって熟考を示す妹分に、兄貴分が視線をそらさぬままスッと目をすがめる。そこから、たっぷりすぎるほど猶予を与えられたミュリエルは、「己が産む時のこと」というその言葉について、これでもかと吟味した。次いで、想像する。

頭に浮かんだのは、腹のふくらんだ己の姿だ。そこには実感も何もなく、妊婦という姿をただ絵のように思い描いたにすぎない。しかしそこから徐々に、己を真ん中に置いて視野が少しずつ広がっていく。するとそこには、ふくらんだ腹に手を添えて微笑むサイラスがいた。

(サイラス様との、赤ちゃん……、……、……)

ミュリエルが産むなら、それはサイラスの子に他《ほか》ならないだろう。そして、子は親に似る。

(黒髪の、赤ちゃん……?)

そう考えたと同時に、頭のなかの絵は黒髪の赤ちゃんを抱っこしているものへと変化していった。だが、そこでふと思う。ミュリエルと弟のリュカエルの見た目は母親似だ。もし、ミュリエルが産む子が自分に似ていたのなら。

ある程度自己評価のできるミュリエルは、首を振った。それが見た目だけなら問題ない。しかし、こんな元引きこもりで鈍臭い自分と性格が似てしまったら、心配が大きくなるに決まっている。よって、すぐにサイラス似の赤ちゃんで想像を固定することに決めた。

ところが、サイラスに似たとしても、それはそれで心配だ。子供の頃《ころ》から周りを魅了する色気を会得していたら、本人も周囲も危険がいっぱいだ。

（あ！　私とリュカエルのように、仲良く支え合える兄妹《きょうだい》がいたら、いいのではないかしら）

なんとなくサイラス似の息子に、「妹が欲しいです」と強請られた図を想像したミュリエルは、ほんわか微笑んだ。五歳程度の黒髪の男の子は、座ったミュリエルの膝《ひざ》に上半身を預け、無垢《むく》で可愛らしい笑顔を浮かべている。

そこからも、妄想に慣れたミュリエルの脳は、ぐんぐん続きを作りだしていった。

「そうね。お母様も、兄妹って素敵だと思うわ」

「僕、妹がいいって言ったけど、弟でも嬉しいな」

「ふふっ。今から、とってもいいお兄様になりそうね」

「絶対になるよ！　だから、僕、早く弟か妹が欲しいな！」

日だまりのなかで、母親は膝に乗った我が子の頭をなでる。子供特有の柔らかい毛に、血色のよい頬《ほお》が愛らしい。大変心温まる絵面に、ミュリエルはほっこりとした。

「そうだな。今でも十分に幸せだが、家族が増えるのもいいかもしれない」

「っ！」

突然乱入してきたと表現してしまうと、少々意地悪な言い方だ。しかし、家族の触れ合いを想像しておいて、父親を仲間外れにするというのはいただけない。何よりサイラスが父親ならば、家族の輪には必ず入れてあげるべきだ。さもなくば、その肩や背や頬の横を露に濡《ぬ》れた黒薔薇《ばら》が、儚《はかな》く舞い散ってしまうだろう。

父親に配役されたサイラスは、息子の頭をなでている。その手つきは愛情深く温かい。くすぐったそうに息子が笑えば、サイラスは小さな体を高く高く抱き上げた。すると、子供特有の高く澄んだ笑い声が青空にあがる。眩《まぶ》しそうに見つめる紫の瞳は、どこまでも柔らかい。

（な、なんて、なんて素敵なお父様……、……、……）

ミュリエルにとっての父親像は、もちろん実父であるノルト伯爵になる。よい父親だし大好きではあるが、素敵という形容詞は使いづらい。その点サイラスは、今でも十分に素敵な大人《おとな》だが、想像のなかで一滴だけ渋みを加えた姿は最高潮に素敵すぎた。

父子で語らう姿なのだから、本来は黒薔薇など自粛してほしいところだ。しかし、想像した息子がサイラスに似ているからだろうか。真昼の庭で二人が香《かぐわ》しく潤む黒薔薇に囲まれていても、違和感がまったくない。それどころか、これほど麗しい父子を目にできたことを感動と感謝をもって拝むほどだ。

『帰ってくるまでが、長い』

そろそろ痺《しび》れを切らせそうなアトラが、後ろ脚でタップを刻みはじめる。

『ミューちゃんたら、何をどこまで想像しちゃってるのかしら？』

『我々では、とても追いつかないところにいるのは確かだな。締まりのない顔だ』

『幸せそうな顔って言ってあげてくださいっス。でも、強張《こわば》ってるより全然いいっスよ』

『ミューさんすぐ慌てるし、何事も幸せな見通しを立てておくのがえぇんとちゃいますか』

とくに急ぐ用事のない聖獣達は、ミュリエルの長丁場な妄想に付き合うのも慣れたものだ。そろそろ現実に引き戻す頃合いかと、好き勝手な会話がはじまる。

「皆で集まって楽しそうだな。待たせてしまって、すまない」

そして、ここでサイラスの登場だ。ミュリエルの目に入る位置にはいるが、まだ二人には距離がある。そこからかけられた声では、想像の脇道《わきみち》のかなり進んだところに立っているミュリエルには届かない。すると、とうとうアトラが動いた。

『おい、サイラスが来たぞ』

「っ⁉」

ズン、とミュリエルの頭上に白ウサギがあごを落とす。めかし込んだ格好に毛をつけてしまう躊躇《ためら》いより、即効性を優先したらしい。お洒落《しゃれ》をしているのにへっぴり腰になり、険しい顔になったミュリエルが面白かったのか、レグ以下四匹は笑っている。

「体は、冷えてはいないようだな」

白ウサギによる加重が頭上より消えれば、サイラスに手を取られる。うつむいていたミュリエルは、優しく手を引かれるままに顔を上げた。すると、柔らかい紫の色がまず目に映る。

「お、お父様……」

その途端、サイラスは柔らかく微笑んだまま固まった。ミュリエルはしばし見つめ合ってから、パチパチと瞬きをする。そして、聖獣達がどっとあげた笑い声で正気に戻った。

「ま、ま、間違えましたっ！　サ、サ、サイ、サイラス、様！　サイラス様、ですっ！」

下から持ち上げる位置にあったサイラスの手を、ミュリエルの方からギュッと握り直す。綺《き》麗《れい》な形の眉は、困ったように下がってしまっていた。

「私の格好が、古風すぎただろうか……」

「えっ？　か、格好、ですか？」

完全にミュリエルの個人的な事情での呼び間違いなのに、サイラスは自身に原因を見たらしい。言われるまで格好になど目を留める余裕のなかったミュリエルは、そこでやっとサイラスの顔以外を見た。

「だが、今日は君のご家族に会うし、見舞いも兼ねているから……」

あごを引くようにして視点を広くとったミュリエルの目に、聖獣騎士団の制服ではなくめかし込んだサイラスが映る。

本日の装いは、厚みのあるグレーの生地のジャケットに、同じダブルのベストとパンツを合わせた三つぞろえ姿だ。デザインは古風だが、形がサイラスの体にあつらえたもののため、古めかしいということはまったくない。むしろ堅い雰囲気が、サイラスの色気に禁欲的な風味を与えているくらいだ。その黒薔薇を背負った佇《たたず》まいは、真昼の庭には刺激が強い。しかも放たれる色気に惑い、うろうろと目線を移動した先も隙《すき》なく格好よいから困ってしまうのだ。

まず、磨かれた靴とタイトなパンツの裾口《すそぐち》はすっきりとしており、そこから伸びる足はすらりと長い。引き締まった腰もとは色気があるが、少しだけのぞくベルトがかっちりとしたもののため、最高に品がある。ピタリとサイズの合った黒革の手袋などは、男らしい手の魅力を存分に引き出していると言っていいだろう。また、袖口《そでぐち》のジャケットとシャツの生地の重なり方とて、抜かりがないのはさすがだ。何より、手袋と袖口の間からのぞく肌の分量は黄金比である。コートを小脇に持って何気なくただ立つ、その姿が様になりすぎている。

この間、サイラスは身じろぎすらしない。己の装いに目を走らせるミュリエルの様子で、格好の可不可を見極めようとしているのだろう。しかし、頬に赤みがさして翠《みどり》の瞳が潤《うる》んでいるのが確認できれば、息もつけるというものだ。となれば、可愛い婚約者の姿を愛《め》でる余裕もでてくる。もちろんその周りでは、聖獣達もすべての成り行きを見守っていたのだが。

足もとから順を追っていた翠の瞳が胸もとまで上がり、パチリと瞬いたことに気づいたサイラスは、コートと共に手に持っていたものを反対の手に持ち替えてミュリエルに見せた。

「君の好みに合わせようと、決めずに持ってきたんだ。選んでもらってもいいだろうか」

ボタンは上まできっちり留められているものの、襟もとにはタイが締められていない。ミュリエルが赤いワンピースを着ることを知っていたサイラスは、同じような色味で形の違うタイを数種類用意していたらしい。ミュリエルはサイラスのタイを持った手と、顔や襟もとの間を何度も見比べた。その頃には、すっかり恥ずかしさなど忘れている。

「えっと……。わ、私は、こちらのリングタイが、よいと思います……」

選ばれなかったものを脇にあるコートのポケットにしまうと、サイラスはリングタイをミュリエルに渡した。それから襟を立てて、お辞儀をするように屈《かが》む。ミュリエルがきょとんとすれば、ますます顔をよせて目もとを緩めた。

「生憎《あいにく》、ここには鏡がない。それに、私は手がふさがっている」

微笑みは柔らかいが、どこか悪戯《いたずら》っぽい。そのうえ、こんな言い回しをされれば鈍感なミュリエルでも察するというものだ。器用なサイラスがその程度でタイが巻けないだなんて、可愛い婚約者の手によってお世話されたいだけの方便だ。二人を熟知した聖獣達とて、それがよくわかったのだろう。頭上より生温かい視線が注がれる。

ただ、サイラスで視界をいっぱいにしていたミュリエルは、どんな目で見られているかなど気づいていなかった。だから、どこまでも自分のペースでそっと手を伸ばす。まるで自ら抱きつくような仕草だと気づいてしまったせいで、じれったくなるほど動きは慎重だ。

自分の首にネクタイを巻くのと違い、相手の首に形よく巻くのはなかなか緊張する。襟に通した時の左右の長さに、ふんわりとさせる加減、それからリングの位置。どれを取っても時間がかかってしまう。タイをリングで留めてからも、入念な微調整が必要だ。

「……とても、お似合いです」

満足いく仕上がりになれば、任務を成し遂げた気持ちにだってなる。完璧《かんぺき》な仕上がりを目指して難しくなっていた顔に、ミュリエルは満足感から笑みを浮かべた。

「君も、とても可愛らしい」

栗色《くりいろ》の髪の流れを整えるように、サイラスの指先が前髪から頬の横を通り過ぎる。かすかに首を傾げると、黒髪が揺れた。左耳につけたエメラルドのイヤーカフが光る。

光を目で追った翠の瞳をとくに指摘することなく、サイラスは髪に触れていた手をおろすと、そのままミュリエルの手を取った。緩く絡めるように繋いだサイラスの指が、今度はアメジストの指輪がはまっているミュリエルの薬指をそっとなでていく。

言葉にしないところで示された気持ちに、ポッとミュリエルは頬を染めた。それを眺めたサイラスが、満足そうに口の端を持ち上げる。

「……アトラ達には不便をかけるが、今日はよろしく頼む」

照れてしまってもじもじとしているミュリエルと手を繋いだまま、サイラスは自らのパートナーを見上げた。散々待たされたアトラは、おすわりの体勢で息をついた。

『別にすることもねぇし、のんびりしてる。ゆっくり行ってこいよ』

ギリギリと気のない感じでされた歯ぎしりに、鼻息やら鳴き声が同調するようにあがった。

「では、行こうか。私の愛《いと》しい婚約者殿？」

気を引くように繋いだ手を揺らされて、ミュリエルはハッとした。

「よ、よろしく、お願いいたします。わ、私の……、……、……」

反射で同じ言葉を返そうとしたミュリエルは、途中まで来て言い淀《よど》む。

「す、素敵な、婚約者様……」

ふっ、と息を零《こぼ》して笑ったのはサイラスだけではない。ただ、そこに乗った感情は様々だ。

ただし、サイラスの笑みに可愛いと思う気持ちが最大限にこもっていたのは、間違いない。

◇◇◇

サイラスと一緒に馬車に乗り、いそいそと帰ってきたミュリエルを、そわそわと玄関で待っていたのは父であるノルト伯爵だった。通り一遍の挨拶《あいさつ》をすれば、一も二もなくノルト夫人がいる寝室に通される。

ミュリエルの知らない間に冬支度が整えられた部屋は、直前まで暖炉で火が焚《た》かれていたらしい。心地よく暖まった空気が、厚手のカーテンやラグ、ベッドカバーにソファ周りを飾るクッションと相まって、心配から知らずに縮まっていた心と体をほどいてくれるようだった。

しかも、安静を言いつかっているノルト夫人が、ベッドの住人とは思えない朗らかな笑顔で二人を迎え入れる。ベッド脇に移動させたらしい椅子《いす》には、昨日《きのう》のうちに実家へと帰り、一泊していた弟のリュカエルがすでに控えていた。

母と目が合うやいなやベッドまで駆けよったミュリエルは、床に膝をついて手を握る。いつもと変わらぬ優しい温かさに、胸にあった不安はさらに軽くなった。心配性な娘に微笑みかけてから、ノルト夫人は愛娘の婚約者に向かっても同じ笑みを向ける。

「本日はお越しくださり、ありがとうございます。このような格好で、恐縮です。どうぞ、ご容赦くださいませね」

「お気になさらずに。こちらこそ、押しかける形になってしまい申し訳ありません。事前にお伝えした通り、どうぞ、そのままで」

母の手を握って離さないミュリエルは好きにさせたまま、ソファを勧められたサイラスは腰をおろす。

「あ、あの、お母様。大丈夫そうには見えるのですが、お加減はいかがですか？」

大好きな母のことになると少しの心配でも不安が残るミュリエルは、ベッドに両肘を乗せた格好で問いかけた。

「本当に大丈夫なのよ、ミュリエルちゃん。心配いらないわ」

おっとりと答えたノルト夫人は、あいている反対の手で栗色の髪をなでた。聖獣番としてひとかどの収入があり大人としての括《くく》りに含まれるミュリエルだが、どんなに大きくなったとしても母親にとって娘は娘。なでる手つきは幼子にするようなものだ。しかし、幼少より変わらない仕草であることで、ミュリエルには深い安心感がわく。

「ね？　あなた？」

「う、うむ」

それなのに、肝心の父が返事に引っかかったせいで、ミュリエルは勢いよく顔だけで振り返った。瞬きもしない見開かれた目を見せられて、ため息をついたのはリュカエルだ。

「父上、そういう落ち着きのない態度が、姉上の不安を煽《あお》るんですよ。ほら、座って」

ノルト伯爵の中途半端な姿勢を見るに、部屋に戻ってきてからずっと座ろうかどうしようか迷っていたのだろう。立ち上がったリュカエルは、膝をついたままのミュリエルにまず今まで自分が座っていた椅子を譲り、歩くついでにノルト伯爵を引っ立てていく。

　父と弟がサイラスの向かいに腰かけたのを見届けたミュリエルは、母に向き直った。

「あ、あの、お母様？　本当の本当に大丈夫、なのですよね……？」

「えぇ、もちろんよ。ミュリエルちゃんとリュカエルちゃんの時も、同じような感じだったのだもの。だけれど、私は元気で、二人だってこんなに立派に育ったでしょう？」

　ノルト夫人はおなかが張りやすい体質らしく、こうした状況になることは予想の範囲内だったらしい。医者の見立てや自身の二度の経験に基づいて考えても、本当に問題ないという。

「それにもうほとんど、産むだけのところまで来ているから。これで予定日がもっと先だったのなら、そうね、少し困っていたかしら。いいえ、それでも大丈夫だったわね。だって、ほら、先日からいいお薬が出回るようになったでしょう？」

　そう話しながら、ノルト夫人はミュリエルの手を取ると毛布のなかに引き込んで、大きくせり出した腹部に置いた。

　話題にのぼった薬とは、隣国ティークロートのグリゼルダ王女と従者カナン、黒ニワトリの聖獣ギオがやって来た秋頃、副産物として再発見された薬草のことだ。もともと鎮静剤として流布していた薬草は、妊婦の張り止めとしても優秀で重宝されていたらしい。入手が困難になり、最近は乾燥させた残り少ない在庫が法外な額で取引されていたそうだ。だが、再発見により多くの人が恩恵にあやかれるようになった。

ノルト夫人の体調は、深刻というほどではない。しかし、少しでも母の助けになる薬が気軽に使えるのだと聞けば、ミュリエルは全方位に向かって感謝を叫びたくなる。サイラスとグリゼルダの約定により公言できずとも、薬草の育成に己も関わったと思えば、鼻だって高い。

ミュリエルが密《ひそ》かに誇らしく思っていると、触れていた母の腹がグリグリグリと右から左へと動いていく。思ったよりずっと大きな動きだったためミュリエルは驚いた。冬物の厚手の服越しでも、動きが如実にわかる。動いているのは赤子の手か足か、はたまた頭か。最終的にはボコンと拳《こぶし》大に出っ張ったため、ミュリエルは息を飲んで目を見開いた。

楽しそうに微笑んだノルト夫人が、ミュリエルの手ごと出っ張ったそこを優しくクルクルとなでる。すると不思議なもので、大人しく引っ込んでいくではないか。

「お、お、お母、様……」

「ふふっ。お姉様にご挨拶がしたかったのね。どうもミュリエルちゃんとリュカエルちゃんより、活発な子みたいなの。会うのが楽しみね」

すべてがはじめてすぎるミュリエルは、母に言われれば鵜呑《うの》みにする。驚きすぎた心を徐々に落ち着けると、こちらこそよろしくお願いしますと念じながら、今は自然な丸い形に戻った母の腹をそっとなでた。

「そうそう、ミュリエルちゃん？　ワンピース、とても似合っているわね」

なんとなく深く息をついて椅子に座り直した娘に対し、母が満足そうに微笑む。ミュリエルは自身の格好を見下ろした。手にした時も思ったが、レースや刺繍《ししゅう》の入り方が大人っぽいデザインで、今まで身につけていたワンピースとはわずかに趣《おもむき》が異なる。

「素敵なレディになったわね。それに少し見ない間に、なんだか色っぽくなったもの」

己を形容するには不向きな表現に思えたミュリエルは、三度ほど瞬きをした。背後のテーブルでは茶器がそろえられたのか、見ておらずともよい香りがしはじめる。

「大人の階段を、どんどんのぼっているのね」

気を利かせたリュカエルが、トレーにカップとソーサーを二人分載せて運んできてくれる。しかし、ノルト夫人の取りやすい枕もとに届けたきり、ミュリエルの様子をうかがうと動きを止めた。さすがの弟は、姉の変化にも目聡《めざと》い。

（お、お、大人の！　階、段……！）

ミュリエルは、心の声で大きく復唱した。久々に思い出した単語に、衝撃を受ける。

（あ、あんなにこだわっていた、大人の、階段……！　わ、私は今、いったい何段目にいるのかしら……？　まさか、おりてはいないと思うけれど……。あ！　でも、ほら、階段の途中から、迷路に迷い込んでいたはずじゃない……？）

のぼったりおりたりを忙しく繰り返していた、大人の階段。さらには途中から、恋の迷路というものへ突入していたはずだ。最近では成長の証か忘れていることも多いが、こうして思い出してしまえば現在の己の立ち位置が気になってしまう。

そういえば少し前、サイラスから「達成してしまえば気にすることがなくなる」というような意味合いのことを言われたことがあった。ならば久方振りに思い出したミュリエルは、迷路も踏破し、大人の階段の頂上に立っているのだろうか。

「そ、そそ、そんなはず、ありませんっ！」

「お、おい、ミュリエル？　まさかお前……、また唐突に自分の世界へ入ってしまったのではないだろうな？」

問いかけるノルト伯爵の声は、自分に自分で突っ込んだミュリエルの耳に届かない。

（た、確かに、私は日々、自分の気持ちにも、サイラス様の気持ちにも、ちゃんと向き合おうと心に決めて毎日を送ってきたわ。だ、だけれど……）

ミュリエルはちらりとサイラスに視線を向けた。二人の間には距離があるはずなのに、目が合った途端、サイラスは顔をのぞき込むような仕草で首を傾げ、微笑んだ。いつもと変わらぬ柔らかさに、ぽわっと胸に熱が灯《とも》る。素敵だと思うと同時に、ミュリエルはサイラスのことが好きだと自然と思った。綺麗な顔に見とれたミュリエルは、簡単に思考を手放しかける。しかし、慌てて首を振った。

（そ、そうではなくて！　え、えっと……。そ、そう！　大人の階段の最後は、サイラス様がのぼらせてくださると、以前お約束したはず、だもの。だから、今の私は……）

迷路の途中でうろうろしているか、または、迷路を抜けて最後の階段を前にして立ち止まっているか、そのどちらかになるだろう。そして、ふと頭に浮かんだのは、隣に立って手を繋いでくれているサイラスだ。

もともとミュリエルの心証風景では、大人の階段は段数を重ねるほど険しく、強風吹きすさぶ断崖絶壁であったはずだ。迷路に至っては、正解のわからぬ道が自分を中心に四方へ延びていた。それなのに、隣にサイラスがいるだけで、それらの景色は一瞬にして様変わりする。

すぐに感じたのは、吹く風が優しいものになったことだ。目をすがめなければならなかった風がやみ、目をあけてみればさらなる変化に驚く。殺風景だった景色には花が咲き、光があふれているではないか。しかも、足もとは舗装された小洒落たレンガの道で、これなら足を滑らせて転ぶことも踏み外して奈落に落ちる心配もない。先に延びる道が不透明なのは相変わらずだが、一歩踏み出すごとに周りは新たな花が咲いて光りが散る。

さらには、進んできた後ろの景色はどこまでもなくならず、振り返れば花と光に彩られた真っ直ぐな道が標《しるべ》となって目に映った。ゆえに、先は見えずとも不安はない。サイラスと手を繋いで進めば、これからもずっと二人の後ろには明るく真っ直ぐな道が残るだろう。

（あ……。では、私は今、迷路の途中なのだわ。だけれど、こんなに明るい迷路で、サイラス様が隣にいてくださるなら、これからはずっと楽しく進めそうだわ！）

妄想の結末がよいものであったため、ミュリエルはパッと笑顔を浮かべた。

「……これ、ですよ？　素敵なレディ？　色っぽい？　大人の階段？　母上、どう見ても姉上は姉上のままだと思います」

「いつになったら落ち着くのか。私にも、変わったようには見えないぞ？　ただ、引きこもりを大きく脱却したと思えば、まぁ……」

弟と父から手厳しい指摘を受けるが、母はそれでも前言を撤回する様子はない。

「二人とも、もっとミュリエルちゃんの成長を褒めてあげてほしいわ。ふふっ。すべて、閣下が傍《そば》にいらっしゃるからね。きっと」

それどころか、家族同等の慣れ具合でミュリエルを見守っていたサイラスに向かって、笑いかけた。固まっているミュリエルを挟んでいるため、サイラスと視線を合わせようと枕の上で頭をずらす。その動きは茶目っけがある。

「どうぞ、私のことはサイラス、と」

それに誘われたのか、サイラスもすんなりと呼び名について口にすることができたようだ。

「まぁ！　よろしいの？　可愛い末っ子も生まれるのに、こんなに素敵な長男もできるなんて、とっても幸せだわ！」

「お、おい。あまり興奮するのは……」

横になったままのノルト夫人が身を乗り出すようにしたため、すぐに夫が止めに入る。わずかに腰を浮かせかけたその肩に、隣に座っていた息子は手をかけて再び着席を促した。

素敵な迷路に気持ちを飛ばしていたミュリエルだが、瞬時に目の前の母を瞳に映す。そして、めくれた毛布をいそいそとかけ直した。

「あら、ミュリエルちゃん、ありがとう。だけれど、少し大きな声を出したくらいでは、産気づいたりしないわよ？　二人とも、心配性ねぇ」

気が気ではないと大きく書いてある夫と娘の顔に、ノルト夫人はおっとりと頬に手をあてた。そこで、ノルト家の仕切り役が痺れを切らす。

「……では、そろそろ本題に移りませんか。義兄上《あに》も姉上も暇ではないのですから、決めるところまでは決めないと」

しかもリュカエルは、さらっと団長ではなく義兄と呼んだ。それに如実に嬉しそうな顔をしたのはサイラスだ。なんのつっかえもなく流れるように呼んでみせた息子に、ノルト伯爵は信じられないというような目を向けている。しかし、別のことに気を取られていたミュリエルは、父親には目もくれずに挙手をした。

「あ、あのっ、すみません。決めること、ですか？　それって、なんのお話でしょう？」

今日は母の見舞いだけだと思っていたため、ノルト家の仕切り役の進行について行けなかったのだ。本当に何もわかっていない姉の顔をなんとも言えない表情で見た弟は、今度は未来の義兄へ問いかけるような視線を送る。

「義母上のご体調次第では、式についての相談など尚早だろう？　手紙のやり取りで大丈夫だと聞いてはいても、ミュリエルの気持ちはそうはいかない。安心してからと考えていたら、伝えられずにここに来てしまった。だから、知らないのは彼女のせいではない」

リュカエルが視線を向けるのと同時にサイラスを見ていたミュリエルは、「式」という単語を耳にして首を傾げる。

「そろそろ結婚式に向けた具体的なお話の場を、とサイラスちゃんにお手紙で相談させていただいていたの。ほら、私が身重だから、今は思うように動いてあげられないでしょう？　今日お見舞いに来ていただいたら、式についてお話しするお時間もいただけないかしら？　って」

援護をする口振りの母をいったんは驚きと共に振り返ったミュリエルだが、後ろから父が「サ、サ、サイラス、ちゃん……」と呆然《ぼうぜん》と呟《つぶや》いたのを聞いて向き直る。母の呼びようはレグの口振りと同じだったため、違和感は覚えなかった。しかし、父が変な顔で強く衝撃を受けているのに気づけば、サイラスの様子が気になってくる。

「君にとって一番何がいいのか、私も家族として加えてもらい相談できたら、と……」

式などまだ先のことだと考えていたミュリエルは、一般的な貴族の令嬢としては厳重注意を受けるほどにのんびりだ。今だって、式についての言及にまずは反応すべき場面である。

ただし、ミュリエルはどこまでいってもミュリエルだった。この後に及び、はにかむサイラスのやや伏せ気味の横顔に釘《くぎ》づけになっている。

「父娘そろっておかしな顔をするの、やめてもらえますか」

歯に衣を着せる気のないリュカエルにより、名指しされた二人は同時にハッとした。そろえたような反応が面白い。しかし、いつものことなのでリュカエルの受け流しは早かった。

「ほら家長、よろしくお願いします」

仕切り役として、父親にしっかり会話の糸口を向ける。指名されたノルト伯爵は気を取り直すように居住まいを正してから、咳払《せきばら》いを一つ挟んだ。

「ご、ごほんっ。先にお手紙でお伝えしました通り、私共への気遣いは、今日来ていただけただけで十分です。式の規模や招待客なども、うるさく言うつもりはありません。当人同士の希望を反映するのが、昨今の風潮と聞きますし」

そして、ミュリエルもここまで来てやっと、現実を直視した。というよりはある意味、今まてなんとなく見ない振りをしていたと言える。そのせいか、いったん想像をはじめてしまえば、思い浮かべた「結婚式」なるものはかなり鮮明だ。

父の発言を引き金に想像した、一般的な結婚式。それは、新郎新婦が人々の注目を浴びなから誓い合い、笑顔を絶やさずに途切れない祝福の言葉に感謝を伝え続けるものである。

（ほ、本来なら、それが主役としてあるべき幸せな姿だと、知ってはいるの……。だ、だけれど……）

ミュリエルはできあがった想像図に顔色を悪くした。

「ただ、この娘の親としては、あまり大々的な式ではないといい、と願う程度でしょうか」

しかし、かろうじて耳がノルト伯爵の言葉を拾ったことで、ミュリエルの気持ちとは裏腹に華やかに進行していた想像は一時停止した。

「引きこもりを脱して、一人前といかずとも仕事をこなし、これから公爵夫人となる娘ですが……。関係の浅い人々との触れ合いは、もっとも苦手としていることですので……」

それまでサイラスに向かい話していたノルト伯爵の視線が、ミュリエルに向けられる。その目は、困った娘を見る父親のものだ。されど、その眼差しには確かな愛情がにじんでいる。それを確かに感じた途端、ミュリエルの翠の瞳は一気に潤んだ。せり上げてくる感情の意味をつかむ前に、胸がいっぱいになってしまい苦しくなる。

「私共にとっては、可愛い娘なのです。方々でこんな話をしてしまっては、過保護な親の戯《ざ》れ言だと笑われてしまうかもしれませんが……。それでも、私は……」

ノルト伯爵は泣きだす寸前の顔をしているミュリエルに対し、微笑んだ。ただ、その微笑みは一色ではなく複雑な色をしていた。これまで過ごしてきた時間を思い返し、よいことも悪いことともまとめて愛情で包んだ、父親だからこそ浮かべられるそんな色だ。

（お、お父様は、私が長く引きこもっていたことに、今でも責任を感じて……）

ミュリエルが引きこもりになった原因は、幼少の頃に父より参加を言いつけられた茶会にある。とはいえ、茶会で嫌な思いをしたものの、その後は好きで引きこもっていたため、家での時間に不満を持ったことはない。むしろ大好きな読書をしてたっぷり妄想に浸かれたのだから、楽しい記憶でしかなかった。だから父に対して恨む気持ちなど微塵《みじん》もないのに。

（それに、今でもよく知らない人の視線や、笑い声を怖いと思ってしまうけれど、サイラス様やアトラさん達と出会ってからは、少しは顔を上げていられるようになったと思うもの……）

しかも、件《くだん》の茶会についての記憶は、ミュリエルのなかで実は曖昧《あいまい》だったりする。嫌な思いをしたその一点の記憶が強すぎるせいか、逆に茶会の子細をよく覚えていないのだ。思い出さないように、もしくは忘れようとしているうちに、記憶が薄れていった節もある。

（だから、お父様が責任や後悔を感じる必要は、全然ないのに……）

そんなふうに考えたものの、元来ミュリエルは言葉にするのが上手《うま》くない。そのため、潤んだ翠の瞳で訴えるのが精一杯だ。父と娘。色んな想いでいっぱいになった胸が苦しくて、見つめ合ったまま互いに長く深い息をつく。

「ただ、ミュリエルを大事に想ってくださる閣下なら、よいように、あっ……、……、……」

　ところが、とてもよい話をしている途中で、ノルト伯爵はつい呼んでしまった呼称に引っかかった。とりあえず話しきってしまえばよかったのに、変に間をあけてしまったばっかりに、妙な沈黙が生まれる。

　この時ノルト伯爵は娘から話す相手、要するにサイラスに視線を移していたため、変化をつぶさに目にしたはずだ。「サイラス」と名前を呼んでほしいと願った直後の「閣下」呼び。それにより、いい話を真摯《しんし》に聞いていたサイラスの、微笑みを浮かべつつも下がってしまった両眉を。ノルト伯爵は、ほんのり寂しそうに微笑む未来の義息子《むすこ》を、瞬きすることもせずに凝視していた。

「サ、サ、サイラス君、の……、……、……」

　言い直した様子に、サイラスがニコッと微笑んだ。聖獣番になったばかりのミュリエルと、同じくらいノルト伯爵はどもっている。涙の引っ込んだミュリエルは、父親を心のなかで精一杯応援した。寂しがり屋なサイラスのためにも、ここはぜひ呼んであげてほしい。

　ちなみにこの間、息子は恥ずかしさを隠さぬ眼差しを、妻は微笑ましいものを見る眼差しを向けていた。家族からの色んな視線にさらされたノルト家の家長は、もう一度咳払いをする。それから唇を一度結び、両の拳をビシッと膝に置いて背筋を伸ばした。

「サ、サイラス君の、よいように、してくれたまえっ！」

　しかし、勢い余って名前を呼ぶどころか偉そうな口振りになった。「ふふっ」とそっくりな声で吹き出したのは母娘、額を押さえたのは息子だ。当のサイラスは嬉しそうである。

「はい。義父上《ちちうえ》のお気持ち、感謝します」

こんなに綺麗な微笑み方があるのかというほど、サイラスが喜びを露《あら》わにした。同性であるのに頬が染まるのを止められなかったノルト伯爵は、ここで堪《こら》えきれずに目をそらす。

「私の両親は他界していますし、立場上王家とは距離を取っていますので、特別な面会の機会を作ることは考えていません」

ここでちょうどよく、サイラスが会話の相手をノルト夫人、そしてミュリエルへと移す。

「式は盛大なものではない方が、君は好ましいだろう、と私も考えていたのだが……」

「えっ！　あ、は、はい！　そうできるのであれば、ぜひ！」

己の交友関係などないに等しいが、サイラスの立場を考えれば、式に知らない相手が多数出席することになるのだろう。そんなことを頭の片隅で理解していたからこそ、ミュリエルの脳内挙式は盛大なものになっていた。ノルト伯爵とて、その心積もりでいたから先の発言になったのだろう。しかし、当のサイラスから小規模な式を提案してくれるのなら、父娘そろって喜んで飛びついていきたい。

完全に「よかったではないかっ！」と目が口ほどにものを言っているノルト伯爵に、ミュリエルはブンブンと頷いた。そんな父娘のやり取りを眺める紫の瞳の色は柔らかい。

「私も、そうしたいと思っている」

さらには、それがサイラスの希望でもあるのなら、心置きなく式に臨めるというものだ。

「だが、一つだけ懸念があって……」

ところが、雲行きの怪しくなる前置きが続いて、ミュリエルは口をつぐんだ。しかも、考え込むように伏せられた視線が不穏だ。思わず息を細めると、胸もとの葡萄《ぶどう》のチャームを服の上から握る。紫の瞳がこちらに戻ってきたので、見つめ返しながらゴクリと唾《つば》を飲み込んだ。

「今のところ、君との結婚は夏の予定だ。しかし、それだと社交の最盛期と重なってしまうだろう？　そうなると、方々にある程度の忖度《そんたく》が必要になってきてしまうと思うんだ」

早い者は秋から、翌年の晩春もしくは初夏まで、王宮での官職についていない貴族は家族共々己の領地で過ごすことが多い。しかし、貴族同士の繋がりを欲する者ほど、夏には王都に集まって茶会や夜会に精を出す。その最盛期に式となれば、ぜひ参加したい、とここぞとばかりにサイラスとの繋がりを希望する貴族達から続々と声がかかるだろう。

なんといってもサイラスは、王弟であり、エイカー公爵であり、聖獣騎士団の団長でもある。本人は大きな権力を持っていても驕《おご》らぬ公明正大な人柄だが、周りで見ている者達からすれば、何かの折にはあやかりたいと考えてしまうのは無理からぬことだ。多くの者から要望があがれば、すべてを無視して終えるわけにはいかなくなる。

「となれば、結果的に、式の規模を大きくせざるを得ない」

しかも、それはある程度選定した結果の規模だ。その取捨選択の過程に多大な労力がかかり、強い精神力が必要なことも忘れてはならないだろう。聞きかじった知識では、その心労は人付き合いが得意な者であってもかなりのものらしい。ならば、いわんやミュリエルをや。

「しかし、方法がないわけではない」

考えただけで疲れてきたミュリエルは、妙案を感じさせるサイラスの台詞に、勢いよく顔を上げた。

「式の時期を、早めるんだ。春に」

その結果おこることを想像しようとすれば、先に続きの説明が聞こえてくる。

「春ならば、王城に集まれる貴族は限られるだろう。平等を期して内輪以外は呼ばない、という対応を取ることができると思う。それに春ならば、今から冬眠に入ってしまう聖獣達も目覚める頃合いだ。聖獣騎士団そろっての式にできる」

瞬間的にいいことずくめだ、とミュリエルは思った。

「どうする？」

「は、春にします！」

勢い込んで何度も頷くと、サイラスは満足そうに微笑んだ。

「よい判断だ」

しかも褒められたと感じたミュリエルは、満面の笑みを浮かべる。

「用意の期間は短くなってしまうが、君の希望は全力で叶《かな》えるつもりでいる。懇意にしている者達とあまり格式張らない式を春に、という方向でよいだろうか？」

「は、はい！　それでお願いします！」

最終確認をしてきたサイラスに、ミュリエルは元気にお返事をした。

「衣装については、義母上《ははうえ》の思いと君の好きなものを優先してほしい。私は君の喜ぶものに、合わせるつもりでいるから」

衣装についての言及があり、一般的な式服を思い浮かべる。そこで、ミュリエルは己ではなくサイラスを想像した。すると頬がじっくりと火照りだしたので、両手で押さえる。

「サ、サイラス様は、何をお召しになっても、その、お似合いなので……」

なんと言っても、兎《うさぎ》の耳の飾りまで似合う男だ。結婚式に着るような衣装であれば、どんなものでも着こなすだろう。想像のなかの新郎姿のサイラスは、なんのひねりもない一般的な出で立ちだが、強烈なほどに素敵だ。頬が赤くなったどころか締まりまでなくなったミュリエルは、顔ごと両手で隠して椅子の上でもじもじとした。

「……丸め込まれましたね、姉上」

「……えっ？　リュカエル、今、何か言いましたか？」

ふさいでいなかった耳がなんとなく弟の声を拾ったため、聞き返す。しかし、リュカエルはすぐにサイラスを見た。それから、ソファに背を沈めるとあらぬ方へ視線を固定してしまう。

「イイエー、ナンデモゴザイマセーン」

弟の発言は白々しい。だがこれが、ノルト伯爵家の団欒《だんらん》時におけるひと区切りであることは、お決まりである。ちなみに、若い者達だけで会話が回されている間、「あらあらまぁまぁ」と ノルト夫人は頬に手を添えて微笑んでいたし、「よいようにしてくれたまえ」と叫んだ手前、何も言えないノルト伯爵はそわそわした状態でずっと脇にいた。もちろん、ミュリエルはそんな両親の様子になど気づいていない。だが、サイラスは見逃さない。

そんなわけで、ノルト伯爵家のミュリエル嬢をもらい受けるエイカー公爵家のサイラス卿は、ここぞというところで折り目正しく頭を下げた。

「義父上、義母上、よろしくお願いします」

「っ！　こちらこそ、よろしくお願いいたしますっ」

理想の義息子を体現したようなサイラスに頼まれて、それ以外になんと返せというのか。ほぼ反射で深々と頭を下げてしまったノルト夫妻の反応には、誰《だれ》もが頷くことだろう。

◇◇◇

春に結婚式が早まったとて、ミュリエルの日々は急に変化したりしない。冬空の下でも聖獣番の業務に精を出すのが、己の最優先事項だ。

『あら、まぁ、大変っ！　嘆きに叫ぶ乙女達の声が聞こえるわっ！』

「えっ⁉」

だからこの日も、聖獣達の要望に応《こた》えるべく、全力でボール遊びに付き合っていたのだ。それなのに、途中でボールとは逆方向へ爆走しはじめたレグのお尻《しり》を、二度見することになる。

「あ、あのっ！　レ、レグさんっ⁉　ま、待って……！」

『アタシ、ちょっと、行ってくるわぁっ！』

「えぇー!?」

今日は右軍と左軍に別れてボールを取り合っていたため、レグと同じチームであったミュリエルは、自由すぎるレグの行動に愕然《がくぜん》とした。現在、ボールはミュリエルが抱えている。もちろん、軟弱な聖獣番には手加減をしてくれる聖獣達だが、遠慮はない。レグの助太刀がなくなれば、もみくちゃにされてボールを明け渡すはめになるだろう。そう思ったのだが、この時は違う結果になった。

『ワタシは用事を思い出した』

『ジ、ジブンもっス』

『ボクも～』

どんどん戦線を離脱していく面々に、ぽかんと口をあけてしまう。チーム戦であるのに、これではミュリエルの一人勝ちだ。

『はぁ。わかってんだろ、ミュー。すぐ戻ってくるぞ』

「えっ……？」

一匹残ってくれていたアトラが、遊んでいた最中の機敏な動きから一転して、のっそりと隣によって来る。状況を飲み込めなくて瞬くと、答えはすぐに向こうからやって来た。

「チュウッ！」

「キュルッ！」

行き同様の爆走で戻ってきたレグから、イノシシのものではない鳴き声が聞こえる。そんなレグのお尻には、二つのコブができていた。見たことのある光景だ。確か、はじめて目にした時はレグのお尻が腫れてしまったのだと驚いた覚えがある。

かなり手前から四肢を突っ張ったレグは、枯れた芝を大量に巻き上げながら急停止した。爆走も急停止も慣れたもので、ミュリエルとも念のため間にいてくれたアトラとも、会話するのにちょうどよい距離感だ。

「チュ！　チュチュチュチュウチュチュチュッ!!」

「キュ！　キュキュキュキュウキュキュキュッ!!」

さらに既視感があることに、お尻のコブが鳴き声を発しながら動き出す。茶色の毛玉でできたコブはイノシシの体を進むと、両耳の間に今度は雪だるまのように重なった。

『もう！　もうもうもう懲りないんだからっ!!』

『そう！　そうそうそう学ばないんだからっ!!』

鳴き声を発するコブの正体は、ネズミの聖獣チュエッカとリスの聖獣キュレーネだ。ご立腹の二匹は頬袋をふくらませているのだが、可愛らしさが増すばかりで迫力には欠ける。

チュエッカは橙色《だいだいいろ》のツンツン髪で背が低いことを気にしているスタンと、キュレーネは茶色の刈り上げ短髪で目尻のしわを気にしているシーギスと、それぞれパートナーとなっている。

チュエッカとキュレーネの二匹は仲良し女子のノリでいつも一緒だが、スタンとシーギスの

二人も筋肉信者の凸凹コンビとして、まとめて語られることが多い組み合わせだ。

『ミューちゃん、このコ達の話、聞いてあげてちょうだい！　それで力になってあげて！』

会話に適した場所取りをしていたとしても、レグがブッフゥンと鼻息を吹き出せば栗色の髪は後方へ飛ぶし額は丸出しになる。季節柄か、イノシシの鼻息はやたら温かい。

『まずは挨拶だろうが』

真正面から顔に鼻息がかかるのを、アトラが横を向いてかわす。顔の角度はそのままに、視線だけはチュエッカとキュレーネに流して、歯ぎしりをした。

『あ、そうだったわ。ほら、ミューちゃんにご挨拶は？』

強面《こわもて》白ウサギの仕草はぞんざいだが、この程度で怯《ひる》む者はこの場にいない。

『ミュリエルちゃん、こんにちは！　それでね！　聞いてほしいのっ！』

『ミュリエルちゃん、久しぶり！　それでね！　頼まれてほしいのっ！』

レグの耳の間からちょろちょろと降りてきた二匹は、ミュリエルの前まで来ると後ろ脚だけで立って、前脚を祈るように組み合わせた。首を傾げる角度に、まん丸のおめめが瞬きをする回数まできっちり同時で息ぴったりだ。

己の可愛さを熟知して存分に発揮してくる乙女二匹に、ミュリエルはあっさり陥落した。ふくらませていないのに、冬毛のおかげで頬が零れそうなほどふかふかだ。

「は、はい！　ご、ご無沙汰しております。えっと、私でお力になれることでしたら、なんなりと……！」

あざとさが含まれていようと、こんなに可愛らしい毛玉にお願いされては二つ返事をするしかない。親身になる気持ちが全面に出てしまい、思わず身を乗り出す。

『ウチらが冬眠している間……』

ミュリエルの真摯な眼差しにキュッと目もとと口もとを引き締めた二匹は、出だしの台詞をぴったりと重ねた。それから、天に向かって鳴き声を響かせる。

『スタン君の下手《へた》くそなお見合いを、見張っておいてほしいのーっ！』

『シーギスさんの不毛なお見合いに、用心しておいてほしいのーっ！』

「……え？」

上を向いて大きく口をあけたため、綺麗な歯がよく見える。上下に二本ずつある切歯の奥には立派な臼歯があり、ミュリエルは一瞬「アトラさんと同じだわ」などと他所事を考えた。

「えっと……。その、お、お見合い？　ですか？　それって、いったいどういう……」

器用な両手をまた祈りの形に組み直した二匹は、うんうんと頷きながら先程より瞳を潤ませて、ミュリエルに顔をよせた。チュエッカとキュレーネの後方では、どっしりと見守っているレグも頷いている。しかし、ここからの乙女三匹の会話は、爆速だった。

『何も、アレもコレも全部見張っておいてってわけじゃないの！』

『その人はないよ！　どこ見てんのよ！　って時だけでいいの！』

『そうねそうね！　あの二人の目が節穴すぎるのよね？　コロッと騙《だま》されちゃうんだもの！』

『えっ！　でもでも！　そういう素直なところが、スタン君の可愛いところなんだよ⁉』

『えっ！　でもでも！　そういう純粋なところが、シーギスさんの素敵なところだよ⁉』

興奮した乙女の会話に、順序立てた筋道は求められない。右に左に上にと発言者に顔を向けるだけでも、ミュリエルは忙しい。

『アナタ達そんなこと言って、素直で純粋なせいで、あの二人ってば毎回大失敗なわけじゃない？　ついでに言えば、七回転んでも八回起き上がる根性も、この場合は問題だと思うのよ』

困ったように首を傾げたレグに、チュエッカとキュレーネは同時にピンッと耳を立ててボンッと尻尾《しっぽ》を爆発させた。

『そ、そうだったー！』

力の入った耳と尻尾のまま、二匹は手を取り合った。それから、期待を込めた眼差しでミュリエルのことを見てくる。

「え、えっと……」

しかし、結局は何を求められているのかわからなかったミュリエルは、目を二匹の間で泳がせた。するとまず、チュエッカがチュウッと鳴く。

『だからね！　ウチらが即時査定できない冬眠期間中に、番《つがい》の欲しいスタン君とシーギスさんが、お見合いを企《たくら》んでるんだけどね？　ここまでは、わかった!?』

「は、はい」

確認する圧の強さにほぼ反射で返事をすれば、続きはキュレーネが待っていましたとばかりにキュルッと鳴く。

『しかもね！　毎回毎回、絶対にウチらが頷くはずのない女にばっかり引っかかってくるんだもん！　あり得ないでしょう!?　ここまでは、わかった!?』

「は、はい！」

さらに最後は、二匹そろってアトラを真似《まね》っこするようにギリギリィと歯ぎしりをした。

『というわけでね！　ミュリエルちゃんへのお願いは、ウチらが冬眠明けでいきなりキレ散らかさないためにも、スタン君とシーギスさんがお見合いで質《たち》の悪い変な女と関わらないように、目を光らせていてほしい、ってことなの!!　わかった!?　わかったよね!?　ねっ!?　ねっ!!』

「は、はいっ！」

『わー！　ありがとー！　これで、一安心だよー！』

「は、はいぃっ！」

勢いに押されて一辺倒の返事を繰り返していたミュリエルは、ついに背筋を伸ばしてピキンと固まった。ただし、急に停止したミュリエルを見て、乙女二匹も意図せずひと呼吸挟む。

『ん？　あれ？　ミュリエルちゃん？　もしかして、わかってない？』

今さら可愛らしくコテンと小首を傾げられても、乙女の叫びを正面から浴びせられ続けたミュリエルの硬化は解けない。

『……オマエ達が勢いで押すからだろうが。帰ってくるまで、ちょっと待ってやれよ』

『ごめんなさいね、ミューちゃん。でも、ゆっくりでいいから考えてあげてくれる？』

アトラに呆れたように歯ぎしりをされ、レグに反省したような鼻息をつかれて、乙女二匹はお利口さんにおすわりをした。『ミュリエルちゃん、引き受けてくれるかなー？』『くれるよねー？』などと顔をよせ合っておしゃべりをしているが、その声はあくまで先程とは打って変わって小声だ。ミュリエルはいただいた猶予を有り難く使って、頭のなかを整理する。

しかし、勢いに驚いて硬直してしまったものの、内容自体は難しいものではない。チュエッカとキュレーネが冬眠しているうちに、スタンとシーギスが質の悪い女に引っかからないように見守っていてほしい、というだけのお願いだ。

そのため、この時のミュリエルの停止時間はいつもと比べれば長いものではなかった。しかし、白ウサギと巨大イノシシと違って乙女二匹はのんびり待つことに慣れていない。

あいた時間で見合い関連の思い出話をはじめてしまえば、蘇《よみがえ》った感情のままに声はいつの間にか大きくなっていた。とくに気に入らない女に会わされた時に取った対応に触れてしまえば、当時の激情が再燃するのは早い。そして、可愛い二匹に悪魔が宿る。

『気に入らないのを我慢して、大量のタンポポをあげたことあったよね』

『あはは。茎から垂れる白い液で、顔中ベットベトにしてやったやつね』

アトラとレグは知っていた話らしく、さしたる反応はしない。しかし、頭の整理を終えていたミュリエルの耳は、しっかりと会話を拾った。

『花束をもらった時は、いったんちゃんと受け取ったはず！』

『でも、握《つぶ》り潰してボロボロにして、頭からかけたけどね！』

可愛い二匹が口にする悪の所業を聞いたミュリエルは、緩慢な動きで視線を向けた。

『フカフカの若葉に、座らせてあげたこともあったかな？』

『若葉よりも、土と泥の分量が多かった気もしたけどね？』

『あ、ほら、女の人が転んだ時に飛んだ砂が、ウチらの顔にかかったことあったでしょ？』

『覚えてる覚えてる！　シーギスさんもスタン君も、ウチらを先に助けてくれたよねー！』

楽しそうな二匹だが、言っていることはえげつない。

(こ、こんなに可愛らしいチュエッカさんとキュレーネさんが、そんな悪行を……？　ほ、本当に？　そ、それとも、その女性達がそれほどひどかった、ということ、かしら……？)

ミュリエルは数々の所業を想像すると共に、顔色を悪くした。すると、白ウサギが乙女二匹をたしなめる。

『おい、ミュー がドン引きしてるから、その辺にしとけ』

何に引かれたかわからないという顔をしたチュエッカとキュレーネは、意見を求めるように姉と慕うレグを見上げた。

『あっ、そうね！　そうだったわ！　このコ達のこの騒ぎは、毎年春の風物詩だから聞き流してたんだけど、ミューちゃんは知らない話だったわよね。んっもう、アタシったら、ミューちゃんとはずっと一緒にいる気がしてたもんだから！』

うふっ、とウィンクされたミュリエルは硬い顔のまま唇の端を引きつらせた。

「ふ、風物詩……」

まるでお祭りを説明するような口振りに、戸惑いが隠せない。ミュリエルは常々、聖獣達の度量の深さに感服する立場だ。嘘《うそ》を厭《いと》って仲間を大切にする彼らは、義理と情に厚い。そんな聖獣達の普段を考えると、嫌ならば距離を取る、無関心を貫くといった行動になりそうなもの

だ。その彼らが特定の誰かを譲らぬ意思を持って、より能動的に排除しにかかる。そんな姿は、まったく想像できない。

『はじめて聞いたら、驚いちゃうものかしら？　だけど、大事なパートナーに悪い虫がつくくらいなら、アタシ達聖獣って……。けっこう、手段は選ばないのよ……？』

先程は可愛い二匹に悪魔が宿ったが、今は巨大イノシシが悪いものを喚《よ》ぼうとしている。意味深な笑みを浮かべたレグに、ミュリエルは聖獣達の本気を見た。『余計ドン引かせてどうすんだ』という歯ぎしりは耳を素通りしていく。

それなのに、この時は嫌なことだけには気づいてしまった。

（ま、待って……？　だ、だって、今お聞きした話からすると、気に入らない人間をパートナーが番として受け入れようとしたら、聖獣であれば皆さんそろって、過激な実力行使も厭わない、ということ、よね……？）

ミュリエルは、相変わらずの顔色のままアトラをそっとうかがった。すぐに目が合ったが、ここで白ウサギに直接聞ける度胸がない。

「あ、あのっ……。ひ、一つお聞きしても、よろしいですか……？」

そのためミュリエルは、自らが受けかねない衝撃をやわらげるため、まずチュエッカとキュレーネへ質問することにした。ミュリエルがゴクリと喉《のど》を鳴らしてから小さく呟くと、乙女二匹は何でも聞いてと言わんばかりにそろって頷く。

「チ、チュエッカさんとキュレーネさんが、『質が悪い』とか『変』だとか言われた、その女性達は、その、ぐ、具体的には、どんな方々だったのでしょうか……？」

早く返事が欲しいだろう乙女二匹にすれば、お行儀よくおすわりを保っていたのだから偉い。

しかし、ここでこんな話を向けられてしまえば、飛びだす勢いは強くなる。

『えー？　自分のことばっかりで、スタン君の話なんて全然聞いてくれない人、とか？』

『えー？　勝手な思い込みで行動しちゃって、シーギスさんのこと振り回す人、とか？』

「そ、それは……」

『あとは、すぐ逃げだす人、とか。すぐ泣きだす人、とか』

『それと、思わせ振りな人、とか。甘ったれてる人、とか』

「……、……、……」

途切れることなく続くそれらの評価は、知らない誰かを指す言葉だ。しかし、言葉が重ねられるほどに、ミュリエルはさらに強烈な不安に襲われた。衝撃をやわらげるどころか、初手から大打撃だ。

(だ、だって、今あげられた例って、ぜ、全部、私にも、当てはまってしまう、わ……)

顔色どころか、不安がふくらみすぎて気分まで悪くなってくる。グラグラと瞳を揺らしたミュリエルは、焦点を定めることなく辺りを見たあと結局うつむいた。

「あ、あ、あの……」

自身のつま先を見つめながら呟けば、口のなかがカラカラに乾いていた。

「ア、アトラさんは、その……」

『なんだよ?』

乙女二匹に矛先を向けられないよう、口出しは最小限にしているアトラだが、返答は早い。

「わ、私のことを……、その……、……、……」

おずおずと上目遣いした翠の瞳と、しっかり開いてこちらを見ている赤い瞳が視線を結ぶ。いぶかしんでいるアトラと見つめ合えば、今し方言われたばかりのため我慢したいのに、日には涙がわいてくる。小刻みに震えながら泣くのを耐えているミュリエルに、白ウサギは眉間《みけん》にグッとしわをよせた。ガチンと一喝《いっかつ》する手前の顔を見せられたミュリエルは、もうひと思いにとどめを刺してもらおうと声を張った。

「ア、アトラさんは、いつ! 私を、サイラス様のお相手として、お認めくださったのでしょうかっ!」

大きく声を張っても、緊張と不安が強くて頬に血の気が戻ってこない。

『はぁん?』

何言ってんだコイツ、と言わんばかりの顔だった。ミュリエルは水面張力の限界にある目もとに、力を入れた。一回でも瞬きをすれば、涙が零れてしまいそうだ。

「さ、さ、最初は、ご不興を買っていたと思うんです……」

『……、……、……そうだったか?』

可愛いウサちゃんと呼びかけて頭からかじられかけた出会い頭に、勤務初日から重ね続けた失態。それらの過去が、見つめ合う赤と翠の瞳の間を静かに流れていく。

とはいえ、そんな体たらくであっても、聖獣達の懐の広さに救われて、割と早い段階で仲間として受け入れてもらえた覚えもあった。白ウサギの当たりの強さが、ぶっきら棒な優しさだと理解できるまでだってさほど時間はかからなかったはずだ。しかし。

（せ、聖獣番として、仲間に加えていただけていても、サ、サイラス様の、番としては……）

何せ、たった今チュエッカとキュレーネがあげた「質の悪い」「変」な女は、そのままミュリエルに当てはまる。途中でそんな己の所業が「悪女」と呼ばれる類《たぐ》いだと気づき、悔い改めた場面はあった。しかし、それは少し経《た》ってからのことだ。サイラスとミュリエルの関係が当初、サイラスの多大なる我慢と思いやりによって成り立っていたのは事実である。ならばそのどこに、アトラがミュリエルをパートナーの番として、認めてくれる要素があったのか。

（み、認めてくださっているの、よね……？　えっ？　あらっ？　まさか、これから……!?）

『あぁ、アトラはね、ミューちゃんのこと、最初から認めてたわよ？』

「えっ！」

『だって、サイラスちゃんとミューちゃんの組み合わせ、誰が見ても自然だったもの』

「えぇっ!?」

　アトラからではなくレグから返事があり、いったんは巨大イノシシを見上げたミュリエルだが、すぐさま真意を問おうと白ウサギを振り返った。目を見開き息を止めて見つめると、アトラは澄ました顔でひげをそよがせただけで、反論を口にすることはない。

『いーなー、アトラさんとダンチョーさんは！』

チュエッカとキュレーネが声を合わせる。それを、かっぴらいた目のまま聞いたミュリエルは、衝撃から回復しない変な動きで振り返った。

『でも！　そんなミュリエルちゃんだからこそ、安心して任せられるよね？』

『うん！　誰かと協力するのも上手だから、不安になんてならないもんね？』

ふっくらとした頬がとても満足そうだ。その可愛い姿をミュリエルは呆然と眺めた。

「あ、あ、あの……、な、なるべくお二方のご要望に、沿えるよう、ご協力させていただこうと、思います……。スタン様とシーギス様のお見合いが、よい方向に、進むよう、に……」

『わぁ！　ありがとー！』

働きの鈍い頭でそう答えた途端、チュエッカとキュレーネは互いの体でクルクルとこんがらがった。動きが速すぎて、どちらがどちらかわからない。ただ、ふわふわの毛玉の動きは可愛さの天井を突破している。

『……よくわかんねぇけど、解決したか？　グズグズ考え込むくらいなら、今聞いちまえ』

よくよくミュリエルを観察している赤い目は、今も何食わぬ顔をしながらもこちらを見ている。解決したかと聞かれると、まだ足りない。結局、スタンとシーギスが連れてきた女性が駄目で、ミュリエルならよい理由がわからず仕舞いだ。たどたどしく動くミュリエルの目が、乙女二匹の後方で安定感抜群に立っているレグに留まる。

「レ、レグさん」

『はぁい、なぁに？』

アトラが質問を受け付ける姿勢でいたため、レグもいつでも対応できるように待っていてくれたのが有り難い。巨大イノシシの名前を呼んでから、ミュリエルは思った。たとえアトラが答えてくれても、自分のことは冷静に考えづらい。ならば、外へ目に向けるのがいいだろう。

すぐに思い浮かんだのは、暫定婚約者の関係ではあるが、男装の騎士レインティーナと七三の騎士シグバートの組み合わせだ。そして、レインティーナことを引き合いに出すのなら、パートナーであるレグに聞くのが近道である。

「レ、レグさんの時は、いかがでしたか？　その、レイン様のお相手として、シグバート様のことはどうだったのかしら、と……。あと、逆にケシェットさんの方も……」

『そうねぇ。シグバートちゃんは、そもそも聖獣騎士としての出会いが先だから、このコ達とはちょっと違うかも。だけど、初見でレインが連れてきたとしても大丈夫だったと思うわ。ケシェットには聞いたことないけど、同じこと言うんじゃなぁい？　ね？』

レグに話を振られたアトラは、簡単に歯を鳴らした。

『この庭にいる聖獣が選んだ時点で、その人間も仲間だしな。そんで気に入らねぇとか、そんな話にはならねぇだろ』

もっともな意見に、ミュリエルは頷くしかない。

（わ、私も、先に仲間として、認めてくださっていたから、なのかしら。だ、だけれど先程、サイラス様とは最初から、自然だったとも言われたし……）

頷いてしまったため、これ以上重ねて何かを問うのが難しい。そして、このつかみどころのない疑問を、上手に言葉にすることもできそうになかった。

『感覚的なもんを、口で説明するのは難しいんだよ』

『そうなのよね。嫌なもんに、いちいち理由づけするのも面倒っていうか。だって、嫌だし』

にべもない白ウサギとイノシシの言い様に、考え込んでいたミュリエルは脱力した。

(……あぁ、そ、そもそも、聖獣である皆さんの、優れた感覚を私が理解しようとすることに、無理があるの、かも……)

唐突にそう気づいてしまった結果、ミュリエルは力が抜けたまま納得した。すると、いまだ飽きずにこんがらかる乙女二匹が、ふと上げた視界に飛び込んでくる。

見合いに目を光らせるなど、戸惑う頼み事だ。だが、聖獣であるチュエッカとキュレーネが口をそろえて任せられると言ったのなら、それ以上でもそれ以下でもない。

(そ、それなら、私でもお力になれることが、ちゃんとあるはず、よね……?)

わからないがゆえの自分への自信のなさに目をつぶれば、少しずつ前向きな気持ちがわいてくる。ミュリエルがほんのりと笑みを浮かべると、すぐに赤い目とかち合った。

『納得したか?』

「は、はい。納得できた、と思います」

言葉にできない気持ちを伝えるために、しばし視線を結ぶ。するとそこへ、バッサバッサと羽ばたく音と共に強い風が吹きつけた。

『話は聞かせてもらったのだがな!』

上空より舞い降りたのは、乙女の突撃を察していち早く待避していたはずのクロキリだ。突然のタカの登場に、激しい運動を続けていた乙女二匹もピタリと止まる。

『ならば、ワタシの見合いも頼みたい！』

優雅に着地したものの、クロキリの表情は険しい。

「えっ？　クロキリさんのお見合いも、何か問題があったのですか……？」

『うむ！　前回の見合いがひどいものだったのだ！　続くようなら改善を申し入れる！』

芝居がかった仕草で翼を開き、胸ではなく首の毛をふくらませたクロキリは苦々しく鳴く。

『文句を言っては格好がつかないと、黙っていようと思ったのだがな。チュエッカ君とキュレーネ君の頼みが通るのなら、ワタシも聞いてもらって問題なかろうと……』

『あ、話が長くなりそうだから、ウチら帰るねー！　アトラさん、お邪魔しました！』

『レグ姉、ありがとう。ミュリエルちゃん、よろしく。クロキリさん、ばいばーい！』

お互い様ではあるのだが、関係ないとなれば皆そろって引き際が早すぎる。しかし、明るく挨拶してあっさりと帰っていく乙女二匹の後ろ姿に、文句を言う者はいない。

『……で、続きだ！　端的に言えば、見合いに参加する者達の品位が低いということだ！』

当のクロキリも去りゆく姿を簡単に見送っただけで、我が道を進んだ。飲み込んでいたものを言うと決めたからには、きっちりはっきり主張することにしたらしい。

「えっと、確か……。なかなかパートナーが見つからないクロキリさんのために、文官や地方出身の希望者も、広く受け入れることになったのでしたよね？」

報連相の一環で、ミュリエルも経緯だけはサイラスから聞かされていた。ただ、ここ最近は見合いに立ち会うことがなかったため、現場の状況を詳しく知る立場にない。

『見合い相手に大切なのは、量ではない！　質だ！』

聖獣番になってすぐの頃、ミュリエルはクロキリの見合いに立ち会ったことがある。だが、気に入らなければ即座に飛び立ち、誰の手も届かないところへ行ってしまうクロキリだ。そうなると、時間いっぱい関わることすらない。それなのに、これほど腹立たしげに見合い相手の品位を気にするとは、ただ事ではなさそうだ。

「そ、そんなにひどいのですか……？」

恐る恐る聞いたミュリエルに、クロキリは黄色い目を細めた。

『ひどい』

ひと言だけ答えるその表情は、神妙だ。

『もう見合いなどしたくないほどだ』

「えっ!?」

パートナーを得ることを切に待ち望んでいるクロキリが、発するとは思えない台詞だ。深刻な事態を予感したミュリエルは、黙って聞いているアトラとレグへ目だけを向けた。するとどうやら、二匹はすでに知っていたらしい。その上で、今の発言を止める素振りがない。その瞬間、ミュリエルのなかでクロキリの見合い改善に向けて、迅速に行動することが決定した。

「ク、クロキリさんが耐えがたく思っていることは、十分伝わりました。そ、それで、私はどうしたらよいでしょうか？」

『とりあえずは一度、ミュリエル君も見合いに立ち会ってくれたまえ』

はなから過激な対応を求められることも視野に入れていたミュリエルは、意外と常識的なお願いにきょとんとしてしまう。そんな表情を見て、クロキリは先んじて説明を追加する。

『まずは、これはひどい、と共感が欲しいのだ！　その上で、早急な改善を求む！』

ピィィイッ！　と鋭く鳴いた声に、ミュリエルは背筋を伸ばす。まるで教官が吹く笛のような音だったため、ミュリエルの動きは指示を受けた新人のようになった。

「わ、わかりました！　では、まずは、速やかにサイラス様へご報告に行ってまいります！」

『うむ！　任せたぞ！　ミュリエル君、君が頼りだ！』

ミュリエルの返事に調子を合わせたのか、クロキリも雰囲気のある表情を作る。しかも続けてあげた意味をのせない鳴き声は、ピッピピッピッと駆け足の号令のように短い。その場で足踏みをはじめ、さらに思わず走り出してしまえば、後ろから追いかけてくる鳴き声は応援するようでいて確実に急《せ》かしている。

速やかにと言ってもほどがある。だが、素直なミュリエルは鳴き声の拍子に合わせて足を動かし続けた。振り返ることのない背中が見えなくなっても、三匹はその場を動かない。一応、転ばないかを見守ってくれていたようである。

勢いよく駆け出しておいてなんだが、庭を出たところで足の勢いは緩やかになった。単純に息が苦しくなってきたのもあるが、今の時間帯に執務室に突撃した場合の、サイラスの都合を考えたのもある。結果、ミュリエルはそのまま執務室に向かうことにした。そろそろ午後の休憩に入る頃だろう。身があけば、サイラスの方から庭に顔を見せに来てくれる時間帯だ。

「し、失礼します。あっ、まだご休憩には早かったですね。で、出直してまいります」

だからノックをしてサイラスの返事があるとなれば、それほど躊躇うことなくミュリエルは入室したのだ。しかし、執務室に入ると応接用のソファに座っているサイラスの向かいに、スタンとシーギスの姿がある。打ち合わせの最中なのか、それぞれ一枚の紙を手にしていた。

事前の聖獣達との会話もあり、スタンとシーギスは顔を合わせたかった面子《メンツ》だ。だが、仕事中のそこに割って入る無邪気さも厚かましさも、ミュリエルにはない。迷いなくここまで来たものの、回れ右をしようとした。そこに、すかさずサイラスから声がかかる。

「いや、内輪の話をしていただけだから、その必要はない。おいで」

誘うと同時に手招きされた先は、サイラスの隣だ。

「よ、よろしいのですか？　で、では、すみません。お邪魔いたします……」

一瞬躊躇ったものの、スタンとシーギスが笑顔で席を勧めてくれたため、大人しくいつも通りサイラスの横に腰をおろした。すると、持っていた紙を横から渡される。目を落とせば、すぐに日程表なのだとわかった。

「冬の間の予定を、調整していたところだ。私達の都合をつけるには、他の騎士達の希望も鑑みなければ不公平だからな」

日程表は、縦軸と横軸を使って日付と聖獣騎士団に在籍する騎士達の名前が割り振られている。交差したマスは空白もあるが、矢印で長く埋まっていたり、はっきりとした予定が書き込まれて埋まっていたりする箇所がいくつも見受けられた。

ざっと眺めていたところからサイラスの欄だけを追ってみれば、「ミュリエルと結婚式の準備」と書かれている日が幾日かあり、それぞれ「休日」「午後休」といった印がついている。

もともと実家に帰った時にそんな話をしていたのだから、どこに向けてもおかしな点などない。しかし、ミュリエルはにわかに恥ずかしくなった。紙を持つ両手に力が入る。

サイラスは、翠の瞳がどの文字を映しているかなどお見通しだ。そのため、少し首を傾げるようにして、愛しい婚約者の可愛い反応をのぞき込んだ。微笑みを浮かべながら柔らかい紫の瞳と目が合ったミュリエルは、持っていた紙でそっと顔を隠す。

「っくぅー！　幸せそうで羨《うらや》ましい！　……いや！　俺《おれ》もこの冬こそ、そこに仲間入りしてみせるんだ！　必ず一緒に祝杯をあげようぜ⁉　なっ？　シーギス！」

「この二人にあやかって、ぜひそうありたいもんだな。それに祝杯なら、連れ合い含めて四人でとか、ちょっとした夢かもしれない！　そうだろ？　スタン！」

ドッと盛り上がりをみせた二人に、ミュリエルは紙の上から目を出した。

「スタンとシーギスの両名は、毎年冬を見合いの季節と決めているようだ」

やんわりと紙を引き取ったサイラスも、気合い十分な二人に視線を移す。何事も見守る姿勢から入るため、我らが団長の反応はのんびりとしたものだ。ところが、ミュリエルはそうはいかない。だが、間合いのよさは完璧だ。今ならば変に話題の糸口を探す必要もないだろう。

「お、お、お見合い、との、ことです、がっ！」

しかし、いささか気合いが入りすぎた。騒ぐ二人の意識を引きつけるに、余りある声をあげてしまう。

「なんだよ、ミュリエルさん。そんなに驚くってことは、意外だったってこと？」

「まぁ、俺達は二人そろって女っけがないからな。そう思われても、仕方がない」

スタンはわかりやすく唇を尖《とが》らせ、シーギスは目尻のしわを深めて苦笑いをしている。

「い、いえ！　そ、そんなことはない、です……！　で、ですが、その……」

勢いの強いスタンとシーギスだが、なかなか言葉の出てこないミュリエルを待ってくれる優しさはある。とはいえ、長々と待たせるのは悪い。

「チ、チュエッカさんと、キュレーネさんが……、えっと……、あっ、そうです！　ヤキモチを妬《や》きそうだな！　なんて」

話しながら違和感のない説明をひねり出したミュリエルは、上出来な内容にパチンと手を合わせて顔を上げた。

「あ、それな！　めっちゃ妬くんだ、実際！　ミュリエルさん、よくわかってるなぁ！」

「だよな！　しかも、妬くどころか、すねるし怒るし。可愛いが、困りもんでもある！」

「でも、今年はなんかイケそうな気がしないか？　なんたって、身近で成功例があるし！」

「わかるわかる！　俺もお前も身分と将来性の付録は熱いからな、その辺も推してこう！」

二人の会話は声量があるし流れも早い。そのため、一度はじまってしまえばミュリエルでは口を挟むことができなくなってしまう。

（そ、そうだわ、チュエッカさんとキュレーネさんにも、誰かに手伝ってもらうことを推奨された気がするから……、……、……）

協力者を仰ぐとすれば、身近なところになる。まずミュリエルは、隣にいるサイラスを見た。すぐに視線に気づいたサイラスと、しばし見つめ合う。

（サイラス様になら、私がチュエッカさんとキュレーネさんから直接頼まれたと話してしまえば、簡単だけれど……）

ミュリエルは再びスタンとシーギスを見やった。二人は今、お付き合いできた場合にしたいことの話で盛り上がっている。その姿を見ていて、ミュリエルは今になって気づいた。見守りと用心が必要なのは、確実に見合いが行われるその現場だと。

しかし、見合いの場にミュリエルがついて行くのはおかしい。さらには、協力を取り付けたとて、サイラスに行ってもらうのもおかしい。というより、それはとても嫌だ。

こちらを気にしている紫の瞳を、ミュリエルはもう一度見つめた。サイラスのように頼りになり、親身になってくれそうな人物が他に誰かいないだろうかと考える。交友関係の少ない元引きこもり令嬢にとって、候補にあがるのは聖獣騎士団に所属する面々だ。そして、閃《ひらめ》く。

「そ、そうです！　そのお見合いに、シグバート様も、あっ！　シグバート様は、駄目でした。

えっと……、……、……」

思いついたことに喜んで、いったんは真面目《まじめ》な七三の騎士の名前を出したものの、すぐに訂正する。シグバートは男装の騎士レインティーナの暫定婚約者だ。不誠実になることを頼むなど、絶対にできない。

「そ、そうですね！　では、プフナー様も、お誘いしてはいかがでしょうか！」

次に思い浮かんだのは、紫の長い髪を持った物腰が柔らかで丁寧なプフナーだ。心霊現象好きな面もあるが茶目っけのある性格なので、お見合いという交流を図る行事にも難なく合わせてくれそうだ。

「シグバートもだが、プフナーは冬の間、聖獣を発見した際の対応を教える講習会の講師として、二人そろって地方を回ることになっている」

しかし、その代案はサイラスによってすぐに立ち消えた。わかりやすく予定を教えるためだろうか。先程見せてくれた紙の一部分を指さしている。

「で、では！　レジー様とノア様にお願いいたしましょう……！」

「レジーとノアは隣国の王都で結婚式に列席するため、しばらく不在だ」

さらなる次点で、パン屋を実家に持つ明るいレジーと、大工を実家に持つ人当たりのよいノアをあげる。しかし、こちらもサイラスによって埋まった予定表を見せられた。

「ちなみに、ラテルとニコの両名も、先の二人に続いて隣国に渡る予定だ」

「……」

ミュリエルは口をつぐんだ。老体のラテルと年若いニコは、今回の件には不向きだ。ニコと同じ理由で、弟のリュカエルも除外となる。ちなみに、はなから学者のリーンが選択肢にないのは、人間との結婚やそれに付随する時間にさく気持ちの余剰が、今までの付き合い上なさそうに思ったからである。

「……何か、気がかりなことがあっただろうか？」

とうとう顔だけではなく、体ごとこちらに向き直ってしまったサイラスに聞かれ、ミュリエルは口をむぐむぐとさせた。

「お、お二人が、その……、し、し、心配で……」

困りきった顔で訴えれば、いつの間にか黙っていた二人がやや困惑した様子でミュリエルを見ていた。当然だ。ここまでの心配の仕方は、同僚がする範囲を超えている。

「わ、私が何かを言える立場ではないのは、重々承知です！　ですが、お二人だけではなく、お相手の方と、チュエッカさんとキュレーネさんも含めた皆様全員で、幸せになっていただきたくて……！」

注がれる視線に耐えられなくなったミュリエルは、声を大きくした。ただし、思わず口から飛び出した言葉は、頼まれる頼まれない関係なく、自身で譲れないと思っている本心だ。

「っ！　ミュリエルさん!!　俺、今、すげぇ感動してる……!!」

「っ！　あぁ!!　そこまで言われたら、期待には応えるのが、漢《おとこ》だ……!!」

だからだろうか。スタンとシーギスはいたく感激したようだ。しかし、それはミュリエルの望む反応とはずれている。二人は熱く込み上げた思いと共に勢いよく立ち上がると、見合いへの抱負を口にしてガバッと一礼した。そして、止める間もなく執務室から出ていってしまう。

ミュリエルは声をかける隙間《すきま》が見つけられず、ポカンと見送ってしまった。

「……ミュリエル。二人には言えなかった部分を、聞こうか」

緩慢な動きで振り返ったミュリエルは、そこに何かを察してくれている表情のサイラスを見つけた。二人きりになった執務室は、誰に急かされることもない。そのためここにきてやっと、これまでの経緯を自分のペースで説明することができた。

「なるほどな」

そして、サイラスが頷いてくれると、何も状況に変化がなくとも進展した気がしてくる。だからだろうか、つい弱気な発言まで口を衝《つ》いてしまった。

「わ、私、聖獣の皆さんが、パートナーの恋のお相手に対して、並々ならぬ思いを抱いているなんて、全然知らなくて……」

これまで考えたこともなかったと白状するミュリエルの声は、少しだけ小さくなる。

「私もだ」

「えっ？」

「私も、今知った」

「えっ！　ほ、本当に……？」

くだらない嘘など絶対につかないサイラスだが、ミュリエルの気持ちを軽くするための冗談ならば言うだろう。その可能性を疑ったミュリエルに、サイラスは真面目な様子で頷いた。

「過去の事例を遡《さかのぼ》れば見えてくるものもあるから、まったく予想がつかないわけでもない。ただ、君の口から聖獣達の考えを聞くと、それは確実で偽りのない彼らの価値観だ。とても目の覚める思いがするし、興味深くもある」

皆の頼れる我らが団長にとっても新しい発見ならば、まだまだ雛《ひな》の域を出ない聖獣番のミュリエルが、知らなくても恥じることではなさそうだ。

（そ、そうよね。知らないまま、知った振りをしているより、知らなかったと気づけたことの方が大切だもの！　そしてもっと大切なのは、それをどう生かすかということ……）

それでいいのだとサイラスに言ってもらえた気がしたミュリエルは、深く息をついて気持ちを切り替えた。吐き出した息を見送るために、少しだけ視線を落とす。すると、なんとなくサイラスの大きな手に目が留まった。

「そ、それで、えっと……。わ、私は、頼ってくださったチュエッカさんとキュレーネさんのためにも、皆様がご納得される形で、協力したいと思うんです。ですが……」

じっと見つめていたサイラスの手が持ち上がる。そして、うつむくことで顔にかかっていた栗色の髪を耳にかけてくれた。

「わかった。私も気に留めておこう。だが、あの二人が実際に見合いに赴くまでは、できることは少なそうだ」

「た、確かにそうですね……」

髪をかけるついでに頭をなでられて、上げかけた視線をミュリエルはもう一度落とした。

「見合いの日が迫るまでに、一緒に何か方法を考えておこうか。ただ、私も色恋というものには見識が浅いから、心して挑まないといけないな」

なんでもそつなくこなすサイラスの、いかにも深刻な言い回しにミュリエルは瞬いた。いつだって手慣れたサイラスにドキドキさせられてばかりなのに、恋愛初心者のような言い振りが不思議でならない。そう思ったことは、全部顔に出ていたのだろう。ミュリエルの気を引くように、サイラスが栗色の髪を指に引っかけて弄《もてあそ》ぶ。

「何か言いたそうだな?」

「い、いいえ、サ、サイラス様と一緒になら、私はなんでも心強いので……」

うっかり目を見てしまえば、紫の瞳の柔らかさと甘さに包まれて途端に体温が上昇する。ミュリエルはゆっくりよりかかった。腕と腕がくっついただけ。しかし、あからさまに視線を切るのは感じが悪い。そこで、遠慮がちに軽くよりかかった。腕と腕がくっついただけ。しかし、あからさまに視線を切るのは感じが悪い。それでも、十分に幸せだ。

サイラスがずっと栗色の髪を指に絡めて離さないのが、なんともむず痒《がゆ》い。神経など通っているはずのない髪を通して、お互いの好きな気持ちが流れていくようだ。ジリジリとした恥ずかしさがせり上がってくるが、ミュリエルは身を任せ続ける。しかし、十分に堪能したところで、執務室に来た用事の半分が残っていることを思い出した。

「あ、それと……!」

パッと顔を上げたミュリエルに、サイラスは髪から手を離した。そして、その流れのまま今度は手を繋ごうと指先を伸ばしてくる。

「クロキリさんからも、ご相談を受けまして……。実は……」

手を繋ぐには体の角度がいまいちで、ミュリエルは軽く座り直した。その際、よりサイラスに体重を預けてしまい、頬を染める。とはいえ、ここからの話は真面目なものだ。照れている場合ではない。

「そうか。そちらについては、私も悩ましく思っていたところだ」

クロキリの訴えを伝えると、心当たりがあったらしいサイラスに、すんなりと話が通る。

「クロキリが立ち会ってほしいと願い出て、君が承諾したのなら、私はそれを無碍《むげ》にするつもりはない。それどころか、むしろ私からも頼みたいほどだ」

繋いでいた手に、ほんの少しだけ力が込められる。ミュリエルも感じた強さに見合った力で握り返した。

「は、はい。私こそ、お力になれたら嬉しいです」

物事の解決力なら、サイラスやクロキリ自身の方が断然ある。しかし、先程クロキリにお願いされたのは、まずは共感することだ。それは、ある意味ミュリエルの得意分野である。そのため、信頼に応えたい気持ちを繋いだ手に込めた。紫の瞳を真っ直ぐに見つめて、まるで難しい任務を前にしたようにキリリと表情を引き締める。

「……口づけても？」

「……はい？」

スッと近づくサイラスの顔にびっくりしたミュリエルの体が、跳ね上がる。ソファの弾力も手伝ってやや大きく体が動いたのだが、それがなければ今頃もう唇が触れていただろう。了承は得たはずなのになぜ、とサイラスが心外そうにしているが、驚いたのはミュリエルの方だ。

「な、なな、なぜ、そ、そんな、急に……」

ミュリエルにとっては当然の問いだったが、中途半端な角度に屈んだサイラスは、なんでもないことのように答えた。

「君が、可愛らしかったから」

「えっ……」

いったいどこから突っ込めばいいのやら。まず、そんな要素がどこにあっただろうか。こんな流れになる雰囲気だって微塵もなかったはずだ。

（わ、私が鈍いから、気づけなかっただけ、かしら……？）

なおも口づける手前の体勢を維持するサイラスを見て、ミュリエルは混乱した。サイラスは言葉にはせずに、ほんのり微笑みながらあごを上げることで唇を催促している。

「い、い、今、こ、ここで、ですか……？」

引く気のない様子に重ねて聞けば、さらにあごを振って誘われる。

「あぁ、ここで」

囁《ささや》く声は甘く低く響いて、いつの間にか見つめる瞳は艶を帯びていた。

「あ、あ、明るいのですが……」

「明るくても」

繋いだ手が、ゆるゆるとなでられる。

「し、し、執務室なのですが……」

「それは、今さらだな」

親指が掌をくすぐるようにかすめる。小さな動きでも、そこに込められた想いを知っているせいで胸が苦しくなった。

「口づけても？」

細い息しかできなくなっていたミュリエルは、意識的に大きく吸ってゆっくり吐いてみる。

「も、もう……、き、聞かないで、ください……」

なんとかそれだけ言葉にして、ぎゅっと目をつぶった。ここでチュッと一回ですむかどうかは、サイラスの気分次第である。

2章　黒歴史との対峙《たいじ》は突然に

冬眠組――属するのはネズミのチュエッカとリスのキュレーネ、ヘビのメルチョルにカメのヨン、そしてクマのカプカ――が本能に従い、整えられた穴蔵で眠りについた。それを見送ると、騎士達も予定のある者から順に方々へ出かけていく。特務部隊の面々はそろっているため、そこの聖獣番であるミュリエルの環境はたいして変わらない。しかし、誰《だれ》も彼もいないと思えば、なんとなく寂しく感じてしまうのは仕方のないことだろう。

スタンとシーギスの参加する予定の見合いは、街にて合同で行われるもので日程はまだ先だ。二人が共通の予定表に「休み」ではなく「見合い」と律儀に書き込んでくれたため、探りを入れずとも知ることができたのは有り難いところだろう。具体的にはまだ無策の状態だが、サイラスがいると思えば心強く、ミュリエルにもまだ焦る気持ちはわいていない。

そもそも、言い方は悪いが二人の見合いについての対策が後回しになっているのには、訳がある。まず先に来たのが、クロキリの見合いだからだ。ちなみに、サイラスとミュリエルの結婚式準備のお出かけなどは、二つの見合いのさらに後となる。

己が器用な質《たち》ではないことを、自覚しているミュリエルだ。頼まれ事に全力で向き合うためには、同時進行は悪手でしかない。よって、着実に一つずつこなすべきだと考えていた。

だからクロキリの見合い当日となった今日《きょう》、防寒対策も万全に王城の裏手にある広場、そのガゼボにやる気を充填《じゅうてん》して出向いたのだ。見合い時のクロキリは常に、皆にとって遅刻の時点が通常出勤となる。そのため一緒にやって来たミュリエルは、まずはガゼボから広場に集まる面々を遠巻きに眺めることができた。

「クロキリさん、今日はいかがですか……？」

『相も変わらん』

遠目の段階でばっさりと切る、取りつく島もない返答には相槌《あいづち》が打ちづらい。

『まず、透けて見える心構えからして気に入らない』

「そ、そうですか……」

なんとかそれだけ返事をして、サイラスから説明を受けている参加者を順に眺めた。聖獣ではないミュリエルは、第一印象による振り分けの精度が高いとは言えない。しかし、言い方は悪いが目を引く人物が一人もいないのも事実だった。

『ワタシが無視を決め込むと、追いかけてきてまで暴言を吐く者がいるのだぞ』

「えっ⁉」

ところが続くクロキリの発言により、下したばかりの評価があっという間に地面にめり込む。驚愕《きょうがく》の顔で見上げれば、我が意を得たりとクロキリもこちらを流し見るではないか。

『ひどいだろう？』

ミュリエルはコクコクと頷《うなず》いた。聖獣と会話ができないからと、言ったことが通じていないと思うのは浅はか極まりない。曲がりなりにも見合い相手に暴言を吐くなど、あと百回は礼儀を習ってから出直してほしいくらいだ。ミュリエルが憤っているのが伝わったのか、すでにクロキリは幾分満足げになっている。

『とりあえず、今日は遠くまで飛ばずに、あそこの木に止まっていよう』

「し、承知いたしました」

視線で示されたのは、ここからでもよく見える丸裸の大木だ。あの下に参加者が集まったとしても目視できる範囲だし、大きな声ならば場合によっては聞こえるだろう。とはいえ、小声で暴言を吐くようなら聞こえない。ならば、クロキリのためにも己が場所を移動すべきか、とミュリエルは難しい顔で算段をつけはじめた。

『ところで、一つ気になったのだが』

しかしそこで、話題を変えるようにクロキリから声をかけられる。

『あの身なりのいい男が見えるか？　サイラス君のことを「叔父上」と呼んでいるぞ』

「えっ⁉」

そうしてされた話の内容に、ミュリエルは参加者を二度見した。すると、他《ほか》の者とは身なりの違う若者がいるではないか。初見は顔つきだけを追ったため、あまり格好のことは目に留めていなかった。だが、改めて見れば気づかなかった方がおかしいくらいだ。厚手できらびやかなマントなど、他の者は誰一人着用していない。ミュリエルは距離があるのをいいことに、よくよく身なりのよい若者を観察していく。

（赤味がかった茶色の髪に、淡い藤色の瞳《ひとみ》……。年の頃《ころ》は私より少し上くらい、かしら？　それで、サイラス様を「叔父上」と呼べる方……。そ、それなら、第一王子殿下、よね……？　だとするとお名前は、えっと、マ……、マ……、……、あっ！　マリユス・ジノ・ワーズワース様、だわ！　御年十八歳、のはず……。た、たぶん……）

思い出してみたものの、やはり自信はない。それに、なぜ我が国の第一王子が聖獣の見合いに来ているのかも不思議だ。

（わ、わからないことだらけだわ……。だけれど、それよりも……）

背中に、冷たい汗がひと筋伝う。はじめての相手には輪をかけて極度の人見知りを発揮するミュリエルだが、それが王族とあれば絶対に粗相はできないという圧力が加わる。

『ミュリエル君。当初の目的を思い出したまえ。キミは今日、ワタシの求めに応じてここにいるのだ。そうだろう？』

「……はっ！　そ、そうでした！」

思考の坩堝《るつぼ》に突入しそうになっていたミュリエルは、冷静なクロキリの突っ込みにより踏みとどまった。

「き、気合いを入れ直して、臨ませていただきます！」

二つの事柄を同時にこなすには向かないと、改めて思ったばかりだ。ここでは、まずはクロキリの見合いに集中すべきだろう。翠《みどり》の瞳に生気が戻ったのを確認したクロキリは、再び本日の参加者を気もなく眺めた。

『サイラス君を叔父と呼ぶということは、あの男、王族なのだろう？　だが、ワタシは忖度《そんたく》などせんぞ』

「そ、そうですか。で、ですが、それでこそ、クロキリさんだと思います」

遠回しに第一王子もナシ判定したクロキリは、ミュリエルの相槌にもっともらしく頷いた。

それから、準備運動のように翼を広げ一度だけ軽く羽ばたく。

『うむ。では、行ってくる』

「は、はい、いってらっしゃいませ」

サイラスがこちらに振り返るのと同時に、クロキリが今度は強く羽ばたく。肩をすくめたミュリエルが次に目を開いた時には、音もなく丘を滑空したところだった。クロキリは体を斜めにしただけで、参加者の目前でほぼ直角に高度を上げる。

その行動により、参加者の反応は二手にわかれた。触れようと手を伸ばした者と、勢いに圧倒されて身を引いたり尻餅《しりもち》をついたりした者と。どちらにせよ、希望を与えぬそっけなさだ。

「クロキリは、何か言っていただろうか」

「え、えっと、今日も、駄目なようです……」

引いた視点で見ていると、クロキリのブレのない直線的な飛行は美しい。優雅に木に止まった姿まで目で追えば、説明を終えたサイラスがガゼボまでやって来たところだった。

「あ、あの！　そ、それで、あちらのお方なのですが……」

ミュリエルは目だけを木の下へ駆けよっていく参加者に向ける。この距離があると誰を見ているのか明確にはわからないが、サイラスにはちゃんと伝わったようだった。

「気づいたか。私もこの場にて知らされたんだ。ずいぶんと急なことになるが、第一王子であるマリユス殿下が参加されている」

ミュリエルは見合いに集中するべきだと心で唱えつつも、確認せずにはいられない。

「ち、ちなみに、私は……。な、何かご挨拶《あいさつ》を、しなければならないでしょうか……？」

視線を翼の毛繕いをはじめたクロキリに一番長く留めつつも、サイラスと参加者の間で忙しく動かす。

「傍《そば》に来るようなことがあれば、ひと言ふた言は頼めるだろうか。それ以上にはならないように、私も隣にいるから」

「わ、わかりました……。あっ！」

唐突に声をあげたミュリエルに、参加者を見ていたサイラスも眉《まゆ》をよせた。木の下に集まっていた者のうちの一人が、懐に手を入れたかと思うとクロキリに向かって何かを投げたのだ。

「餌付《えづ》けのつもりだろう。明らかな規定違反だな。あれほど注意したというのに……」

投げつけられた瞬間に、見てもいなかったはずのクロキリが強烈に羽ばたく。すると空中にあった投擲物《とうてきぶつ》は、かなりの勢いで投げた者のところへ返っていく。意表をつかれたせいか、手で受け止めることができなかったようだ。投げた本人が額にぶつけてよろめいている。

あの場に立つ資格のない参加者に、ミュリエルはもやもやとした思いを抱いた。クロキリは面倒になったのか、一段上の枝に止まった。それを今は、見守ることしかできない。

参加者にまじった第一王子のマリユスは、どうやら笛を吹くことにしたらしい。周りにいた者はさすがに遠慮して、クロキリとの交流の優先権を全面的に譲っている。食べ物を投げつけるのとは比べようもなく友好的だ。ミュリエルはつめていた息を少しだけ緩めた。

「あの、そういえば、その……。サイラス様と第一王子殿下の、ご関係って……？」

「疎遠と言うほどではないが、近くはない。血縁関係のなかでは、グリゼルダとの方がずっと気安くはあるな」

「そ、そうですか……」

サイラスと従兄妹《いとこ》の関係にある隣国の王女グリゼルダは、ミュリエルを朋友と呼んで憚《はばか》らない。ミュリエルもまた、頼りになる姉のように慕っている相手だ。初顔合わせの時は尻《しり》込んだが、飾らない堂々とした人柄にはすぐに好感を持った。離れている今は、文通友達でもある。

そのため、ミュリエルにとってサイラスと血縁関係にある人物代表はグリゼルダだ。どうしても基準に、艶《あで》やかな王女様がいる。しかし、どうやら我が国の第一王子殿下はそれほどの仲にないようだ。であれば、出発地点を底上げできそうにはない。

そんな会話では軽くならなかった緊張感を胸に抱いていると、軽く音階を確かめていただけの笛が、軽やかな音色を奏でだす。

「わ、わぁ！　第一王子殿下は、笛がお上手ですね……！」

「そういえば小さい頃から上手で、聞かせてもらう機会が何度かあったな」

「へぇ……！」

目が覚めるほど伸びやかで軽快な音に笑顔になると、隣のサイラスも微笑《ほほえ》んでいた。グリゼルダほど気安くはないと言った口もとは、親しみのこもる形を描いている。その好意的な表情を見て、ふとミュリエルは思った。

（も、もしかして、何か親しくできない、ご事情があるのかしら……）

マリユスの笛の音がやみ、拍手がおこる。クロキリの耳にもすべてが届いているはずだが、少しの期待も抱かせぬためか、黄色い目は見向きもしなかった。ふっ、と気安い苦笑いのような息をサイラスが零《こぼ》す。

（やっぱり、何か理由があるのだわ……）

聖獣番としての職務を優先するために、人間の政治的なしがらみはミュリエルにまで回ってこない傾向にある。聖獣に関係することはこの限りではないが、今サイラスが口にしないということは、アトラ達に直接被害が及ぶような話ではないのだろう。

（だ、だけれど、もし、サイラス様に深く関係することなら、私も……、知りたい……）

綺麗《きれい》な横顔がわずかな寂しさに陰っていると気づき、ミュリエルは自然とそう思った。笑みは残っているのに、先程の笑みとは種類が様変わりしている。その違いがわかる程度には、ミュリエルだってサイラスのことを知っているつもりだ。

そして、もし少しでも笑顔になる手伝いができるのなら、全力で頑張りたいとも思う。気づけばミュリエルは、黒い聖獣騎士の制服の袖《そで》を指先でつまんで引いていた。

「あ、あの……」

しかし、それ以上なんと言葉を続けるか考えていなかったせいで、眉を下げきった顔で気遣わしげに紫の瞳を見つめることしかできない。

「……すまない。ここでは、手を繋《つな》ぐのが難しい」

「っ!? ち、違いますよ！」

察しのよいサイラスのまさかの勘違いに、ミュリエルはびっくりして大げさに否定した。ところが、サイラスは反対の手で拳《こぶし》を作って口もとにあてている。

「叔父上！」

そこへ、こちらに向かってくるマリユスから声がかかった。切り替えの上手なサイラスはすぐさま二人だけの気安い雰囲気を霧散させたが、あとを引くミュリエルは少々居心地が悪い。

まだクロキリが曲がりなりにも付き合っているため、見合いの時間内だ。しかし、得意とする笛の演奏にも反応をもらえなかったマリユスは、諦《あきら》めることにしたようだ。まだ木の下に集まる参加者を置いて、一人でガゼボまで戻ってくる。

「まったくもって見向きもしてもらえないとは、予想外だったかな。こんなにも気難しい存在なのかと、驚くばかりだよ」

第一王子殿下に対してこう評価するのは失礼と思いつつ、ミュリエルがまず抱いた印象は育ちがよさそうだな、というものだった。色んなことに余裕を持って過ごしているのがわかる、穏やかさがある。マリユスは薄い藤色の瞳に友好的な色を浮かべて、朗《ほが》らかに笑った。

サイラスと比べると淡い色の瞳は、今はミュリエルに向けられている。勢いよく目をそらしたい衝動に駆られながらも、なんとか堪《た》えた。それから、失礼にならないゆっくりとした速度で翠の瞳を伏せる。

「私の婚約者である、ミュリエル・ノルト嬢です」

サイラスに紹介されたミュリエルは、膝《ひざ》を折って礼を示した。

「噂《うわさ》はかねがね聞いているよ。女人の影など微塵《みじん》もなかった叔父上が、まさかこんな可愛《かわい》らしいご令嬢と縁を結ぶなんてね」

ミュリエルが職務中だからだろうか、マリユスは右手を差し出すと握手を求めてくる。指先に唇を送られる貴婦人の挨拶よりはずっと気軽な対応で、緊張したぎこちない動きながらミュリエルも手を伸ばした。そして、いったんはしっかり握られたものの、離す瞬間はあっけない。握手をすることに慣れた者の含みのない挨拶だ。一気に手汗がにじみ出ていたが、それに気づかれる前には手を離せていただろう。

「これからは家族ぐるみの付き合いもできそうだと思うけど、いかがかな？」

「有り難いお言葉です。国のため、己が責務に励んだうえで、機会があったその時には」

「叔父上は、何度頼んでも堅いのだから」

軽く誘ったマリユスを、微笑みを浮かべたままのサイラスが間髪容《い》れずにかわす。口を挟む必要はなさそうで、ミュリエルはこっそりと胸をなでおろした。

「そうだ。ミュリエルは私と年も近い。そのよしみでもって、叔父上を私のもとまで引っ張ってきてはくれないかな。年が近ければ、話も弾むだろう。私の二つ年上になる、妃《きさき》とも」

しかし、気を抜いている傍から指名を受けてしまった。しかも、ここにミュリエルがいなければ、二度目の誘いは口にのぼらなかったような言い様だ。ところが、ミュリエルはそれに気づかず固まっていた。話を向けられたこと以上に、あっさりと名前を呼ばれて驚いたのだ。

「殿下、クロキリとの対面はご満足されましたか？」

「ん？　あぁ……。あのように、興味を少しも向けてくれないのではなぁ。私の何がいけないのだと思う？」

そこで答えをはぐらかすように、サイラスがやんわりと話題の修正を図る。おかげでミュリエルの反応が遅くとも、会話のテンポが悪くなることはない。サイラスの間の取り方が絶妙で、さらには次の話題の切り出し方も上手《うま》く、それを受けるマリユスも会話の転がし方が軽快だからだろう。ミュリエルも自分の対応のまずさに、気まずくならずにすむ。

「聖獣の好みは、人とは基準が違います。これればかりは」

「では、優秀と聞く、聖獣番殿の意見は？」

それなのに、またもや発言権が回ってきてしまった。反射的に硬直すれば、マリユスがことさら笑顔を深める。そこに許される雰囲気を感じたミュリエルは、なんとか息を吸った。

「ク、ク、クロキリさんは、気高い精神をお持ちの方で、そ、その……」

大きく息を吸って話しはじめたのに、緊張しているせいかすぐに息が続かなくなる。言葉が途切れると、マリユスがゆっくりとした頷きを挟んだ。まるで、ミュリエルの話す速度に合わせてくれているようだ。圧がまったくないことで緊張の重ねがけはされず、その分人付き合いが苦手な元引きこもりの口も、いつもより言葉が出るのが若干早い。

「ご、ご自分の物差しで測った、対等と感じられる方を、お望みなのではないか、と……」

「そうか、なるほど。それは興味深い見解だね」

見ようによっては大げさなほど、マリユスは納得を示す。しかし、勘ぐりようもなく意見を聞き入れてくれる姿に、ミュリエルは早い段階でホッと息をつけた。

（け、気高く、高貴なパートナーを求めているだなんて、第一王子殿下に対して、間違っても言ってしまわなくて、よ、よかったわ……！）

紙一重にあった不適切な発言に、ミュリエルは引きつった笑みを浮かべた。背中を伝う冷や汗は滝のようになっているが、サイラスを見れば何も問題ないといった眼差《まなざ》しだ。

「第一王子殿下、団長とのご歓談中に失礼します！」

後ろから声がかかったのは、そんな時だ。振り返ればそこに、スタンとシーギスがいる。

「見合い終了の時間には早いですが、お戻りを、とのことです！」

「殿下はこのあと、妃殿下並びにご子息様とお過ごしになるお約束だとか」

第一王子に対して特別な気後れもないらしく、二人はいつも通りキビキビと報告していく。

「あぁ、そうだったな。名残惜しくはあるが、戻るとしようか」

名残惜しいのは、クロキリに対してかサイラスに対してか。平等にこの場にいる者達に視線が流れたため、ミュリエルにはわからなかった。

「おっ、今回もクロキリは駄目か！　こんなのばっか見せられると、俺達のお見合いも幸先が悪く感じちゃうよなぁ……」

「お、おい、スタン!」

まったくつれない態度のクロキリに、思わずスタンが軽口を叩《たた》く。いつもと違いマリユスがいるため、慌ててシーギスが窘《たしな》めたが一歩遅かった。

「なんだ、君達は見合いに困っているのかい? ははは、わかった。ではその見合い、私が引き受けよう。安心して任せてくれていいよ。こう見えて、私は顔が広いからね」

今された発言のどこを切り取っても、ミュリエルが返事をするには難しすぎる。もっと言えば、全体的に冗談なのか本気なのかさえわからない。ただ、スタンとシーギスはもとより、サイラスまでとっさに切り返す台詞《せりふ》を口にしなかったと思えば、マリユスの発言が突拍子もなかったのは確かだろう。ならば、ミュリエルが固まってしまっても仕方がないのだ。

クロキリが、ピィーッと木の上で鋭く鳴く。どうやらミュリエルが意識を飛ばしていることに気づいたらしい。とはいえ正気を取り戻しても、すぐさま現状に変化があるわけではない。見合い終了までは、あといかほどか。ミュリエルにとってもクロキリにとっても、早く終わってほしいばかりである。

◇◇◇

『ミュリエル君、ワタシはクッキーを所望する』

「か、かしこまりました」

ミュリエルとクロキリの間でそんなヒソヒソ話が行われたのは、マリユスと遭遇した見合いから日を置かぬ、ある午後のことだった。件《くだん》の「顔が広い」発言から、第一王子殿下が謎《なぞ》のやる気を発揮して、見合いの場を早々と設けたのだ。しかも、集められて驚くことに、クロキリの見合いとスタンとシーギスの見合いを同時に行うという。

サイラスとは先日の見合いが終わった時点で、あまりにも無茶なことは言われないだろうが、多少は付き合う必要が出てくるかもしれない、などという会話をしていた。しかし、蓋《ふた》を開けてみれば、なかなかの荒業だ。

いつもと趣旨の違う見合いに付き合わされるクロキリは、すでにうんざりしている。それでも、クッキーを所望するだけでこの場にとどまってくれるのだから、かなり我慢と譲歩をしてくれていると言ってよいだろう。

（ク、クロキリさんのご要望と、チュエッカさんとキュレーネさんのご期待の両方に、ここで一気に応《こた》えられると思えれば、悪くはない、のだけれど……）

場所はいつもの開けた広場にポツンとあるガゼボではなく、端とはいえ王城の敷地内の庭で、こぢんまりとした温室がある一角だ。そこで、ミュリエルとクロキリはなんとなく他人事《ひとごと》という心持ちで待機していた。会話の輪から完全に外れているからかもしれない。

（だ、だけれど、このまま空気として存在している方が、私は、いいかもしれないわ……）

そんなことを考えてしまうのは、微妙な距離をあけたそこでサイラスがスタンとシーギスを従えてマリユスと会話しており、さらに目の前の温室のなかには五人ばかりの女性と、なぜか生まれて半年ほどの赤子を抱いた第一王子妃までもがいるからだった。ちなみに女性陣は、冬支度された席につき、温かそうなカップを手に談笑している。ミュリエルには、そのどちらに参加しても緊張しない自信がない。

「君達から見てどうだい？　まずはクロキリのお眼鏡《めがね》に適《かな》う者が、いそうかな？」

クロキリの方を見ながらもマリユスに聞かれたスタンとシーギスは、そろって曖昧《あいまい》に笑って首を傾《かし》げた。サイラスは一歩引いており、言明する様子はない。また、ミュリエルの耳で男性陣の会話が聞こえるのだから、クロキリであれば温室内の女性陣の会話まで聞こえているだろう。それなのに、こちらは徹底して無反応だ。

「彼女達はそれぞれの分野で能力が高いと評判の、才女達だよ。聖獣騎士団では女性も活躍していると聞いたからね。彼女達であれば聖獣騎士となっても、聖獣騎士の妻となっても素晴らしい働きを見せてくれると思うんだ。私も太鼓判を押そう」

温室で歓談していた女性陣も、マリユスの声かけに応じてカップを優雅に置くと立ち上がる。それから、しずしずとやって来ると、かなり手前で軽く膝を折って挨拶をした。まずはクロキリとの見合いだ。ところが、女性陣は近距離で見る聖獣に戸惑っているのか、それ以上傍まで来ようとしない。

『装いがワタシの趣味には合わないし、何より香水が臭い』

「っ⁉」

　ミュリエルは思わずクロキリを見上げた。鳴き声が聞こえなかったのに、話し声が聞こえたことも驚いたが、内容が強烈だ。しかし、傍からは黄色い目を細めて流し見ただけの、薄い反応しか得られなかったと見えただろう。

　才女と評される方々の名誉のために言及すると、装いは一人も色がかぶることなく鮮やかで、香りに関してはミュリエルの鼻であればわからない程度だ。とはいえ、ミュリエルが一人で心のなかで取り繕っても誰にも伝わらない。

「気高いという点も考慮して、私の息子も参加させてみたのだけど、いかがかな？」

　相手の反応に目くじらを立てる性格ではないらしいマリユスは、今日も別段気分を害した様子もなく話を続ける。ご指名にあって、息子を抱いた第一王子妃が進み出た。それでも、こちらから距離を取って並んだ女性陣から、数歩前に出た程度だ。

『ヨダレまみれの間抜け面にしか見えん』

「っ⁉」

　とんだ暴言に、ミュリエルは再びクロキリを見上げた。高い位置から睥睨《へいげい》するように見下ろすクロキリには、おくるみに包まれた赤子の顔がよく見えたのだろう。ミュリエルは失礼になってはいけないとまじまじと見てはいないが、いい子ですやすやと眠っているように見えるし、なんならそれだけで愛らしく思う。

『最近で一番ひどい見合いだ。我慢ならん。ミュリエル君、あとは任せた』

「あっ！　待っ……！」

グッ、と両のかぎ爪《つめ》に力を入れ、クロキリが上体を屈《かが》ませる。予備動作は一瞬のものだったため、ミュリエルが気づいた時にはタカの体はもう上空だ。瞬間的に引き止めるような声をあげてしまったが、ここまでよく我慢して付き合ってくれたと感謝するべきだろう。

『少し散歩しても構わんだろう？　気分転換を終えたら、庭に帰ると約束しよう』

だから、そんなことを言われても咎《とが》める気持ちにはならなかった。ただ、置いていかれた気持ちは拭《ぬぐ》えない。何しろ、ミュリエルにとっても早く帰りたい場には変わらないからだ。

「振られてしまったみたいだね。仕方がない。ここからは人の見合いに移ろうか」

迷うことなく飛び去る後ろ姿は、冬晴れの空に美しく映える。それを眩《まぶ》しく見送ったマリユスは、後腐れなく笑っていた。

立ち位置の関係上、クロキリに置いていかれたミュリエルは、一人ポツンと立っていることになる。適切な行動がわからなくて立ち尽くしている間に、マリユスはスタンとシーギスを目線と仕草で促すと、赤子を抱いた第一王子妃と女性陣を伴って温室のなかへ戻っていく。

それにしても、一番後方からついて行くスタンとシーギスの歩みが急に硬い。緊張しているのが如実にわかる、おかしな動きだ。

「ミュリエル、私達の席も温室のなかにある。一緒に行こうか」

こういう時、サイラスの声かけは秀逸だ。ミュリエルが困る前、それでいて他の者が割り込む心配のない、絶妙な間合いの取り方をしてくる。クロキリがいなくなってしまった今、ミュリエルが手持ち無沙汰になるのは目に見えていた。退出の挨拶を挟む度胸もなく、かと言え相席を強請《ねだ》る社交性もない。だから、サイラスに声をかけてもらえて嬉《うれ》しかったし、背に手を添えて促してくれるままに、最後方から温室に足を踏み入れることにした。

「ここにいるのは、一時は第一王子妃候補として名を連ねた者、民間より能力を買われ王城に出仕している者、成長著しく今後の働きに期待している者、といった感じかな。だから先程言った通り、彼女達であれば誰でも栄えある聖獣騎士の妻になることに、不足はないよ」

するとと、早々とマリユスは顔合わせに入っている。ミュリエルはサイラスに誘導されるままに、少し離れた位置に置かれた丸テーブルのある椅子《いす》に座った。

「第一王子殿下より今日の見合いを提案された時、私達の参加も打診されたんだ。一度は断ろうと思ったのだが……。離れた席ならばいいかもしれないと思って、受けることにした」

腰を落ち着けたところを見計らって、サイラスがごく小声で話しかけてくる。

「ここだけの話、私達にとって都合がいいだろう？」

サイラスとミュリエルは、向かい合うというよりは隣り合う形で座っている。紫の瞳が見合いの行われているテーブルを流し見たので、ミュリエルも自然と目を向けた。

（……あ！　な、なるほど！　ここにいれば、スタン様とシーギス様のお見合いを、さらに間近で、しかも自然に見守れるのね！）

サイラスから同席を願い出たのではなく、マリユスからの打診に応じる形であることが、これまた都合がいい。言わんとしていることを理解できたミュリエルは、控えめに頷いた。

「まずは見合いらしく、自己紹介からいこうか」

司会と仲人《なこうど》をこなすマリユスにまず水を向けられたのは、スタンとシーギスである。

「ス、スタン・ハーツです！　聖獣騎士です！　体は丈夫です！　風邪はひきません！　筋肉に自信があります！　結婚を前提とした、真面目《まじめ》なお付き合いができる方を探して、今日はここに来ました！　こんな俺《おれ》ですが、どうぞ！　よろしく！　お願い！　しますっ！」

「シーギス・ヘッグです。同じく聖獣騎士です。俺、ではなく、わ、私も、まずは誠意あるお付き合いから、ゆくゆくは仲良く同じ墓に入れる方を求めてここに来ました。その、不慣れなもので、お嬢様方に失礼があったら申し訳ないと、今日はとても緊張しています！」

誠実に見えて清潔感があり、騎士らしく張りのある声は健康そうで若々しい。第一印象で女性から足切りされる悪い要素は、ミュリエルからは見受けられない。だが、二人そろって緊張しすぎだ。第三者的位置に座り、隣にはサイラスもいる安全圏からミュリエルはそう評した。

「ははっ。そのように硬くなって、敵なしと言われる聖獣騎士も可愛らしいものだね。まぁ、これだけ素敵な女人を前にすれば、それも無理からぬことではあるのかな」

マリユスが好意的声色で笑い飛ばしてくれたからか、極度の緊張を示す二人に対する女性達の視線も、微笑ましいものに傾く。

そこから、今度は女性達の紹介へと話題は移っていった。よいところで第一王子妃が追加情報を挟むため、顔と名前と特徴がしっかりと繋がり覚えやすい。ミュリエルにとっても有り難い采配だ。これ幸いと、チュエッカとキュレーネの目の代わりを務めていく。

できればサイラスの意見も聞きたいところだ。だが、内容を聞かれずとも同じ場にて感想を口にするのは憚られる。そのため、時折確認するように目配せをするにとどめた。

（う、うーん……。この方だ！　という感じも、逆にこの方はちょっと、という方もいないような……。あっ。だ、だけれど、あちらの方は……、……、……）

とても甘やかな声色をした、銀髪の女性にミュリエルは目を留めた。感じたものを確かめるために集中する。しかし、今までいい子で母親である第一王子妃の腕に抱かれていた赤子がぐずりだし、意識が途切れてしまった。

赤子を受け取ろうとした側仕《そばづか》えを制して、第一王子妃は断りを入れて立ち上がった。ゆったりと歩きながら鼻歌を聞かせつつ、抱えた手で心地よい間隔のリズムを打つ。母と子を包む優しい空気に、ミュリエルの目は吸いよせられた。

そんなに長々と見ていたわけではなかったが、できればもう少し早く視線を切るべきだったかもしれない。ミュリエルが見ていることに気づいた第一王子妃と、バッチリ目が合ってしまった。すると、第一王子妃は真《ま》っ直《す》ぐこちらに近よってくる。ミュリエルは慌てて居住まいを正し、急にガクガクとしだした足で立ち上がろうとした。

「いいのよ。どうぞ、そのままで。ごきげんよう、とご挨拶してもよろしいかしら？　今日はマリユス様の思いつきに、付き合わせてしまいましたね」

王族の隣に立てる女性像というものを、体現したような出で立ちだ。立ち姿だけではなく声音に抑揚、表情から視線の移ろい方まで、お手本のように洗練されている。ふわふわのミルクティー色の髪に水色の瞳はどことなく儚《はかな》いのに、まとう気品がゆるがぬ安定感をもたらすためか、自然と頭を下げてしまいたくなる独特の存在感がある。

「いえ、私は職務の範囲ですので。それより、ご自愛ください。過ごしやすく整えてはありますが、もう少し暖かい方がよいように思います」

声も出せずに深々と頭を下げたミュリエルと違い、サイラスは自然体だ。

「えぇ、そうね。お気遣い、ありがとう。お先に戻らせていただこうと、思ってはいるの」

下げすぎた頭をミュリエルが上げられないうちに、控えていた侍女達が椅子をもう一脚用意する。ぐずるのを止《や》めた赤子を腕に抱いたまま、そこへ第一王子妃は腰かけた。

「ミュリエル様、お顔を上げてくださいな？　やはりこうした場は、苦手なままですの？」

「……えっ？」

体勢を戻す機を逸していたミュリエルにとって、前半はとても助かる声かけだ。しかし、後半を耳にした途端に、またしても中途半端な角度で頭の位置を止めることになる。

「幼少のみぎり、マリユス様のご学友を選ぶ茶会でも、そのようになさっていたでしょう？」

すっかり固まってしまったミュリエルに再起動を促したのは、サイラスの手だった。用意されていたが使っていなかった膝かけをかける振りをして、ミュリエルの背をポンポンと励ましていく。パチパチと瞬《まばた》きしたミュリエルは自然と座り直すと、隣のサイラスを見た。紫の色を見つけた途端、止まっていた頭も動き出す。周りの様子を認識できるところまで回復すれば、正面に座った第一王子妃が微笑みながらミュリエルの返事を待っているのがわかった。

（よ、幼少のみぎり……？　茶会……？）

遅れて、かけられた台詞を引っ張り出して吟味する。だが、さっぱりわからない。

「イエンシェ、どうやらミュリエルは忘れてしまっているようだよ？　前回、聖獣の見合いに出向いた時も、思い出したような素振りが一つもなかったからね」

しかし、返事をしたのはミュリエルではなく、見合いの司会を買って出ていたはずの第一王子だった。マリユスは自ら椅子を指示すると、イエンシェと呼んだ己の妃の横に腰をおろす。

スタンとシーギスの見合いは、あとは当人同士でという段階に進んだらしい。お役御免となったために、こちらに足を運んだのだろう。

「わたくしの四つ下であれば、当時は四歳ほどですものね。仕方がないのかもしれません」

「あの時も、すぐに可愛らしい子がいると思ったんだよ？　素直な笑顔が気に入って、ぜひ仲良くなりたいと名も許し合ったのに……。残念なことに、次回からは姿がなかった」

藤色の瞳を向けられても、ミュリエルに思い出せることがない。自分のことなのに助けを求めるようにサイラスの顔を見てしまったからだろう。第一王子夫妻にも、まだわかっていないと伝わったらしい。

「あの時は申し訳ないことをしたね。特別に見えてしまう扱いを、私が軽はずみにしたのがいけなかった。あとからそう気づいたんだけど。ねぇ、イエンシェ？」

「えぇ、わたくしはすべてを知って参加しておりましたが、ミュリエル様は違うご様子でしたから。わけもわからず囲まれ、敵意を向けられてしまえば、戸惑ったことでしょう」

何もわかっていなかったところから、じわじわと過去が染み出してくるような感覚をミュリエルは覚えた。

（こ、子供の頃の、茶会……、……、……）

温室の緑あふれるなかに身を置いているはずなのに、見つめた紫の瞳の色を残し、染み出した過去が広がるごとに視界から色が褪《あ》せていく。色のつかない思い出を映しはじめた翠の瞳は、現在のミュリエルの見ているものとは関係なく、当時目にしたものを順に追っていった。

整えられた広く美しい庭園、色とりどりの菓子が並んだテーブル、子供用の背の低い席、着飾った大勢の子供達、離れた場所に控えた大人《おとな》達、気がつけば隣で笑っていた男の子の姿。

（そ、そうだわ……、わ、私……、男の子と、おしゃべりをして……、……、……）

ミュリエルは、サイラスにかけてもらった膝かけをテーブルの下で握った。掌《てのひら》にじっとりとかいた汗が冷たくて、膝かけの柔らかさも暖かさも遠い。

目の前の男の子は笑っている。しかし、色が褪せ、音はない。それ自体が既におこった過去のことだと強く示しているのに、その時に感じた感情だけがいやに鮮明になっていく。

（そ、そ、それで……、お、男の子と離れたら、その途端、わけもわからず、か、か、囲まれて……、それから……、……、……）

はじめて触れることになった人の悪意、何が悪かったのかもわからないのに強要される謝罪の言葉、どこを見ても味方などいない冷たく鋭いたくさんの視線。色も音もない過去に、深く根づいた恐怖の感情だけがミュリエルの心でふくらんで弾《はじ》ける。それは、じわじわと染み出た過去に、バシャンと氷水をかけられたような感覚だった。

カタカタカタ、と丸テーブルと椅子が小さく振動する。いや、震えているのはミュリエルだ。しかし、心を飛ばしてしまったミュリエルは、自分が震えている自覚がない。そのため、一番はじめに動いたのはサイラスだった。

「第一王子殿下」

言葉を落とすと同時に、サイラスは立ち上がる。それから、ミュリエルの膝からずれて床につきそうになっていた掛布に手を伸ばした。顔の間近で屈んだために、黒髪がそっとミュリエルの頬《ほお》をなでていく。同時に、サイラスの香りも触れていった。瞬きを忘れた翠の瞳が、睫毛《まつげ》の先をかすかに震わせる。

「どうやら長居しすぎたようです。私の大事な婚約者の手が、冷たくなってしまいました」

人前であっても手を取ることに違和感のない流れを作ったサイラスは、そのままミュリエルの指先を包むように握り込んだ。間近で気遣うようにのぞき込む紫の色が、ミュリエルの呆然《ぼうぜん》としている瞳に映り込む。

「おっと、これは悪かったね。自分が寒くなどないから、すっかり失念していたよ。イエンシェと私達の可愛い子は、大丈夫かな？」

サイラスを倣うようにマリユスもイエンシェの手を握り、それからおくるみに包まれた赤子の顔をのぞき込んだ。そして、返事を聞く前に立ち上がると、妻にも手を貸して促した。

「今日はこれまでとしようか。どうしても名残惜しくなってしまっていけないね。だけれど……。もう少しと思うところで切り上げた方が、後を引くものとも聞くし」

世話を焼いた見合いが行われるテーブルは、マリユスの目にも上手く会話が回っているように見えたのだろう。満足そうに微笑んだ。

こうして、荒業のように思える見合いは終わりを迎えた。しかし、正直ミュリエルは、その後どうやって庭まで帰ったか覚えていない。気づいた時には特務部隊の獣舎に到着し、白ウサギの馬房にいたから。ただ、獣舎に差し込む太陽の傾きで時間を計れば、かなり長々と虚脱状態になっていたのは確かだ。

テーブルと椅子をカタカタ鳴らすほど震えていたはずのミュリエルだが、今は生命維持に問題ないだけの体温を取り戻していた。白ウサギの馬房に押し込まれてすぐ、前面をアトラに、後面をサイラスに隙間《すきま》なく包まれ続けた結果だ。大好きな者からわけられる温もりは、心の冷えまで取り去る効能がある。

とはいえ、全快にはまだもう少し時間が欲しい。そのため、ミュリエルは白ウサギに抱きついたまま、スーハースーハーと一心不乱に深呼吸を繰り返していた。

どうしても仕事に戻らなければならないサイラスは、心身の健康が第一だと念を押して戻っていった。しかし、ミュリエルが茫然《ぼうぜん》自失している間に、予測をまぜつつも的確な状況説明をしていったため、聖獣達が度を越して心配する事態にはなっていない。

信頼したパートナーからお願いされたこともあり、アトラは身動きすら取らずにミュリエルに付き合っている。しかし、さすがに伸びの一つもできないのはつらいらしい。

『おい、オレだけがミューの機嫌をずっと取るって、おかしくねぇか』

『だって、アトラがそうするのが一番効果的なんだもの。もう少し付き合ってあげて？』

レグに言われるまでもなく、その自負はアトラ自身にもある。だからこその献身だ。そのため若干遠い目をしたものの、頬をミュリエルに捧げ続けることにしたようだ。しかし、白い柔らかな毛をまさぐる手にも嗅《か》ぎ方にも元気が出てきていることは、全員が把握していた。そのため、ここまでは静かに見守っていただけの特務部隊の面々も軽口を叩きはじめる。

『それにしても、まさかここに来て、ミューちゃんが引きこもりになった原因が判明するなんてねぇ』

レグはいたわりのこもった眼差しでミュリエルを見つめると、鼻息をついた。

『我々にも語らぬ過去があるように、ミュリエル君にもまた似た傷があったということだ』

『じゃあ、今まで忘れてたのって、つらい記憶だから抹消してたってことじゃないっスか』

『そんなら今日は、ほんまに頑張ったと思います。もっとベロベロに甘やかさんと！』

ロロの茶化した言い振りが気に入らなかったのか、今現在甘やかしているアトラが眉間《みけん》のしわをグッと深める。しかし、ミュリエルに頬をいいようにされている姿には、威厳も何もあったものではない。そのため、ロロ以外の者まで笑いを噛《か》み殺すはめになる。

『あ、でも、考えてみるとベロベロにって、一理ある気がするわね』

ギンッと鋭くなった眼光から目をそらしつつも、思いついたように呟《つぶや》いたのはレグだ。

『だって、これがきっかけでまた引きこもっちゃったら、どうするの？　一大事だわ！　それならやっぱり、元気になってもらうために、いつも以上に可愛がる必要があると思うのよ！』

　口にしてみれば意外と真っ当だと自分でも思ったのか、レグの鼻息はすぐに勢いづく。そこには、他の面々をおおいに納得させる説得力があった。

『うむ。レグ君の言う通りだな。何しろここの聖獣番はミュリエル君にしか務まらない』

『あとで、おしくらまんじゅうするのとかどうっスか？　あれ、いつもとっても好評っス！』

『その案、採用です！　骨の髄までベロベロにして、ここから離れられんようにせんと！』

　そして、どうにも言った者勝ちの風潮だ。声高に一致団結したせいか、まるで今までずっと全員で労《ねぎら》っていたような雰囲気になっている。しかも、依然として口だけの面々は、今のところ唯一献身を捧げている白ウサギに熱い視線を集中させた。多勢ゆえの圧にも動じぬ無勢のアトラは、いったんその視線を受け止める。それから、いっさい動かぬまま赤い目だけを下に向けた。特務部隊の聖獣達はそろってミュリエルに甘いが、結局一番甘いのはこの白ウサギだ。

『なぁ、ミュー。今夜……』

　白い毛に深く埋まっていた分、アトラのした歯ぎしりは直接体に振動した。それによってミュリエルは、ようやっと顔を上げた。自分に向けられている赤い瞳と間近で見つめ合う。

『一緒に、寝るか？』

「っ!?　は、はいっ！　ぜひっ！」

　同衾《どうきん》を求めれば断らないアトラだが、だからこそ誘ってくれるのは稀《まれ》だ。回復まであと一歩のところにいたミュリエルは、瞬間的に笑顔になって何度も頷いた。嬉しさで赤みのさした頬、生気の戻った翠の瞳。獣舎に戻ってきてはじめて意思ある声を発したミュリエルに、聖獣一同が安堵《あんど》の息をついたのは言うまでもない。

『あ、そうだわ。スタンちゃんとシーギスちゃんのお見合いの方は、どうだったの？』

ここまではとても話題にあげられる状況にはなかったが、アトラと身を二つにする距離をとったミュリエルを見て、もう大丈夫だと思ったのだろう。レグが切り出してくる。

「あ、あー……、えっと……、……、……」

だが、自らのことで手一杯だったミュリエルは報告内容をまとめておらず、間延びした声をあげた。どこから言うべきか迷ってしまう。

『あれは駄目だな。万が一、二人がよくともチュエッカ君とキュレーネ君が認めんだろう』

『クロキリさん、待避していてもちゃんと見てきたんスか？』

『えぇー！　それ、ボクも見たかった！　絶対面白いヤツ！』

ところが、代わりに端的な報告をクロキリがする。聖獣の評価は、何よりも信用度が高い。ここにミュリエルが思ったことや感じたことを、長々と付け加えることはできる。しかし、ナシ判定がくだされたあとにそれらを聞かせても、聖獣達は興味を示さないだろう。

「あの、サイラス様とご相談しないうちに、私が何かを言っても効力は薄いのですが……」

ならば、次にできることを告げた方が生産性は高い。

「こ、このようなお見合いは、これきりで、と、私はお願いしたいなと思っています……」

せっかくマリユスが整えてくれた見合いだが、クロキリには益がないように思う。スタンとシーギスに関してなら、出会いがある可能性は否定できない。しかし、チュエッカとキュレーネの求めているものとは、方向性が違う気がしてならなかった。

（サイラス様とご相談して、皆さんが満足するような、よりよい方法を考えて……）

考え事に片足を突っ込んだミュリエルの手は、無意識に白い毛に伸びる。せっかく身が二つになって存分に伸びをし、さぁブルブルもするぞという体勢にあったアトラは、何も言わずに目を閉じて身を伏せた。自らの頬を、甘やかすと決めた妹分の横に用意する。

『それにしても、そのダイイチオージって子、ずいぶんグイグイ来るわねぇ』

『それだよ、レグ君。まったくもって、ありがた迷惑でしかない。しかも、どうもダイイチオージなる者の思惑のダシにされている気がしてならん』

レグの指摘に即座に切り返したクロキリの発言を聞いて、ミュリエルはまさぐっていた手をピタリと止めた。急に止まった不自然さに、アトラも目を開く。

『えー。そういう方向の話なんスか？　それ、付き合いきれないやつっスよ』

『あ、せやけど、ちょっと皆さん。ミューさんは、寝耳に水みたいな顔してますけども』

聖獣の感覚に及ばないのは仕方がないとして、人間の裏事情に関しても聖獣達の方がよく察しているのはどうなのだろう。とはいえ、取り繕っても仕方ない。そのため、ミュリエルは隠すことなく自分の不甲斐《ふがい》なさに肩を落とした。

「す、すみません。そんなこと、思ってもみなかったもので……」

アトラは受け身でいることがだんだん面倒になってきたのかもしれない。あご下を使って、栗色《くりいろ》の髪をぐちゃぐちゃにする勢いで頭をなでた。

『オマエは別にそれでいいだろ。そういうのは、サイラスとかリーンとか、最近はリュカエルもか。得意なヤツに任せておけば、一番問題が少ねぇ』

グラグラと首が振られるほどなでられたミュリエルは、雑であっても愛情がたっぷりと伝わってくる扱いに、ヘラリと笑った。

『ほら、いつも通りちょうどいいな。サイラスが来たぞ』

お役御免だとばかりに、アトラはミュリエルの頭を離す。唐突に頭から重みの消えたミュリエルは、変な方向に首を傾けたまま瞬いた。

「すぐに戻ってきたかったのだが、今になってしまった」

思ったよりずっと近くにサイラスがいる。しかもサイラスは、ミュリエルのおかしな頭の角度とおそろいになるように首を傾げた。そして力なく微笑む。

「すまなかった」

謝られる理由がわからずに、ミュリエルはゆっくりと頭を戻した。サイラスの首の角度も同じ速度で戻る。

「今日は、もっと早く助けるべきだった。……大丈夫か？」

いつでも優しく触れてくれる手が、乱れた栗色の髪を壊れものを扱うようにそっとすいていく。アトラにもみくちゃにされていたことを思い出したミュリエルは、顔周りの髪を掌でなでつけてから押さえた。それから、コクコクと頷く。

「ならば、よかった」

どれだけ乱れていたのか、サイラスはなおも丁寧にミュリエルの髪をすく。それから、この隙に目一杯ブルブルをしたあと、もう一度伸びをしているアトラと視線を合わせた。

『あ？　なんだよ。頼まれたことは、ちゃんとやっただろ』

方法は指定されなかった、とアトラが言外に匂わせる。しかし、聖獣の言葉がわからないサイラスには、白ウサギの態度で推し量るしかない。ただし、この二者は互いに対する理解度がとても深いのは皆の知るところだ。紫と赤の瞳が、目配せだけで何事かを語る。

「あ、あのっ、私の髪、まだおかしなところがあるでしょうか……？」

あまりにもずっと髪をなでるようにすく手が止まらないため、思わずミュリエルは口を挟んだ。時折、サイラスの指先が耳や首筋をかするため、余計な熱があおられはじめている。

「いや、もう直っている」

触れる指先の感触を我慢するために、顔の横の髪を押さえる手には力が入っていた。その手をそのままに、ミュリエルはサイラスを上目遣いでうかがった。直ったのならば、なぜ手を止めてくれないのかという疑問を持って。

「だが、可愛らしいと思うと、なでる手が止まらなくなる」

「っ！」

驚いたせいで顔を挟む手により力が入る。わずかばかり潰《つぶ》れた頬には、赤みがさした。吐息を零すように笑ったサイラスは、ますます愛《いと》しげにミュリエルを見つめてくる。

「君が可愛いことは、私が一番よく知っていると思う」

「っ⁉」

二度びっくりしたミュリエルの両手を、サイラスがやんわりと頬から離させる。強く押さえたせいでかえって持ち上がってしまった髪を、最後の仕上げとばかりになでつけた。しかし、両頬を包んだ大きな掌は離れない。

「第一王子殿下が、君のことを可愛いと言っていたのだが……」

『はぁん⁉　なにそれ！　聞いてないわ！　詳しく！』

それまで黙って成り行きを見守っていたレグが、たまらず鼻息を吹き出した。すぐさま止めにかかったのは他の面々だ。

『こら、レグ君！　邪魔をするんじゃない！』

『そうっスよ！　黙って待っていれば続きは聞けるっス！』

『押す時と引く時を見極めんと、立派な出歯亀にはなれません！』

しかし、余計騒がしくなってしまうのは、集まっている顔ぶれを思えば当然だ。

『全員、うるせぇ』

それをガチンと短い歯音でアトラが諫《いさ》める。いつもの愉快な雰囲気が場に流れるが、ミュリエルはそれどころではなかった。大きな掌で顔を完全に固定されて、真っ直ぐ見つめられている最中だ。他所《よそ》事に気を割く隙間などなく、綺麗な紫の瞳にただ魅入る。

「笑っている時だけではなく、どんな時も、私は君が一番、可愛いと思っている……」

瞬きどころか呼吸も怪しくなっていたミュリエルは、熱をもっていた頬がさらにじわじわと熱くなるのを感じた。サイラスの掌にだって、伝わっているはずだ。言われた台詞も相まって、恥ずかしさから翠の瞳が潤む。それをいっそう愛しげに見つめられるのだ。目もとをやわらげた紫の瞳はミュリエルを映して、どこまでも甘い。

「わ、わ、私……。そ、そういえば、王太子殿下から『可愛い』と言われていたことに、今さら、気づきました……」

息も絶え絶えに少しでも正気を維持できそうな話題をひねり出せば、口にしてみて不思議に思う。

「か、可愛いと言われても、その、何も感じなかったと言いますか……」

サイラスと血縁関係なだけあって、マリユスも整った顔立ちをしていた。育ちのよい穏やかな貴公子から「可愛い」と言われたとあれば、年頃の女子ならば色めき立つだろう。しかし、ミュリエルはあの時、とくに気に留めることもなく聞き流した。過去に触れられる気配にそれどころではなかったのかもしれないが、今思い返しても天気の話題ほどに心は騒がない。

「で、ですが、その……」

マリユスに言われた時のことを考えて、いつの間にか視線を伏せていたミュリエルは、そっとサイラスを見上げた。ところが、紫の色を知ればまたすぐ目を伏せたくなって、睫毛が震えてしまう。瞬きをして自分を誤魔化してみても、見つめ合えばやっぱり瞳は潤《うる》んでいくのだ。

「サ、サイラス様に、か、かわ、可愛いと、言われたり、思われたりするのは、あの、は、恥ずかしくて……、それに……、……、……」

嬉しくもある。最後は声にはならなかったが、ミュリエルの顔にありありと書いてあった。

「可愛い」

低く響く声は、耳にさえ甘く感じる。

「とても可愛い」

一度、二度と言葉が繰り返されるごとに、体の奥深くまで甘い声が振動していく。

「どうしたらいいのか、わからなくなりそうだ」

吐息まじりの囁《ささや》きに、自分の体が溶けてしまいそうだ。

「それくらい、ミュリエル。私は君が、可愛い」

唇から直接体に注ぎ込むように近づいたサイラスの顔に、ミュリエルはとうとう我慢できなくなった。顔を挟まれているところから無理やり飛び出すと、その勢いのままサイラスの胸に収まった。グリグリグリと顔を擦《こす》りつけて、体に染み込んだ甘い声の響きを誤魔化す。

（だ、だ、駄目だわ……！　どんなに首を振っても、体の奥が痺《しび》れたみたいになって……）

ふぅふぅと自分を落ち着ける呼吸をしていたミュリエルだが、そこでピタリと動きを止めた。いっぱいいっぱいになったミュリエルの頭をなでながら、背中をポンポンとあやしていたサイラスも何事かと一緒に止まる。

（こ、こ、ここで深呼吸しても、サ、サイラス様の香りで、いっぱいだわ……！）

場合によって安心できる香りでもあるサイラスの香りだが、今に限っては適切ではない。

ミュリエルは唐突に顔を上げると、回れ右をする。それから、いっさい身構えていなかったアトラに体当たりする勢いで抱きついた。珍しく意表をつかれた白ウサギが、うっと小さく呻《うめ》く。

『あははっ、やっだぁ！　もう、本当、ミューちゃんってば可愛いわねぇ！　もちろん、いまだけじゃなくていつもよ、い、つ、も！　アタシだって可愛くて仕方ないんだから！』

ブフフッとレグが笑えば、ピィワンキュキュッと鳴き声が続く。

『うむ。何事にも一生懸命に取り組む姿は、目を引くからな』

『のんびりおっとり優しいうえに面白いし、最高だと思うっス』

『何をしてても見てるだけでなごむんやから、相当なもんです』

逃げだしたミュリエルに、サイラスが手持ち無沙汰になった手を握ったり開いたりしている。

それがさらに面白かったのか、いっそう楽しげに鳴き声があがった。

『うちの聖獣番張ってんだ』

呻いたことをなかったことにして、アトラがなんでもないことのように歯を鳴らす。

『……当然だろ』

少し格好をつけた言い振りだが、首に全力で白ウサギの香りを取り込もうと深呼吸をしているミュリエルがくっついているため、やはり締まりがない。しかし、皆が皆ミュリエルに甘いため、ニヤつく視線は向けても咎める者などいないのだ。

少し前までであればこうした時、仲間に入れないサイラスが寂しそうな顔をしたものだった。

だが今は、そんな顔をする前に心に素直に従って体が動くようになったらしい。アトラの白い毛からはみ出るミュリエルの背中から、閉じ込めるように抱き締めた。

「温かいな」

アトラの白い毛に顔を埋めて呟いたサイラスが、頬ずりをする。一見、白ウサギの極上な体温と柔らかさを堪能しているように見せて、実はミュリエルの頬にこそサイラスは顔をよせていた。体が温まっていても、外気が低ければ耳に触れると冷たく感じるものである。しかし、今や耳が一番熱い。

せっかくアトラを吸うことで取り戻しつつあった平常心が、再び暴れそうだ。しかし、ミュリエルは身に触れた温かさで、少し前に感じた冷たさを思い出した。頬で体温を確かめたサイラスの仕草が、色を含むというよりも心配が先に立っていたからかもしれない。

「わ、私、今日……、心がとても、ざわついて……」

口にすれば思い出して頼りない気持ちになる。だが、今は後ろをサイラスに、前をアトラに守ってもらっている。最強の布陣を敷いてもらっているのだから、怖いことなど何もない。

「で、ですが、傍にサイラス様がいてくださるのを、すぐに思い出したので……。息の根まで止まらずに、すんだんです……」

色の褪せた過去に囲まれてしまったあの時も、近くにあった紫の色はちゃんとミュリエルの目に映っていた。

「それに、ここで皆さんが……。こうして私のことを、受け入れてくださるから……」

想い想われる相手がいて、どんな時でも受け入れてくれる場所を自分は持っている。それを疑うことなく信じていられることが、今までより自分を強くしてくれると感じた。

「今夜は、ここで寝るのだろう?」

耳もとで囁いた声が穏やかで、ミュリエルはこっくり頷いた。

「執務室で片付けなければならないことが少し残っていて、もう少しかかってしまうのだが……。それを終えて寝支度を調えたら、ここに戻ってくるつもりだ」

また、もう一度頷く。ふっ、と笑った吐息がいつもよりくすぐったいのは、白い温かな毛が揺れたからだろう。

「では、またあとで」

耳に柔らかいものが触れて、離れる。その感触は白ウサギの毛ではなかったが、ミュリエルはあえて気づかぬ振りをした。ただ、三度頷く。

「アトラ、私が戻るまで、これでもかというほどミュリエルを甘やかしておいてくれ」

『……は?』

相変わらずミュリエルをくっつけたまま、アトラが唖然《あぜん》としてパカリと口を開いた。サイラスを見たあと、目線だけを下げてミュリエルを見る。

『……サイラスじゃねぇんだ。これ以上甘やかす方法なんて、知らねぇんだけど』

今現在も相当甘やかしているつもりのアトラは、目が合ったミュリエルに向かって『な?』と同意を求めてくる。一方、相当甘やかしてもらっている自覚のあるミュリエルもコクコクと頷いた上で、もう一度抱きつき直した。アトラは擦り付けられる顔とまさぐる手をこれみよがしに受け入れてから、今度はサイラスに向かって『な？』と確認する。

「言いたいことはわかる。だが、ここは互いに万全を期したいと思わないか？」

いったんは納得を示しつつも、サイラスは提案を取り下げない。しかも、アトラ以外の特務部隊の面々はもっともらしく頷いて同意を表明している。

ここの庭のトップに座すのは白ウサギだが、意見を聞き入れる度量はいかなる時もある。そのため歯音は鳴らされなかった。とはいえ、すべてを受け入れるように目をつぶったその眉間には、悩ましげなしわが刻まれていた。

◆◆◆

同衾を約束したサイラスは、早足に執務室へと戻っていた。仕事途中で離席できたのは、ミュリエルの様子が気がかりすぎて一心不乱に書類を裁いている己に、リーンが「先に獣舎へどうぞ」と送り出してくれたからである。そのためまずは、気を利かせてくれたことにひと言礼を告げるべきだろう。

自室の扱いではあるが、一応ノックをしてから執務室の扉を開く。すると、ちょうどリーンは自身の仕事を片付けたところだったらしい。席を立った格好でこちらを振り返った。そしてそこには、サイラスが離席した時にはいなかったリュカエルの姿もある。

「あ、団長殿、お疲れ様です。そろそろ帰ろうと思っていたところです。それで、気持ちは落ち着かれましたか？」

紙の束をサイラスの机にそろえて置きながら聞いてくるリーンに、サイラスは頷いた。

「あぁ、ありがとう。時間をもらえて助かった」

リーンの言葉選びに少々面映《おもは》ゆい思いをしながら、サイラスは礼を口にする。

「それはよかったです。では、僕はこれで。リュカエル君は……」

「僕は、まだ。団長、いえ、義兄上《あにうえ》。少しだけ、お時間をいただけますか？」

あえての義兄上呼びで先に話の内容を匂わせたリュカエルに、リーンはあっさりと場を譲ると退出するためにこちらへ向かってくる。入り口に立っていたサイラスが扉を開けば、軽い調子で挨拶をして去っていった。

その背を簡単に見送ってから、サイラスは目を応接用のソファに向けた。ところが、リュカエルは座ってまで長く話し込む気はないようで、執務机の前に立つ。義弟を立たせたまま会話することに多少の抵抗を感じたものの、席を勧めても断られることが目に見えていたため、サイラスは大人しく自分の席についた。

「スタン先輩とシーギス先輩から、今日した見合いの話を聞かされたんです。そこに姉上が同席して、第一王子殿下もいらしたという話も一緒に」

リュカエルの表情を見た瞬間から、サイラスは今日の顛末《てんまつ》がどこからか義弟《おとうと》の耳に届いたのだとわかっていた。情報源を聞いて納得し、先んじて伝えられなかったことに少しのばつの悪さを感じる。もちろん、それよりも前にサイラスが顔を合わせていれば話にあげていただろう。ただ、その辺りはリュカエルも信じてくれているようで、責める気配はない。

「義兄上は、どこまで知っていますか？　姉上から、どこまで聞いていますか？」

リュカエルにしては珍しい矢継ぎ早な質問の仕方に、姉をとても心配しているのが伝わってくる。

「今日の様子と会話、それに以前から見聞きしていたことを踏まえて把握できた範囲だけだが、おおよそは。ただ、本人の口から詳しい話を聞いたことはない」

ただし、ミュリエルは素直でわかりやすいため、大きく外れてはいないだろう。実際、リュカエルが前置きしてから話した内容は、サイラスが予想した範囲内であった。

「僕も実際は小さかったので、これは後に父や母から聞いた話になります。手もとの書類をこなしながらで構いませんので、聞いておいていただけますか」

執務机に置かれた書類の束を、リュカエルがサイラスの手もとまで滑らせる。自分だけ座っていることだけでも、すでに気になっているサイラスだ。片手間のように大事な話を聞くのは配慮に欠けると感じる。だが、リュカエルの態度からは、そうしてもらった方が話しやすいと言っているようにも思えた。

そのため、気持ちを切り替えてペンに手を伸ばす。それに、書類を早く片付けることができれば、その分獣舎に戻るのも早くなるだろう。

「引きこもり、再発したりしませんよね……？」

勧められるままに手もとに視線を落として耳だけ傾けていたサイラスは、そこで顔を上げた。誰が見てもわかるほど、リュカエルの顔には「心配だ」と書かれている。

この姉弟《きょうだい》はよく似た顔をしているが、浮かべる表情の種類にかなり差がある。しかし、この時の顔は誰から見てもよく似ていただろう。

「今でも自分の迂闊《うかつ》さを悔いているのに、もしそうなったら、自己嫌悪で何も手につかなくなりそうだ。だか……」

いったん言葉を切って、サインを入れ終えた一枚を書類の束に戻す。次の一枚を取ってから、サイラスはリュカエルの翠の瞳を見つめ返した。

「アトラによくよく頼んできたから、大丈夫だと信じている」

もっと強い言い切り方はできたが、不思議とこの時はそうしない方がサイラスの気持ちを表すのに正しいと思えた。そんな自身でも引っかかりを覚えた言い回しを、先に正しく読み取ったのはリュカエルだった。

「あぁ、アトラさんに全力でなぐさめてもらえれば、今の姉上なら持ち直すか……」

そう、ミュリエルであれば、自らちゃんと前を向くだろう。己の心と向き合って、自身で大切だと想うもののために、一度止まった足さえ再び前に進められるはずだ。ただ、サイラスやアトラ、その他の面々がその場面に遭遇してただ見守るだけですむかというと、我慢できないのは目に見えている。可愛いミュリエルが悲しんでいれば包んであげたくなるし、しょげ返っていれば構いたくもなる。

サイラスがいない間はアトラに任せたが、特務部隊の全員が、際限なくそろって構い倒しているのが目に浮かぶようだ。己とて、早くそこに加わりたい。

仲良くしているだろう場を思い浮かべたサイラスの表情は、柔らかくなっていたのだろう。それを正面から見ていたリュカエルの顔にも、もう心配は浮かんでいない。

しかし、話はもう少しだけあるようだ。いつものリュカエルらしい涼しい顔に戻ったが、だからこそ、頭のなかではたくさんのことを考えているのがわかる。

「それで、姉上の代わりに把握しておきたいのでお聞きかせください。義兄上が気持ちは別にして、物理的に王家と距離を取っているのは知っています。王位に近い血筋を持ち、過剰な軍事力を動かせるお立場であれば、それが最善だとお考えなのでしょう？　ですが、お相手の方はどうなのでしょうか？」

「……私の身の置き方に、不満を持っているようだ。もっと頼り頼られる仲になりたい、と。だが、我が国だけではなく周りとの兼ね合いも含めると、それはなかなかに難しい」

ここまでは、聡《さと》い者なら親しい関係になくても気づく範囲だろう。ならば、聞かれたことに答えるまで間を置く必要もない。

「だから、今以上の関係を持とうとは考えていない。よって、君が考えていることに、ミュリエルが巻き込まれることはない、とここで約束しておこう」

リュカエルの根底にいつもあるのは、姉への心配と気遣いだ。そのため先回りして付け加えれば、今までの信用の積み重ねもあるためか、義弟はあっさり頷いた。ただし、確認の作業に手心を加えないところがリュカエルだ。

「ちなみに確認なのですが、お見合いはダシにされているのですよね？」

「ダシ、とは？」

先ほどとは違ってサイラスがあえて間を取れば、リュカエルが片眉を上げる。

「僕の試験期間って、まだ続いている感じですか？」

「いや、君とのこうした問答を、私が楽しいと思っているだけだな」

サイラスはペンをペン立てに戻す。それから、手もとにあった最後の一枚を先に束になっていた書類に重ね、端をそろえるためにまとめて立てるとトントンと机にあてた。

「第一王子から王太子になるために、女性進出を推進して革新派に属する派閥を懐柔したいこと。あと、聖獣騎士団との接触を増やし、我が国最強戦力の後ろ盾を周りに匂わせること。並びに、友好の噂を広めて国民の人気を取り込みたいこと。……他に、ありますか？」

サイラスが首を傾げれば、リュカエルは眉をよせた。

「こんなことにばっかり巻き込まれているから、いつまでたっても結婚式の準備が進まないんですよ。しかも、隣国ティークロートの収まりきらないいざこざにも、結局手を貸そうとしていますよね？　でなければ、先輩方の派遣はなかったはずです」

ははっ、と思わず笑ったサイラスに、笑いごとではないとリュカエルのしかめっ面がひどくなる。ここまで気づくかどうかは五分五分という見立てだったため、サイラスはひっそりとリュカエルの成長曲線に上方修正を加えた。

さすがにそこまで読めないリュカエルが、背を向けて扉まで進んでから振り返る。どうやら話は終わりで、サイラスにも仕事を切り上げることを勧めているらしい。退出のために扉をあけようと控えてくれている。

ミュリエルとの約束があるサイラスに、否やはない。そのため席から立って扉の前まで進めば、肩を並べた途端に義弟がポツリと呟いた。

「春、だなんて」

意外と何も指摘してこないなと思っていたサイラスは、ここで言われたかと唇を笑みの形に曲げる。

「家族は皆騙されましたが、僕はわかっていますからね」

チラリと紫の瞳で見やれば、ミュリエルよりは幾分高い位置にある翠の瞳がきっちり見つめ返してくる。

「……無理強いは、誓ってしてはいないが？」

「……ただし、誘導は、したじゃないですか」

互いに笑みを浮かべたまま、見つめ合うことしばし。先に視線を切ったのは扉に手をかけたリュカエルだ。

「とはいえ、僕も堂々と義兄上と呼べるようになるのを、楽しみにしているんです。協力しますから、ちゃんと休みをとってください。じゃないと、姉上のドレス、父上と僕で選びますからね」

「それもまた、楽しいかもしれない、が……」

口先だけではなく本心からそう思いつつ、サイラスは笑みを深めた。家族の縁が薄い己には、ノルト家の団欒《だんらん》はひどく温かいものだった。これから自分もその輪に加われるのだと思えば光栄で、考えただけで胸には優しい気持ちが灯《とも》る。とはいえ、ここは己の意見を表明しておくべきだろう。

「花婿としての権利はしっかり主張して、履行していくつもりだ」

「まぁ、それでこそ、義兄上だと思います」

義兄の宣言が気に入ったのか、義弟は頷いた。開いた扉から先にサイラスを出し、リュカエルもそれに続く。

冬の夜は静かだ。そのため、実際の時間よりも遅く感じる。廊下に出れば、サイラスとリュカエルの行先はこの時より別方向だ。また明日と挨拶を交わして角を曲がる。

そこからサイラスは急ぎ足となったのだが、静かな冬の夜にそれを見咎めた者はいなかった。

3章　デートの基本は一対一であるべきだ

それからの日々は平和だった。サイラスがどのように交渉したのかは知らないが、クロキリのお見合いはしばし停止となり、スタンとシーギスの見合いも以降が見合わせとなっている。

身分的に上位の第一王子が介入したことで、周りの身動きが取りづらくなった結果らしいのだが、例によってミュリエルは難しいことはお任せのため、それ以上のことは知らない。

(恋人が欲しいスタン様とシーギス様にとっては、とても残念なことだもの。だから、手放しに喜んではいけないけれど……)

一回きりでもマリユスに見合いの世話をしてもらったスタンとシーギスは、一般のお見合いに出向けば不義理となる。予定表に記入ずみとなっていた「見合い」の文字は二重線で消され、ただの「休み」表記となっていた。そして、今日《きょう》がそのお休みの日でもあった。

そんなことをぼんやりと考えながら、お昼を終えたミュリエルは箒《ほうき》を手に獣舎の掃除をしていた。しかし、地面を揺らす重い足音を体で感じたため、顔を上げる。すると開けっぱなしの入り口に、勢いを直前で無理やり止めたレグが巨体を斜めにしながら登場した。だが、枯れた芝と乾いた土埃《つちぼこり》が舞い上がったせいで、その姿は不明瞭《ふめいりょう》になる。

折よく冷たい風が吹けば、四角く切り取られた入り口から土埃をさらっていく。開けた視界に改めて映ったのは、何をそんなに慌てて来たのか荒い息をつく巨大イノシシだった。よっぽど大慌てで駆けてきたのか、全身からは湯気が立っている。ブッフゥゥンとついた鼻息も、薬缶《やかん》で湯をわかしたように白い煙として立ちのぼっていた。

「だ、大丈夫ですか、レグさん！」

駆けよってミュリエルが聞いてもレグは息がまったく整わないせいで、言葉が出ないらしい。表情は鬼気迫り、気圧《けお》されたミュリエルなどは一緒になって息があがってしまうほどだ。

『た、大変よ！　ミュー、ちゃん！　スタンちゃんと、シーギスちゃんが、大変、なのっ！』

レグと同じ速度でハァハァしながら、ミュリエルは箒の柄を握る手に力を入れた。

「そ、それは、いったい、どういう、ことで、しょう、か？」

『ど、どう考えても、悪女に、弄《もてあそ》ばれてる、のよぉぅ……！』

「っ⁉」

つい先程、安易に喜べないが、平和な日々だと思ったところだ。それなのに。

『おい、レグはまず水を飲め。そんでもって、なんでミューまで息が荒いんだよ。とりあえず深呼吸しろ』

掃除のために馬房をあけてくれていたアトラが、どうやら騒ぎを聞きつけて戻ってきたらしい。ただし、入り口にレグがつかえているため全身が見えない。イノシシが不器用に後退《あとじさ》りしたので、ミュリエルはその横をすり抜けて獣舎の外に出た。

『悪女に弄ばれるなどとは、なごやかではないな』

するとﾞ、クロキリが空からちょうど着地したところだった。間を置かずに、スジオとロロも小走りでやって来る。

『しかも二人そろってだなんて、どういうことっスか？』

『その情報がレグはん経由なのもまた、不思議なもんで』

集合したばかりなのに、聖獣達は話が早い。もっともだと思う発言に、ミュリエルは深呼吸と共に何度も頷《うなず》いた。

『とりあえず、順を追って説明しろよ。かいつまむより、そっちの方が結局は早そうだ』

それぞれの顔が見やすいように円になると、アトラが促す。そのため、全員の視線がレグに集まった。

『訓練が終わって、おやつを食べようと思ったの！　それで、隠しておいたドングリを落ち葉の下から掘り返してたんだけどね！』

最初からと指示されたレグの出だしは、とてもほのぼのとしたものだった。しかし、それが前振りであると全員がわかっているため、とくに突っ込むようなことはしない。

『そこに神妙な顔をした、スタンちゃんが来たのよ！「チュエッカがなついているレグに、聞いてもらいたいことがある」って！　なんのことかと思ったら、恋バナだって言うじゃない？　アタシ、驚いちゃって！』

そこからの説明は、確かに驚くことばかりだった。どうやらスタンは、先日マリユスが主催した見合いで出会った一人と、交流が続いていたらしい。しかもそのお相手は積極的らしく、なんと今日はデートに行くことになったと言う。

『でも、ナシって結論づいてたじゃない？　だからアタシ、全力で止めようとしたのよ！　それなのにスタンちゃんてば、遊んでるんだと思ったらしくて！　そうしたら、その、ね。そこにレインも合流しちゃって……。結局、気づいたら全力で遊んじゃってたのよぉぅ！』

少々の非難がこもる眼差《まなざ》しを向けられたレグが、サッと視線を横へ外す。しかし、誰《だれ》かが口を挟む前に気を取り直すと、ズンと脚を踏ん張った。

『もちろん、話にはまだ続きがあるのっ！』

それを疑った者はいなかったので、会話の主導権はレグが握り続ける。

『でね、満足したし疲れたから解散したの。そうしたら、今度はシーギスちゃんが来たわけ。「キュレーネがなついているレグに、聞いてもらいたいことがある」って。アタシ、ちゃんとここで思い出したのよ、スタンちゃんのこと！　でも、シーギスちゃんも恋バナだって言うじゃない!?　そんなことって、ある!?』

一日のうちのわずかな時間で、立て続けに恋の話を聞く。それだけなら、なくもない。ただし、続くレグの説明を聞けば話は別だ。なんと二人はまったく同じ内容を話したらしい。

『だから！　二回目だって、全力で止めようとしたわっ!!』

ここまで聞いたミュリエルには、思うところや質問したいことがたくさんできた。だが、吹きつける鼻息の勢いが収まらないため、今は最後まで話を聞く方が先決だと聞く姿勢を保つ。

『だけど、体力オバケのレインとスタンちゃんを同時に相手にしたあとじゃない？　しかも先の二人と同じで、アタシはこんなに真剣なのに、シーギスちゃんも遊んでるんだと思うんだもの！　さすがに付き合いきれなくって！　でも、頑張ったわ。頑張ってたのよ。本当よ？』

情に訴えてくるような悲しげな物言いに、ミュリエルは親身になって頷いてみせる。嬉《うれ》しそうに瞬《まばた》きをして頷き返したレグは、しかしそこで何かを堪《こら》えるようにギュッと目をつぶった。

『それなのに、解散したはずのレインが戻ってくるんだものぉっ!!』

あー、という色んな思いを含んだ相槌《あいづち》とも呼べない声が、レグ以外の全員の口から出る。気の抜けた声だが、全員でそろってしまったばかりに思ったより大きなものになった。

責める意味合いはなかったのだが、レグが項垂《うなだ》れてしまったため、ミュリエルは大急ぎで傍《そば》によると鼻先をなでた。熱い鼻息を吹きすぎたせいか、外気との温度差もあり若干しっとりと湿っている。

ミュリエルのなでる手に励まされたのか、レグは萎《な》えかけた勢いを取り戻した。そして、結果としてミュリエルが一番気になっていた部分を叫んだ。

『何はともあれ一番重要なのは、二人が今日デートに行くって約束した女が、同一人物なんじゃないかってことなのよっ！　一瞬は似た女なだけで、それぞれ別のデートかと思ったんだけど、それだと無理があるわよねっ!?　だって二人そろって長い銀髪に藍色の瞳のボンキュッボンで、ぽってりした唇のおっとり話す女だって言うんだもの！　そんな女、その辺にそんなにいっぱいいるっ!?』

それだけ条件が同じなら、誰もが同一人物だと判断するだろう。そして、ミュリエルにはその女性に心当たりがあった。先日のマリユスが主催したお見合いに、ちょうどその特徴を持った女性が一人いたのだ。

（そ、それに、もう一つ大事なのは……。今のところ、スタン様とシーギス様が同じお相手と、同じ日にデートだと気づいていないってこと、よね？　だ、だとすると、それって……）

ミュリエルは混乱した。己の持ち得る知識と照らし合わせれば、その相手がしようとしているのは、大変不誠実な二股行為と呼ばれるものだ。

（だ、だけれど、待って？　もともと、三人でお出かけする話だったなんてことは……）

お人好《ひとよ》し思考に流れそうになったミュリエルの耳に、ガチガチとアトラの歯音が響く。

『ミュー、その女に心当たりはあんのか？』

「は、は、はい。た、たぶん、レグさんからお聞きした感じだと、リオーズ商会のマドレーヌ様だと思います」

マドレーヌは最近勢いがあり、手広く商いをしている豪商の一人娘だ。レグが二人から聞いた通り、グラマラスな体つきに、ぽってりとした唇でおっとりと話す女性だった。

『ワタシも覚えがある。まぁ、あの日いた者達は全員ナシ判定に変わりはないがな。そして、そのマドレーヌなる者の目が、ワタシは一番うっとうしかった。だが……、ミュリエル君の目から見るとどうだったのだ』

改めて意見を求められたミュリエルは、見合い当日の様子をさらに思い出していく。人の顔や名前を覚えるのが苦手な己が、なぜマドレーヌのことはすぐに頭に浮かんだのか。それは、第一王子妃であるイエンシェが、自己紹介する女性ごとに小話を挟んでくれたからだ。それに自分でも、マドレーヌの甘やかな声が印象深かったからでもある。

「そ、その、えっと……。わ、私から見たマドレーヌ様も……、た、大変女性的な魅力に、優れた方でした。あの、スタン様とシーギス様の腕に触れる、し、仕草とか、お声かけの仕方とかも、お可愛《かわい》らしく……」

『超絶罠《わな》っス』

『美人局《つつもたせ》やな』

言葉を選んだミュリエルに対し、スジオとロロは容赦がない。

『とりあえず、ミューはサイラスに報告に行けよ。一回出かけたくらいで、いきなり番《つが》うもんでもねぇだろ。なら……』

取りまとめに入った白ウサギの指示に、ミュリエルは納得しかけたのだが、それに待ったをかけたのは他《ほか》の面々だ。

『何言ってんのよ、アトラ！　そういう常識は、常識のある者にしか通じないのよ！』

『その通りだ！　そもそも狙《ねら》いを定めたなら、一撃で仕留めるのが狩りの基本ではないか！』

『ジブン達、野生を忘れて最近のんきっスけど！　この世は常に食うか食われるかっスよ！』

『弱肉強食！　そのお人、確実に肉食や！　この場合、筋肉はなんの役にも立ちません！』

怒濤《どとう》の反対意見が押しよせて、アトラの眉間《みけん》にしわがよる。己の考えを真っ向から否定された白ウサギは、それでもいったん皆の主張を飲み込んで吟味したらしい。

『そんなこと言ったって、ミュー独りでどうしろって言うんだよ？　コイツがノコノコ止めにいったって……。それこそ、食われちまうんじゃねぇの……？』

そのうえで口から出たのは、誰も反対などできない正論だった。聖獣達の目がいっせいにミュリエルに向く。大丈夫だ任せてほしい、と声高に叫べる実績は、本人的にも見つからない。

「さっきはいい汗をかいたな、レグ！　ん？　なんだ、全員そろって仲良しだな！」

なんとも言えない空気が立ち込めていたが、それをぶち壊す明るい声が響いた。男装の麗人レインティーナだ。

『レ、レインー！　ちょうどいいところにぃー！』

「おっ、どうしたレグ？　はははっ、もしや遊び足りなかったか？」

二者の会話は相変わらず噛《か》み合わないが、相思相愛のため問題はない。レインティーナは、いつもはサラリと流している銀髪を今日は高い位置で一つにまとめていた。それどころか、黒の騎士服ではなく襟の高いシャツを着て、なんとも言えない柄の大判ストールを巻いている。

「レ、レイン様は今日、お休みだったのですね……」

それ意外に何が言えただろうか。髪を結っている姿は素敵だが、奇抜な首回りが映えるようにされた工夫であることは明確だ。しかも暑いのか寒いのかわからない格好である。

「あぁ、本当は別日だったのだが、その日が休めなくなってしまって」

冬の間の予定表に目を通していたミュリエルだが、この変更は知らないことだった。男装の麗人が言うには、筋肉信者の二人が休みだと自分の相手をできる者がいなくなる。ならば、三人まとめて休んでしまった方がむしろ都合がよい、となったらしい。

「だが、このところ休みが多いから体がなまってしまいそうで、困っている」

休日は、食べ歩きに街へ繰り出すことが多いレインティーナだ。ただし、たまの楽しみと思っているため、休みが嵩《かさ》むとレグと鍛錬が恋しくなる。とはいえ、騎士服を着ていれば出勤と見なされるだろう。よって、わざわざ私服姿で鍛錬場やら庭やらをうろうろしていたらしい。

『ちょうどいいし、背に腹かえられん。ミュリエル君、レイン君を連れて行きたまえ』

『えっ⁉ こ、この二人に隠密行動させるってことっスか？ うわ、大丈夫っスかね？』

『まぁ、笑えるくらい隠密に向かへんお二人やけど、逆に大勝利もあるようなないような』

真剣なのかふざけているのか、三匹のやり取りはかなりあやしい。しかし、誰もがそれ以外に方法はないと思ったことだろう。そこには、寝耳に水のミュリエルも含まれる。

『仕方ねぇ、ここは行けるか、ミュー。やることの基本は対象の発見と尾行、次に必要時の妨害工作だ。万が一対象との接触、実力行使となった場合は、レインに任せちまえ。って……』

ミュリエルに一つずつ言い聞かせていたアトラは、中途半端なところで言葉を途切らせると明後日《あさって》の方向を見上げて渋い顔をした。

『これじゃあ、丸っきり任務だな』

「に、任務……！」

思いがけない単語に、ミュリエルはオウム返しをした。これからする行為を出歯亀と呼ぶか任務と呼ぶか、それだけで雲泥の差だ。

「わ、私しかいないとなれば、い、行きます。ですが、ここの聖獣番のお仕事は……」

『それはこっちでなんとかする。けど、サイラス宛てのメモは置いてけ。預かっとく』

元気なレインティーナと疲れの隠せないレグが戯《たわむ》れる横で、アトラとミュリエルは内緒話をする音量でこっそりと頷き合った。

『ただ、無理すんな。あと、暗くなる前に帰ってこいよ？』

お兄ちゃんというよりはお父さんのようなことを言い出した白ウサギにも、よい子のミュリエルはもう一度頷く。

『ミューちゃぁん！　頑張ってぇ！　ボンキュッボンがおいたしたら、ばっちり妨害よ！』

湯気の立つ荒い息が止まらないレグから、声援を受ける。思ったより切実感がないのは、疲労が限界に達していて構ってなどいられないからだろう。

『そうだな。だが、まずは早期発見が目標だ。なかなか難しいぞ。頑張りたまえ！』

『あ、空気読まずに突入するのがレインさんの得意技なんで、尾行は慎重にするっスよ！』

『せやけど、物理的には最強の部類やから、実力行使となったら任せるのがオススメや！』

とはいえ続く三匹も、あきらかに対応が軽い。これは、心配はしているし大事になる恐れもなくはないが、最後は問題なく解決する。そう信じて疑わない、いつもの雰囲気だ。

(ほ、本当は、サイラス様とご相談してからの方が安心だけれど……)

執務室にいるとは限らないサイラスを探し、悠長に相談などしていたら、冬の今時分では文字通り日が暮れてしまうだろう。それだとどう考えても手遅れ感がひどい。

ミュリエルは腹をくくった。聖獣達のなんとかなるの精神と男装の麗人の思い切りのよさを見習って、己もここはやってみせると心意気を示すところだろう。

「任務」の響きにも後押しされたミュリエルは、ひとつ息を吐くと幾分肩を怒らせて、ストールをヒラヒラさせながら楽しくレグと戯れる男装の麗人に向かって声をかけた。

「レ、レインさま！」

「うん？」

最後の一撃と、レグが鼻を振り上げる。それに突き上げられて空中を舞ったレインティーナは、一回転して華麗に着地すると笑顔でこちらを向いた。

「レ、レグさんとお楽しみのところ、申し訳ないのですが……！」

お洒落《しゃれ》な巻き方になっているストールは、激しい動きには不向きだ。巻きが崩れているのをこだわりの形に直しつつ、レインティーナはレグから離れミュリエルの前まで来てくれる。

「わ、私、頼まれ事があるので、街にお出かけしたくて。そ、それで、ぜひ、レイン様にお付き合いいただきたいんです！」

「わかった。行こう！」

判断が速すぎて、ミュリエルの目は点になる。しかし、すぐに気を取り直した。急を要するのだから、判断が素早いのは有り難いばかりだ。

「で、では、百数えていただく間に戻ってまいりますね。こちらでお待ちください！」

触発されたミュリエルも、自分にできる最速で応《こた》えたいと声を張る。十では無理でも百あれば、獣舎脇《わき》の小屋に駆け込んで諸々の準備をすませることもできるはずだ。

「そんなに急がなくても、ちゃんと待っているが……」

「い、いいえ、今すぐ！　少しでも早く向かいたいので、あのっ、急ぎます！」

話している時間も惜しいとばかりに、ミュリエルは背を向けた。一瞬頭をよぎったのは、あの奇抜なストールを着用する男装の麗人の横に並んで、釣り合いの取れる服があったかどうかだ。しかし、すぐに思い直す。ミュリエルが持っているすべての服を引っ張り出したとて、独自センスでキメるレインティーナと並び立つのは、難しい。


そうして時間を置かずに街まで来たミュリエルだったが、なんとなく中心街に向かいつつも頭を悩ませていた。そもそも、考えてみれば無策もいいところだ。出がけにされた、早期発見は難しいとのクロキリの発言が、さっそく頭をよぎる。

（い、勢いよく出てきたのはいいけれど……。デートコースの一つも知らずに、街のどこかにいるスタン様とシーギス様を見つけることは、できるかしら……）

レインティーナとのストール繋《つな》がりで、ミュリエルも母から追加で贈られたストールを肩にかけていた。心許《こころもと》ない気持ちから、ストールのふわふわを手で触り続けるのが止まらない。

「ミュリエル、街には何をしに来たんだ？」

「えっ……、……、……」

いきなり核心をつかれたミュリエルは、さわさわと動かしていた手をピタリと止めた。

「難しい顔をしていたようだが、もしや、何か重大な任務か……?」

「じ、重大……」

表情を引き締めたレインティーナに、ミュリエルはゴクリと唾《つば》を飲み込んだ。同時に足を止めて真剣に見つめ合う二人を、道行く人が怪訝《けげん》そうに眺めていく。

「そ、そうですね。重大な、任務です」

出がけに面白がる雰囲気を醸していた聖獣達により、一瞬そうでもない気がしてしまったが、これは紛れもなく任務だ。アトラがまず、そう言った。そして、チュエッカとキュレーネにとっては重大である。そのため、ミュリエルは自信を持って肯定した。

「ですが、その……。詳しく、となると、上手にご説明できないのですが……」

「いや、いい。事が重大であれば、言えないことも多いだろう」

レインティーナはミュリエルの曖昧《あいまい》な物言いでも、すんなり納得してくれる。この男装の麗人は物わかりがいい。二人は再び歩きはじめた。

「私に手伝えることは、なんでも言ってくれ」

それどころか、親身で積極的でもある。もともと一人でなんとかできるとは思っていないミュリエルにとって、これは嬉しい申し出だ。何よりたった今、すでに壁にぶち当たっている。

「で、では、あの、レイン様は、最近流行《はや》りのデートコースなど、ご存じでしょうか?」

街の食べ歩きが趣味ならば、人気の飲食店は守備範囲内だろう。それらを巡れば、おのずと街の流行は目に留まりそうではないか、とミュリエルは閃《ひらめ》いた。たとえそこにデートと銘打ったとしても、大きく方向性がずれてしまうことはないように思う。

「デートコース？　うーん。ちなみに、デートをする二人の設定は？」

「えっ。せ、設定、ですか……？」

意外にも一歩踏み込んでされた逆質問に、また足が止まりそうになる。それを我慢しつつ、視線を歩き続ける石畳に向けた。思い浮かべるのは、もちろんスタンとシーギス、そしてマドレーヌのことだ。

「そう、ですね。たとえば……。し、知り合ったばかりで、ちょっとよい格好を見せたい男性が、流行に敏感な女性と、今後のお付き合いを視野に入れて、デートをする、みたいな……」

おおいに主観の入った説明だが、それ以上なんと言えばいいのかわからない。

「なるほど。……ん？」

「ど、どうしました？」

あごに手を添えて首を傾《かし》げたレインティーナを、ミュリエルは見上げた。

「そういえば昨日《きのう》、ちょうどスタンとシーギスの二人ともそんな話をしたな」

「えっ⁉」

「それぞれ別での会話だったせいで、二度も同じ話をしてしまったんだ」

ちょっと思い出したことを話しただけのレインティーナは、ははっと軽く笑っている。しかし、ミュリエルにとって今の情報は有益すぎた。

「レ、レイン様！　わ、私、その時に話題に出たところに行きたいです！」

勢い込んでお願いすれば、レインティーナは反対側に首を傾げた。

「構わないが、今日一日で全部は厳しいな。どこにする？　人気の絵画展、温室のある植物園、新装開店した話題のカフェ、冬物がそろった雑貨店、あと……」

「ま、まだあるのですか……？」

唖然《あぜん》としたミュリエルを見たあと、レインティーナは空色の瞳《ひとみ》を街並みに向けた。

「上演中のオペラは、午後一番は軍記で、夕方からはご婦人の好きな悲恋ものらしい。小洒落た個室レストランで夕飯をすませたら、冬季限定のランプ飾りで明るい、夜の中央公園に行くのも素敵だな。賑《にぎ》やかな方がよければ、噴水周りで出店をひやかすのもいいかもしれない」

空色の瞳が向くのは、それぞれの場所の方向だろうか。右に左に、それから軽く振り向いて後ろに。前置きにあった通り、どう考えても候補地は広範囲に及んでいる。

（ど、ど、どうしましょう。どれかに決めなければ、いけないいけれど。スタン様とシーギス様だったら、どこを選ぶかしら……？）

「ミュリエル？」

（考えるのよ、ミュリエル。勘に頼るのではなく、論理的に……）

「おーい、ミュリエル？」

（時間は午後。いきなり何か食べることはないわ。飲食をするのなら、どこかを回ったあとにすると思うの。だから、先に行くとすれば……）

「おーい、おーい」

（スタン様とシーギス様は知識や教養を披露するより、明るく楽しく過ごすことを得意としているような気がするわ。それだと……）

いっこうに反応を示してくれないせいか、レインティーナはミュリエルの頬《ほお》を突っつこうと指を伸ばした。

「き、決めました！」

「お、おぉ……」

ミュリエルが勢いよく顔を動かしたことで、レインティーナの指が思ったより深く頬にめり込んだ。そのせいでできあがった変顔に、空色の瞳が釘《くぎ》づけになっている。しかし、真剣なミュリエルはお構いなしだ。

「雑貨店に行って、そのあとカフェによりたいです！」

翻意はしないと決意をもってした回答に、レインティーナが瞬《まばた》く。しかし、突き刺していた指をそっと離すと、男装の麗人は爽《さわ》やかに笑った。

「了解だ」

そして、ミュリエルに変顔をさせた悪い指先が、今度は優雅な動きでもってエスコートを買って出る。

「では、お嬢さん？　お手をどうぞ？」

すんなりと己の手を任せたミュリエルは、雑貨店に向けて歩きはじめた。普段はしない論理的思考によってもたらされた回答には、理由のない自信がある。そのため、足取りは意気揚々としていた。もちろん、実際にはなんの確約もない。


わかりきっていた大前提を、あえてもう一度確認するならば。

身体能力は高いが読み合いには向かない男装の麗人と、素直に頑張ることはできるが概《おおむ》ねぼんやりとしている元引きこもり令嬢に、隠密任務が向いているはずがない。

「ミュリエル、これを見てくれ！　私は運命の出会いをした！　絶対買う！　絶対に、だ！」

「わぁ、いいですね！　私はこちらが、あっ、だけれど、こちらも捨てがたいです……！」

冬物がそろった雑貨店、いや、そもそも雑貨店というものは、世の女子にとって宝箱のような場所だ。とはいえ、一般的な雑貨店であれば、独特の感性を売りにしているレインティーナは釣られることがなかっただろう。しかし、流行に敏感で人気の雑貨店というものは、世情にも敏感である。二人が足を踏み入れた雑貨店ではこの日、小ぶりながら特設会場が設けられていた。題して、「聖獣フェア」だ。その特設会場を視界に入れた途端、ミュリエルとレインティーナの目の色が変わったのは言うまでもない。

少し前まで露出を控えていた聖獣達だが、昨今は目立つ行動が増えている。徐々に市井では聖獣への興味が増していたが、このところ火がついたように人気が爆発していた。

レインティーナが両手で大事そうに持っているのは、猪《いのしし》のぬいぐるみだ。最上段に飾られていた一点もので目立っていたが、相応のよいお値段である。これは予測になるが、最上段には各種聖獣のぬいぐるみが陳列していたと思われる。だが、お高い猪の一点ものを残し、すべて売り切れてしまったようだった。

ないもの強請《ねだ》りをしても仕方がない。そのためミュリエルが手を伸ばしたのは、取っ手に白兎《うさぎ》が座るマグカップを二つと、柄の先に同じく白兎が乗ったスプーンとフォークをそれぞれ二つずつだった。手に取ったら最後、可愛らしすぎて棚に戻すことができなくなっている。

「絶対に全部買うべきだ！　こういうのは出会いだから、欲しいと思った時に買わないと、手に入らなくなった時に激しく後悔するぞ？」

「そ、そうですよね！　で、ですが、その、さすがに欲張りすぎではありませんか……？」

レインティーナの強気の発言に、右手にマグカップ二つ、左手に四本のカトラリーをしっかり持ったミュリエルは、翠《みどり》の瞳を潤《うる》ませた。

「これはご褒美だからいいんだ。今日まで頑張った自分と、明日《あす》から頑張る自分へのな！」

「な、なるほど！」

「というか、棚ごと買いだ！　と叫びたいくらい、どれもこれもよすぎて困る！」

「た、確かに……！」

商品棚に視線を戻せば、そこは可愛いと素敵であふれている。とくに低年齢の女児を購入層と見込んだであろう、ぬいぐるみの着せ替えセットの豊富さに、ミュリエルは先程からずっとそわそわしていた。ぬいぐるみがすべてはけてしまったせいで、強烈に可愛らしいが買い手がつかなくなってしまったのだろう。

しかし、このお着替えセットは、サイラスから贈ってもらったアトラの抜け毛でできている白兎のぬいぐるみであるコトラ。そのコトラに着せてもちょうどよさそうな大きさなのだ。

そしてレインティーナもつい先程からお着替えセットに気づいたらしく、買うと決めた猪のぬいぐるみに見本品を試着させていた。一点ものの猪のぬいぐるみは他と比べて大きいらしく、着せるとかなりパツパツである。しかし、それがまたいい。

とても羨《うらや》ましく見ているミュリエルだが、両手がふさがっていることもあり悩ましい思いをしていた。だいたい、コトラを自分とは切り離した別個体と認識しているアトラだが、一応は分身体である白兎で着せ替えごっこなどしたら、機嫌を損ねそうだ。

（だ、だけれど、あの毛糸の帽子とマフラーのセット、可愛すぎるわ……、って！　そうじゃないでしょう、ミュリエル！　私は今、重大任務の真っ最中のはずじゃないっ！）

ミュリエルは途中で正気を取り戻した。そして正常で冷静な思考が戻ってくると、視野も広くなるらしい。ふと顔を上げた先にお目当ての人物を発見したのは、そんな時だった。

（ス、スタン様と、マドレーヌ様……！）

同じ店内ではあるが、二人は一般の商品が並んだ区画にいた。ただし、スタンが店内用のカゴを持ち、なかにはすでに聖獣グッズがてんこ盛りに入っている。今は男物のマフラーを選んでいるらしく、マドレーヌが次々とスタンの顔にあてては何事かを話しかけていた。

マドレーヌはさすが商家の娘といった美意識の高い装いだが、対してスタンはシャツにジャケットにパンツまですべて黒ずくめだ。狙ったのか定かではないが全体的にパツパツで、シャツはボタンが上まで留まりきっていない。寒さを感じる季節なのに胸もとが涼やかすぎるせいか、マドレーヌがしきりにストールを勧めているようだ。ここでもさすが商家の娘。柄や色で全身黒という個性の強さを緩和するものを、絶妙に選んでいる。

（だ、だけれど、と、とにかく、距離が近いわ……。それに、そのお顔は駄目ですよ、スタン様……。チュエッカさんが、見てしまったら……）

「どうした？　気にせずたくさん買うといい！　まかせてくれ。私は荷物持ちが得意だ！」

「っ！　レ、レイン様っ、お声が少し大きいです……！」

自分が大はしゃぎをしていたことは棚に上げ、ミュリエルはレインティーナに身をよせた。両手がふさがっているので軽く体当たりをして、棚の陰に隠れる位置にもぞもぞと移動する。

「おっと、確かに店のなかで大声を出しては、いけなかったな。気をつけなければ」

怪しい動きで立ち位置を追いやられたのに、レインティーナは素直に反省している。そして、いつの間にか用意したカゴに猪のぬいぐるみと着せ替えセット数点を入れていた。ついでにミュリエルが持つ、白兎グッズも引き受けてくれる。

礼を言いつつ両手のあいたミュリエルは、自分の身長だとちょうどよく向こうをのぞける棚の隙間《すきま》から、スタンとマドレーヌの様子をうかがった。

（な、な、なんというか、初デートとは思えない、密着度のような……）

「ミュリエル、今手に取ったそれもイイな。あ、これはセットにできるじゃないか！」

視界確保のために棚の隙間を調整しようと、ミュリエルは何気なく商品に手を触れた。レインティーナがイイと言ったのは、聖獣が描かれたコースターだった。各聖獣が背景の色や柄を変えて取りそろえられており、大変目に楽しい。豪快なレインティーナは、それらをまとめてカゴに入れる。しかし、ここでミュリエルが固まっていることを不思議に思ったらしい。翠の視線の先を気にして、同じ隙間から向こうをのぞこうと顔をよせてきた。

「向こうに何か気になるものがあったのか?」

男装の麗人の美しい顔が近づき、ミュリエルはハッとした。このままだとスタンとマドレーヌの存在にレインティーナも気づくだろう。なんと説明すればいいのか。そんなことを一瞬のうちに考えた。しかし、この時は背後からかけられた声に助けられる。

「あのっ!」

レインティーナと同時に振り返れば、ミュリエルと年の頃《ころ》は同じくらいの娘が立っていた。肩口で切りそろえた濃茶の髪の耳横には、フェルトとビーズで作られた白薔薇《しろばら》を飾っている。

「お休みのところ、ごめんなさいっ！　ご迷惑だとわかっていても、どうしてもご挨拶《あいさつ》だけしたくって！　はじめまして、レインティーナ様！　大ファンです！　握手してくださいっ!!」

挨拶だけしたいと言った口で、握手を強請られたレインティーナは首を傾げた。

「ファン……?」

今日は珍しく高い位置で結った銀髪が、サラリと揺れる。ただ髪が揺れただけのその仕草に、ファンと名乗った娘は頬を染めて目を潤ませると、クラリと目眩《めまい》をおこした。騎士道の精神でレインティーナが即座に手を伸ばせば、瞬時に回復したファンは両手でがっちりとその手を握る。ただし、一度握ったあとはしつこくせず、パッと火傷《やけど》したように手を離した。

「す、素敵……っ！　私、こ、この手、もう、洗えない……っ!!」

感極まったようにブルブルと震える両手を凝視したファンに、たぶんまだよくわかっていないレインティーナが別の側面から突っ込んだ。

「いや、ちゃんと洗った方がいい。これからの季節、風邪などが心配……」

「えっ⁉　レインティーナ様がいらっしゃるの⁉」

男装の麗人の金言を遮った声は、さらに別の方向からかけられたものだった。それを皮切りに、方々から同じような黄色い声があがりはじめる。

「ねぇねぇ！　レインティーナ様だって！」

「えっ⁉　どこどこっ⁉　きゃー!!　本物！」

「やぁん！　私達も握手してもらわない⁉」

最初に声をかけて来た娘のように、白薔薇モチーフの飾りをつけている者もいれば、そうではない者もいる。しかし同様なのは、誰もが感極まった様子だということだ。

（こ、こ、これは、ま、前にも、似たような出来事が……、……、……）

サーッと血の気が引く感覚にミュリエルは襲われた。以前、サイラスのイヤーカフを選ぶためにレインティーナと街歩きをした折り、男装の麗人のファンを自称する者達に囲まれ、ひと悶着《もんちゃく》おこしたことを思い出したのだ。駆けつけたサイラスとリュカエルにより場は収まったが、その時はチラつかせた飴《あめ》と鞭《むち》が有用だっただけだ。今はそれができる人物も、材料もない。

（ぜ、ぜ、絶対に、よくない流れだわ……！）

常にぼんやりしているミュリエルが嫌な予感を覚えた時、それはもう差し迫った状態であると言っていい。身構える猶予だけはあったものの、それ以外でミュリエルにできることは、何もなかった。


「いやぁ、大騒ぎになってしまって驚いたな。ミュリエル、大丈夫か？」

「だ、大丈夫、です……」

ミュリエルは仕事柄、体力がそこそこついている令嬢だ。そのため項垂れているのは、肉体的疲労ではなく気疲れによる。ガックリと頭を落として足取りが覚束《おぼつか》なくても真《ま》っ直《す》ぐ道を歩けるのは、レインティーナがエスコートしてくれているからだ。しかし、ミュリエルがフラフラしているのもまた、レインティーナの白薔薇の騎士人気による。

それでもあの場からなんとか逃れられたのは、ひとえに客の捌《さば》きが上手《うま》い店員さんのおかげだった。さすが繁盛している雑貨店と言うべきか。混雑して混乱しそうな時の対応が完璧《かんぺき》であった。買おうとカゴに入れた品々も、きっちり支払いを終えて迅速に手渡してくれたのだから、頭が下がる思いである。

ただし、その最中にミュリエルはスタンとマドレーヌを見失っていた。しかも、スタンとは目が合った気がしている。同じ店内で黄色い声があがったら、誰でもいったんは何事かと目を向けるだろう。こちらの存在に気づかれてしまったとなれば、警戒されている可能性が高い。

（スタン様、嫌そうな、それでいて迷惑そうな、変なお顔をされていたわよね……）

それもそうだろう。スタンはレインティーナに対してライバル意識を持っている。力自慢もそうだが、一番は白薔薇の騎士の女性人気に対するものだろう。

レインティーナの人気は女性だけに限らないが、圧倒的なものだ。となれば、初デートの最中に一緒にいる女性の目が奪われることもあるかもしれない。そんなことがおこれば、スタンでなくとも面白くないだろう。だから、早々に店から脱出したのだ。戦略的撤退である。

街にレインティーナが出没していると気づいた以上、今後スタンの警戒が解かれることはないはずだ。彼の気持ちだけを慮《おもんぱか》れば、そっとしておくのが親切になる。

（で、ですが、ごめんなさい、スタン様……。どなた様にも、どなた様なりの言い分があるのは、わかっているんです。そ、それでも、私はどうしたって聖獣の、アトラさんや皆さんの直感を信じているから……）

彼らがナシと判断したものが、間を置かずにアリへと変化することはないと思う。

（な、何より、任務として任せられたことだもの……）

ミュリエルはひと通りうんうんとうなったあと、唇を引き結んだ。

（だ、だから、やっぱり今はこのまま、スタン様とマドレーヌ様を、そこにシーギス様がどうご一緒するのか、陰ながら見守っていくしかなくて……）

スタンの変な顔を見て気後れを感じても、今は最善と思われる行動を取り続けるしかない。

「ミュリエル、カフェに着いたぞ。運がいいな。今日は待ちなく入れそうだ」

二人分の戦利品が入った袋を持ちつつ、レインティーナは考え事をしながら歩くミュリエルを上手に誘導してくれたらしい。気づけば次の目的としていたカフェについている。

なるほど流行のカフェというものは、佇《たたず》まいからすでに洒落ていた。蔓草《つるくさ》がいい感じに壁を伝い、真鍮《しんちゅう》の看板に書かれた店名も小粋な飾り文字が使われている。冬のためテラス席に人はいないし扉も窓も閉まっているが、紅茶や珈琲《コーヒー》、それに焼き菓子の香りがかすかに鼻に届いた。入る前からとても期待が高まる店構えだ。

「いらっしゃいませ、お二人様ですか？」

レインティーナが扉を開くと、落ち着いた声をした給仕の男性に席へと案内される。通されたのは隅の壁際だ。店の雰囲気を楽しみたいのなら残念な席だが、こっそりしていたい者にとっては一番よい席だと思われた。ざっと見渡したところ、スタンの姿もシーギスの姿もない。

（わ、私の予測が大間違いだったら、どうしましょう……）

雑貨店から出た時間差を考えると、もし次の目的地がカフェだった場合、スタン達が先についていないとおかしい。メニューを手に取ってみるものの、入り口にばかりに視線をやるミュリエルは気もそぞろだ。しかし、入り口ばかりを見ていたのがこの時は功を奏した。

「こ、ここ、このなかで、レイン様のオススメは、ありますか？」

扉が開かれる一瞬前に、ミュリエルはレインティーナの視線が入り口に向かないように、メニュー表をテーブルに置いて慌てて適当に指さした。

（デ、デートの次の目的地が、予想通りこのカフェだったのはよかったけれど……。い、いつ？　どこで？　マドレーヌ様はお相手を、スタン様からシーギス様に代えたの……？）

疑問符をいっぱい頭に浮かべながら、ミュリエルは目をメニュー表と入店した二人の間で行ったり来たりさせた。シーギスとマドレーヌはご予約席と書かれたプレートが置かれている、今ミュリエルが座っている場所からもっとも離れたカップル席に案内されている。

「全部オススメだ。だから、ここからここまで全部頼もう。私はいつもそうしているし、今日もそれでいいだろう？」

「……は、はい？」

「よし。すみませーん！」

「あっ！」

レインティーナの指がメニュー表の上から下までなぞったのを見て、聞き返したつもりだった。だが、その聞き返し方が悪かった。挙手をしてひときわ元気に爽やかに店員を呼んだせいで、かなりの数の客がこちらをチラ見した。そのなかには、衝立《ついたて》によってカップル席仕様になっているシーギスの視線も含まれる。

（め、め、目が、合ってしまったわ……！）

合ったと思った瞬間にそらしたものの、間違いない。なぜならシーギスも、先程存在がバレてしまった時のスタンとまったく同じ変な顔をしたのだ。

「あぁ、そうだ。飲み物はどれにする？　さすがに飲み物を全部頼んだら、おなかがチャプチャプになってしまうからな！　ははははっ！」

「ふ、ふふ、ふふふっ……」

完全にお愛想笑いをしたミュリエルは、嫌な汗をかいた掌《てのひら》でふわふわのケープをなでる。優しい手触りでほんの少しだけ平常心を取り戻してから、恐る恐るシーギスをうかがい見た。

シーギスはシャツだけはグレーなものの、ジャケットとパンツは黒だ。巻いていた柄物のストールを外して席に置けば、なぜなのかシャツはやっぱりパツパツだ。マドレーヌが話しかけているからか、現在はこちらに意識が向いていない。

すると、そこでマドレーヌが立ち上がった。どうやら化粧室に行くらしい。それを締まりのない顔で見送ったシーギスは、もう注文が終わったようなのに、メニューをまるで新聞を広げるように持ち、すっかり顔を隠してしまった。どうやら、ミュリエルとレインティーナの存在は見なかったことにするらしい。

(だけれど、これは、これで……)

雑貨店の時のように、気づけば見失っていたという事態にはならないだろう。カフェに入って注文したのなら、飲食をしてから退店するに決まっている。

「いらっしゃいませ。ご予約のお客様ですね。こちらへどうぞ」

その時、店の扉が開いた。今ひとたび、新規の客が来店したのだ。そしてそれにより、ミュリエルはさらなる混乱に陥ることになる。

（っ⁉　ス、スタン様と、マドレーヌ様っ⁉）

こっそりも何もあったものではなく、ミュリエルは目に見えて挙動不審になると、パッとシーギスのいる席を確認した。いまだシーギスはメニューで顔を隠しているが、マドレーヌは戻ってきていない。そうこうしているうちに、スタンとマドレーヌはミュリエルの場所からもシーギスの場所からも遠いカップル席に案内された。ミュリエルからは見えるが、シーギスからは絶妙に死角になっている席だ。腕に体を押しつけられて顔が緩みきっているスタンは、店内の様子など目に入っていない。

「ん？　あの女性は双子、なのか？　さっきはスタンと一緒にいたのに、今度はシーギスといるが……」

「っ⁉」

「おっ。ミュリエル、我々の頼んだものが来たようだ。美味《おい》しそうだな！」

「えっ、あ、あのっ……、あれ？　えぇっ？」

混乱しすぎると、何がおかしかったのかまでわからなくなるものらしい。ミュリエルは意味のある言葉を発することもできなくなって、並べられていく美味しそうな軽食やデザートと、食べることしか考えていなさそうなレインティーナを交互に見た。

「一種類でおなかがいっぱいになってしまったら、残念すぎる。ミュリエルが気になったものをひと口ずつ食べたあとは、私がすべて引き受けよう。ほら、このタルトなんて、とても美味しそうだぞ！」

ザクッとタルトを刺したレインティーナは、フォークをなぜかミュリエルに向けてくる。

「先にひと口あげよう。ほら、あーん？」

「い、いえっ、そのっ……、あぐっ」

何事か訴えようとした口に、タルトが突っ込まれる。口にものが入ってしまえば、咀嚼《そしゃく》して飲み込むしかない。

「美味しいか？」

ミュリエルのひと口にはやや大きいが、懸命に口を動かしながらコクコクと頷いた。なめらかなカスタードクリームと、シャッキリと煮てある林檎《りんご》、それにザックリとした歯触りのタルト生地と、噛むたびに食感が変わったり混じり合ったりしてお口のなかがとても楽しい。しかも、酸味と甘味のハーモニーが最高だ。

味わっている場合ではないのにミュリエルはしっかり美味しさを堪能してから、サーブされていた温かい紅茶で喉《のど》を潤した。しかし、おかげで言葉というものを思い出す。

「あ、あの、レ、レイン様？　も、もしかして、ずっと、気づいていらしたのですか？　その、スタン様とシーギス様と、あちらの……」

チラッと見て、瞬時に向き直る。その動きにいっさいつられないまま、レインティーナはミュリエルがひと口だけ味見をしたタルトと、隣にあったサンドイッチを既に完食していた。

「雑貨店から気づいてはいたぞ？　ミュリエルが隠しているようだったから、あえて触れずにいただけで。ただ、この店に入ってからは、君の態度があからさまだったから、隠さなくていいのかと思って口にしたんだ」

店員が次の皿を運んでくると、レインティーナが完食した皿を返す。テーブルの上の皿の数は減らないが、入れ替わりが激しい。

「ほら、ミュリエル。次のひと口だ。これと、これと、これも」

言葉を発そうと口を開いたところにひと口入れられ、モグモグしている間に次のひと口がフォークで、さらにその次のひと口がスプーンで目の前に用意されている。自分が食事を続ける用のフォークも持っているレインティーナは、両手で三本のカトラリーを器用に使いこなしていることになる。

（く、口が食べるのに忙しくて、お話しすることができないわ……。だ、だけれど、それなら、今は食べきることと、考えをまとめることに集中すれば……）

すべて食べて紅茶を口に含んだらすぐに話しかけられるよう、ミュリエルはまずレインティーナが先程した発言を遡《さかのぼ》って考えはじめた。そして、三回目のひと口を迎え入れたところで、一度は聞き流した単語により喉をつまらせる。

（ふ、ふ、双子……!?　マドレーヌ様って、双子なの……!?）

慌てて紅茶に手を伸ばしてから、今はスタンといる、双子疑惑が突如浮上したマドレーヌを思わず凝視した。すると、仮想双子のマドレーヌはどうやら化粧室に向かったようだ。

次にミュリエルはシーギスの方を見る。相変わらず新聞持ちしたメニュー表に隠れたシーギスの前には、ケーキと飲み物が配膳されていた。だが、マドレーヌは帰ってきていない。ミュリエルはもう一度化粧室の入り口に目を走らせた。

（……あっ！　で、出ていらしたわ！　だけれど、ど、どちらかしら？　マドレーヌ様ご本人？　それとも、双子だと思われる方？）

化粧室から出てきたその人は、真っ直ぐシーギスのもとに戻ると着席した。マドレーヌなのか、双子の別人なのか。ミュリエルでは判断がつかない。

「レ、レイン様、あの、ふ、双子とおっしゃいましたが……」

「む？　あぁ、あれは冗談だ！　もしかして、真に受けたのか？」

「っ⁉」

「わかりやすい冗談を言ったつもりだったんだが、突っ込んでもらえなかったから、つまらなかったのかと思っていた」

「そ、そうですか……」

結果としてレインティーナに遊ばれてしまったミュリエルは、ガックリと脱力した。しかし、すぐに勢いよく顔を上げると、残りの紅茶を一気に喉へ流し込んだ。ほどよい温度になっていたため、火傷の心配はない。そして、ことさらゆっくりカップをソーサーに置く。

「ずっと難しい顔をしていたから、励まそうと思ったんだ。なんだか余計なことだったようで、申し訳ない。やっぱり、慣れないことはするものではないな」

「い、いえ！　わ、私こそ、冗談のわからない人間で、すみません……！」

レインティーナを気落ちさせてしまったミュリエルは慌てた。休みなのに付き合わせた上に気まで遣わせ、挙げ句謝らせてしまうなど申し訳なさすぎる。しょげてしまった男装の麗人を元気づけるために、ミュリエルは自分の前にあったプディングにスプーンを差し入れた。

「レ、レイン様、あーん！」

己が食べるには大きすぎるひと口が、プルプルとスプーンの上で揺れる。ずっと食べさせる側だったレインティーナは虚を突かれたように瞬くと、しかしすぐ素直に口を開いた。

「い、いかがですか？」

「うん！　美味しい！」

「よ、よかったです！」

やはり女子の機嫌を直すのに、甘味は最強だとミュリエルは思った。上に乗っていたサクランボもつまんで、レインティーナに勧める。

「それで、その、お話の続きなのですが……。レイン様はお二人に気づいたのに、よくお声をかけたりしませんでしたね？」

一つしかないサクランボを食べることを一瞬遠慮したレインティーナだったが、ミュリエルがニコニコと譲らなかったため、パクリと食べた。

「あぁ、それは、全力で『話しかけてくるな』と合図されたからな」

「えっ？」

そんなやり取りがあっただろうか、とミュリエルは記憶を探った。

「スタンとシーギスが、毎年冬の間に恋人を作ろうとしているのは、知っているんだよな？」

記憶を探ってもそんな場面がなかったため、ミュリエルは頷きつつ話の続きを聞く。

「なぜか毎年、私は二人が女性と会っている場に出くわしてしまうのだが、そうなると邪魔になってしまうらしく……、あっ、もちろん、誓ってわざとではない！」

キリッと表情を引き締めた男装の麗人に、ミュリエルは重々承知していると力強く頷いた。

「それで、怒ったスタンとシーギスから言われたんだ。女性と二人でいる時に俺達がこの顔をしたら、絶対に近よってくるな、って。ほら、こんな顔だ」

「っ⁉」

ミュリエルは、レインティーナに変顔を披露されて硬直した。老若男女問わず人気の高い白薔薇の騎士が、人前でしていい顔ではない。

「していただろう？　二人とも、こんな顔」

「し、していました、していました。あ、あの、レイン様、も、もうわかりましたので、その辺で……」

スタンとシーギスも変な顔をした瞬間があったが、あの表情にそんな意味があったとは思いもよらなかった。とはいえ、今のレインティーナほどの威力はなかったように思う。一刻も早くもとの顔に戻ってほしかったミュリエルは、忙しく両の掌を振った。

「それで、どうすればいい、ともう聞いてしまってもいいか？　察して動くのは苦手だから、できれば指示をもらえると助かるのだが。もちろん、ミュリエルとのデートをこのまま楽しむという指示でもいい」

レインティーナは同じ店内にいるスタンとシーギスをチラリとも見ず、そんなことを言う。

ミュリエルの目には、それがとても慣れた対応に映った。

(な、なんというか、レイン様は、やっぱり訓練された騎士様なのね……。それに、スタン様もシーギス様も。だって、私だけが知っているつもりになって、でも実際は、何も気づけていなかったんだもの……。それなら……)

ミュリエルは決意した。もう、ある程度この重要任務の内容を伝えて、レインティーナの全面協力を得た方がいい段階にある、と。

そのためにまず、会話の間でも律儀に次のひと口を勧めてくる男装の麗人に「胸がいっぱいです」と伝えて遠慮をすると、膝《ひざ》に両手を置いてやや身を乗り出した。

「今日は訳あって、スタン様とシーギス様を発見次第、尾行する任務についていました。も、もしかしたら、必要時には、妨害工作も……。ま、万が一の接触時は、じ、実力行使をレイン様にお願いする可能性もあって……」

「そうか、了解だ。私からすると、今すぐ出ていって問い質《ただ》したい気持ちで既《すで》にいっぱいだ。不抜けたスタンとシーギスにはもの申したい！　だが！　何か深い理由があるのかもしれないからな。我慢できるうちは、我慢しよう」

今まで以上に大きな口を開けたレインティーナは、新しく運ばれてきたパウンドケーキを頬《ほお》張《ば》った。咀嚼回数が少ないのが気になるが、飲み込んだあとに紅茶を口にする仕草は優雅だ。

「ちなみに、妨害したい時は簡単だ。今までの経験上、近づくだけでいい。実力行使については、任せてくれ。なんなら今すぐにでも、拳《こぶし》を一発お見舞いしてやれるぞ！」

ドンッと胸を叩《たた》いたレインティーナは自信満々で頼もしい。しかし、すでに拳で語ろうとしている時点で我慢の限界が見えている気がする。だが、ミュリエルは男装の麗人が浮かべる爽やかな笑顔を信じることにした。さすがに、この顔のまま最終手段に移ることはないだろう。

「ところで、ミュリエル。本当にもう食べないのか？」

次にフォークが向かうのは、大粒の栗《くり》が載ったモンブランだ。聞かれて、いっぱいになっていた胸に手をあてる。自分一人で抱えなければならないと思った任務を共有したせいか、気づけば胸のつかえが少し取れている気がした。

「美味しそうなので、やっぱりいただいてもよいでしょうか？」

「もちろんだ！」

レインティーナはツヤツヤ光る大粒の栗にフォークを刺す。それをミュリエルにくれたあと、残りが乗る皿もテーブルを滑らせて渡してくれた。

「このモンブランは期間限定だからな。もう一つ頼もう。すみませーん！」

大きく声をあげて店員を呼ぶのを眺めたミュリエルは、こっそりスタンとシーギスに視線を走らせた。スタンと一緒にいるマドレーヌは、紅茶のカップをソーサーに戻すと再び席を立ち、化粧室に向かっている。

きっと、このあとは再びシーギスのもとへ行くのだろう。二人分のお茶に付き合うのなら、まだもう少し時間はかかりそうだ。

シーギスがカフェを出て、スタンもカフェを出る。たびたび足を止めてその場を去るマドレーヌを、なんの疑いもなく締まりのない顔で二人は見送る。要所要所でレインティーナに対しては変な顔で牽制《けんせい》するものの、互いが同じ道順で同じ相手とデートしていることには気づいていないらしい。レインティーナとミュリエルの存在に気づいたのなら、互いの存在にも気づいてよさそうなものだが、今のところこれっぽっちもそんな気配はなかった。

そんな不誠実なダブルデートを尾行しているミュリエルだが、動向を見守り続ける三人よりも、今は気になっていることがある。

(レ、レイン様のご機嫌が、下降の一途《いっと》をたどっている、ような……、……、……)

男装の麗人は微笑《ほほえ》みを浮かべてはいるし、歩いている時も立ち止まっている時もミュリエルへの気遣いを忘れない。しかし、まとう気配に凄味《すごみ》のようなものが漂いはじめていた。

(そ、そろそろ、我慢の限界がきてしまう……？　ど、どど、どうしましょう。わ、私から、状況を変えるような動きを、した方がいいのかしら……？　だけれど、どうやって……？)

発見から尾行には移れたが、妨害工作への踏み切り時がミュリエルにはわからない。思えば、必要時という表現が曖昧なのだ。小心者の己では、まごまごするばかりになる。

気づけば歪《いびつ》なダブルデートに気を揉《も》むことと、隣で不穏な空気を発する男装の麗人を気にすることが同時進行だ。レインティーナはミュリエルに対して、爽やかな騎士の姿を崩さない。

そのため、指摘しづらいのもまた、難しい点だった。あっちもこっちも同時に気にしなくてはならなくなったミュリエルは、静かに目を回していた。

それぞれの思いを胸に、五人はつかず離れず同じ場所を同じように回る。そろって中央公園に到着したのは太陽がずいぶんと西に傾き、そろそろ夕焼けに染まりはじめる頃だった。飾りつけられたランプにも、ポツポツと灯《あか》りが灯《とも》されていく。

冬の情緒ある時間にさしかかったことになるが、ここでとうとうと言うべきか、痺《しび》れを切らせる者が現れた。

「ミュリエルさん、こんばんは！　そして、レイン！　お前は今日一日なんなんだっ！」

何度目になるか、マドレーヌが中座したところを見計らって、スタンが鬼の形相でレインティーナとミュリエルのもとまで突進してくる。

「毎年毎年なんだって邪魔しに来るんだよ！　いいか？　今年こそいい感じなんだ！　それにもう暗くなってきたし、ミュリエルさんを連れ回したりしたら団長が心配するだろ！　早く帰れって！　な？　ミュリエルさんも、我慢して付き合ってないでちゃんと言わないと！」

「あ、あの、いえ、わ、私が、その……」

スタンが思っている状況は、真実と違う。レインティーナへの濡《ぬ》れ衣《ぎぬ》を見過ごせないミュリエルは、果敢にも口を挟もうと試みた。しかし、そんな隙間はない。

「よく聞け、レイン。俺《おれ》はこのロマンチックな公園でキメるんだ！　キメるって決めたんだ！　か弱く儚《はかな》く危なっかしいマドレーヌちゃんを、これからはずっと俺が守りたいって伝えようと思ってる！　だ、だから、さ、ささ、さっき、待っている間に、これも買ったし……」

スタンがポケットから出した小箱をパカッとあける。そこには、クリスタルでできた小振りの鷹《たか》の置物が入っていた。

「マドレーヌちゃん、クロキリのファンなんだってさ！　パートナーにはなれなくて残念だけど、大好きな気持ちは変わらないんだって言ってた。めちゃくちゃいい娘《こ》だよなぁ……」

うっとりと語るスタンに、ミュリエルは何をどう伝えたらいいのかわからなくなった。そしてこういう時、脳筋と呼ばれる者達はすぐにてっとり早い方法を取ろうとする。

「なぁ、ミュリエル。今、接触したな？　ならば、次は実力行使だな？」

「えっ⁉」

前言通り拳《こぶし》に物を言わせるのかと、ミュリエルは止める気持ちの強い戸惑いの声をあげた。

振り返ったレインティーナの顔は、笑みを深めているがある意味まったく笑っていなかった。

ミュリエルは、男装の麗人が限界を振り切ったことを知る。

「スタン、あそこを見ろ」

スタンの顔の側面を両手で挟んだレインティーナが、首を違える勢いでグキッと動かす。

「痛っ！　って、あれ？　シーギス……、と、マドレーヌちゃん⁉　の、双子ぉっ⁉」

「そんなはずあるかっ‼」

「ぐはっ‼」

両手で挟んだ顔を引きよせると、レインティーナはスタンの額に頭突きをくらわせた。鈍い音を響かせたのち、そのまま地面に捨てるように放り投げる。強烈な突っ込みに、スタンは痛がりながら大きく体勢を崩した。顔から地面に激突することがなかったのは、体幹の優秀さで耐えたことと、近くにあった木の方に先に激突したからである。

「イライラするくらいなら、真っ向から原因と向き合うのがいつもの私だ！　だが、今日は我慢の必要があったからここまでは耐えた！　耐え続けた！　だからだろうか、やりたかった冗談と突っ込みの応酬《おうしゅう》ができても、ちっとも楽しくないっ!!　なんだお前は!!　お前はなんだ!!」

なんということだろう。あのレインティーナが。怒りとは無縁そうな男装の麗人が。激しく、怒っている。

「い、いや、意味わかんねぇし!!　クッソ痛いし!!　なんなんだはこっちの台詞《せりふ》だ!!」

喧嘩《けんか》がはじまってしまいそうな雰囲気に、ミュリエルは瞬間的に息を吸うと、止めるために開いた両手を用意した。だがそれを遮って、レインティーナがバッと腕を真っ直ぐ伸ばして指さし行動をする。人差し指が示すのは、シーギスの腕に体を密着させたマドレーヌだ。レインティーナの勢いにつられてそちらを見たスタンが、あんぐりと口を開く。

「ってか、えっ？　えっ!?　ど、どどど、どういうことぉっ!?　お、おおお、俺、聞いてくるっ!!　……ぐえっ!!」

「駄目だ、スタン！　私が耐えた分くらいは耐えろっ!!　今はミュリエルが重要任務を遂行中だ！　合流してしまった以上、指揮を執る者の指示に従ってもらわなければならない！」

駆け出すスタンの襟を、レインティーナが無慈悲につかんで引く。強く憤っているレインティーナだが、ミュリエルが頼んだ任務のことは忘れずにいてくれているらしい。

「そもそも、そもそも、だ！　私もミュリエルも、スタンだけではなく、シーギスのことも見ていた！　まったく同じ状況にある二人を、ずっとな！　気づく時間も要素もいくらでもあったはずだ！　それなのに二人とも、互いの状況に今の今まで気づかないとは！　私はそこが最も許せない！　見損なったぞ、スタン・ハーツ!!」

啖呵《たんか》を切ったレインティーナに、スタンは息を飲むと目を見開いた。続けてミュリエルの顔を呆然《ぼうぜん》と見たあと、固まることしばし。それから、ゆっくりと視線を伏せる。同時に体からも力が抜けていき、レインティーナが襟から手を離せばそのままガックリと地面に膝をついて項《うな》垂《だ》れた。マドレーヌに選んでもらったストールが、土に汚れる。

「えっ？　マジかよ……。お、俺、なんで気づかなかったんだろう……。じゃあ、今日一日ずっと、シーギスも同じ時間に同じ場所で、ずっと一緒にいた、ってこと……？」

段々と状況を飲み込み、現実を直視したスタンの声は、聞いたこともないほど湿っぽい。

「ス、スタン様……」

チユエッカとキュレーネの頼みからはじまり、アトラ達からも隠密任務を任されたミュリエルだが、これでは達成したとて気分は上がらない。スタンの落ち込みように同調してしまい、じんわりと目が潤んできてしまう。

慰める言葉は見つからずとも、せめてストールが土につかないように直してあげよう。そう思って優しく手を伸ばしたが、バッとスタンが顔を上げたことでできなかった。

「お、お、俺、騎士失格じゃねぇ!?　注意力欠如しすぎじゃねぇ!?　ヤッバ!!　ヤバすぎ!!　こんなんじゃ有事の際に、なんの役にも立たねぇじゃんっ!?　もう大声で叫びながら崖《がけ》から飛び降りて、そのまま地面にうまっちまいたいくらいヤバいっ!!」

どうやら、スタンの落ち込みの方向性がミュリエルの思っていたものと違う。

（わ、私はてっきり、意中の女性の不誠実な行いに対して、傷ついてしまったのだと思ったけれど……。ス、スタン様はもしかして、騎士として気づくべきことを見落としていたことに、一番落ち込んでいる、ということ……？）

どんな反応をするのが正しいのかわからず、ミュリエルは隣に立つレインティーナに視線で助けを求めた。すると空色の瞳は冷めた色を浮かべながら、スタンの発言に完全同意だというように重々しく頷いている。そして、ライバル視するレインティーナの反応にこそ、スタンはさらに傷ついたようだった。

「だ、だってさぁ、マドレーヌちゃん、可愛いんだもん。レインと同じ銀髪なのに、何もかもぜっんぜん違うわけ。いい匂いするしあったかいし柔らかいし。そんなの注意力散漫になっちゃうだろ？　な？　そうだろ？　そうだよな？」

「騎士失格だと思う」

「や、やめてくれ……っ!!」

「騎士としての本分に悖《もと》る。これほどの醜態はない」

「ひぃっ!?　レインのくせに難しい言葉使うなぁっ!!」

「周囲の警戒を怠りすぎていて、本職が騎士なのが疑わしい。恥ずべきだ」

「ぐふっ……」

レインティーナがバッサバサ言葉の刃で斬《き》り続けると、スタンは叫び声すらあげられなくなり、ついには頭を抱えて絶望した。ストールは再び土に汚れ、それどころか大量の涙が染みこんでいく。

「ミュリエル、このあと、あの女性にはどう対処するのがいいと思う？」

スタンが己の行動を心底後悔しているからか、レインティーナは多少溜飲《りゅういん》がおりたのだろうか。だいぶいつもの口調に戻っている。ただ、眉間のしわはなくなっていない。目線の先には、これから同じ勢いで頭突きをくらわせる気であるだろうシーギスの姿があった。シーギスは何も知らずに、マドレーヌをたくましい腕にぶら下げて、やにさがった顔で笑っている。

「そ、そうですね……。で、できれば、マドレーヌ様に対しては穏便に終えていただき、結果と報告を持ち帰りたいかな、と思います」

スタンとシーギスに現実を見せて、ナシ判定の女性との縁が切れたのなら、マドレーヌに真意を問い質すのはこの場で急ぐべきではないだろう。頭脳班の指示なくして、この場の大多数を占める筋肉班の感情のままに動けばよくない。それは火を見るより明らかだ。

「了解した」

短く請け負ったレインティーナは、スタンに向き直ると無理やり立たせた。

「おい、スタン。起きろ。いいか？　お前は今からもう一度あの女性の相手をする。それで、傷が痛むから今日はもう帰ると言うんだ。わかったたか？」

「……、……、……わかった。その傷とは、心の傷のことだな？　騎士としての矜持《きょうじ》に傷を受けてしまった俺の、心の傷のことだよな？」

「そうだ。それ以外に何がある。ほら、泣きやめ。そして、笑え。たとえ不誠実な女性の隣に立つとしても、自分は最後まで騎士としてあれ」

　ミュリエルはまったく口出しができない。いつもカラリと爽やかに笑うはずのレインティーナが、無表情に近い顔でスタンに指示する姿は迫力がありすぎる。

「は、ははっ、ははは
っ……、……、……。じゃあ、行ってくる」

　発声だけは笑いを装ったまったく元気のない声を出したスタンは、とぼとぼとマドレーヌが中座した場所へ戻っていく。

　そしてこのあと、スタンとした一連の流れをシーギスとまったく同じ順番で繰り返すこととなったのは、宿命なのだろう。

「あれ？　スタン……、って、マドレーヌちゃん!?　の、双子ぉっ!?」

「そんなはずあるかっ!!」

「ぐはっ!!」

　同行者にレインティーナを連れて行かなければ、こんな流れにはならなかったかもしれない。しかし、レインティーナを連れて行かなければ、実力行使からの短期決戦も迎えられなかっただろう。スタンとシーギスの傷は深いが、チュエッカとキュレーネには納得してもらえる結末であり、任務も完遂したといっていい。

思うところはないわけではない。しかし、庭で皆に報告すれば、聖獣達が笑い話に変えるのは間違いなかった。ならば、凸凹コンビにも救いはある。ミュリエルはそう信じたかった。


（もう、夕焼けの時間も終わりね。アトラさんに言われていたのに、これでは庭につく頃には真っ暗になってしまうわ……）

門限が厳しい生活をしているわけではないが、ミュリエルにとってアトラに言われたことを守るのは絶対だ。

スタンとシーギスはそれぞれ、ぎこちない挨拶でマドレーヌとのデートを終えた。リオーズ商会の建物の一つにマドレーヌを送り届けた今、四人がいるのは一番街広場の噴水の前だった。あとは城へ続く大通りをのぼれば帰れるのだが、若干筋肉までしぼんでいそうな二人が少し休憩したいと噴水の縁に腰かけてしまったことで、歩みが止まっている。

（レイン様と先に帰ってほしいと言われたけれど、ここでお二人を見捨てるのは……）

騎士の矜持に傷を受けてしまった二人は、瀕死《ひんし》だった。ただ少し不思議なのは、失恋による気落ちが見られないことだ。騎士としてある己については、先程からブツブツ呟《つぶや》いているのだが、二人そろってマドレーヌの「マ」の字も出さない。

（も、もしかして、失恋については触れるのもつらいから、あえて見ない振りをしている、とか……？　だけれど、お二人のご様子はそれとも少し、違うような……）

　失恋の痛みを知らないミュリエルだが、サイラスと言葉の足りなさからすれ違ったことは何度もある。その最たる例は、「し」「ん」「だい」病だ。

　サイラスが隣国ティークロートの姫であるグリゼルダと、帳《とばり》のおりる巨大な寝台に入っていった姿を見た夜のこと、それを聞けずにただ信じなければと不安を押し殺していたあの時間。その時に感じていた胸の痛みは、死を予感させるほどにつらかった。恋することを偉そうに人様に語れるだけの経験はないミュリエルだが、この凸凹コンビを見ていると、知り得るものと照らし合わせても何かが足りないような気がしてくる。

　ミュリエルは服の下に常に身につけている、ネックレスに通した葡萄《ぶどう》のチャームをそっと押さえた。冬服とストールのせいで感触などないが、己の体温に馴染《なじ》んで確かにここにある。

「ミュリエル。それに皆も、一緒だったのか」

　だから、サイラスの声が自分の名前を呼んだ時、ミュリエルは幻聴だと思った。

「団長、お疲れ様です」

　隣で口を不服そうに曲げていたレインティーナが、私服の靴であるのにかかとを鳴らして姿勢を正し、挨拶を返したことでミュリエルはやっと顔を向けた。街におりることを考慮したのか、サイラスは聖獣騎士の制服のジャケットだけを脱いで、別のコートを引っかけている。急いで来たのか軽く息があがっており、吐く息が白く煙った。

「サイラス様……」

どこから話せばいいのか悩み名前を呼んだだけで止まってしまったミュリエルに、隣に立ったサイラスは一つ頷いた。

「スタン、シーギス、大丈夫か？　もし具合が悪いのなら……」

「団長ぉっ!!」

「っ！」

ミュリエルは、サイラスがよろめくところをはじめて見た。それも仕方がない。凸凹コンビが左右同時に予備動作なく、サイラスの下半身にすがりついたのだ。

「なんでだろ？　なんでなんだろ？　なんでなんだと思います？」

「どうしてだろ？　どうしてですか？　どうしてだと思います？」

膝立ちをした二人は、折り重なるように我らが団長に男泣きしながら抱きついている。

「す、すまない……。来たばかりで状況がよく、わからないのだが……」

大方予測ずみの状態でここに来たであろうサイラスだが、大の男二人が泣いてすがってくる事態には困惑したらしい。はっきり困った顔をしている。

「スタンとシーギスは互いの存在に気づかず、同じ女性と今日一日デートをしていた事実を、先程ほぼ同時に知りました」

ミュリエルはレインティーナの端的な報告に感心した。気持ちを重視して報告しようとしていた自分とは違った、任務報告らしい簡潔な言い回しだ。しかも事実だけを先に伝えることでわかりやすく、憶測や主観による余計な情報もまざらない。そのため、サイラスがミュリエルの顔を見てきても、その通りですと頷いておく。

「そうか。どこから触れればいいのかわからず、気の利くことを言えそうにない、が……。私も、戸惑いが隠せない」

「だ、団長ぉぉおぅっ!!」

スタンとシーギスは、漢泣《おとこ》きでサイラスのコートを濡《ぬ》らす。サイラスの声は穏やかで落ち着いていて、どこか慰めるような響きが感じられた。二人もそう受け取ったのだろう。きっとサイラスは、慰めるというより思ったことをそのまま伝えただけだ。とはいえ、すがりついた二人を引き離すでもなく肩をポンポンと叩いてあげるのだから、やっぱり我らが団長は優しい。

「団長、こちらの袋をお願いできますか？」

ところが、ここにきてずっと厳しい態度のレインティーナは、二人の甘えがまだ許せないらしい。「聖獣フェア」の戦利品が入った買い物袋を、サイラスに渡した。それから、あいた両手で凸凹コンビの襟首をがっつりつかむ。

「この二人は、私が引き受けます」

力任せに引き剥《は》がして立たせると、左右にスタンとシーギスを従えて肩に腕を回した。半分首を絞めているのではないかと思うほど、腕にも手にも力が入っている。レインティーナは笑っているが、その笑みは爽やかさとはほど遠い。

「呑んで食べて腹をいっぱいにして寝れば、明日には元気になっているはずです。むしろ、たくさん食べて元気になって、よりいっそう鍛錬に励んだ方がいい！」

何かを思い出したせいでカッと目を見開いたレインティーナが、締め落とす勢いで腕に力を入れる。スタンとシーギスは、海老《えび》反りになりながらもがいた。

「い、嫌だぁ！　俺は今、何かを呑んだり食べたりできる気分じゃねぇんだよぉぅっ!!」

「は、離せぇ！　胸がつまってんのに、食いもんなんか喉を通るはずねぇだろぉぅっ!!」

「そう言いながらも、目の前に食べ物と酒が並べば、二人ともいつもちゃんと手が伸びるじゃないか。食べることは体を作ることだ。騎士の資本は体だろう。まさか、そんなことも思い出せないほど、腑《ふ》抜《ぬ》けてしまったのか？」

眉間のしわを再び深くしたレインティーナが聞くと、スタンとシーギスはハッとした。涙がピタリと止まり、目に光が戻ってくる。

「さぁ、行くぞ！　あそこがいい『鳥家族』！　あの店の焼き鳥が私は好きだ！　二人はささみばっかり食べていればいい！　あと、お通しのマメ！」

二人の首にかけた腕を緩めずに、レインティーナが方向転換をする。

「っ!?　せ、せめてシグバートがいる時じゃなきゃ嫌だぁっ!!」

「っ!?　レ、レイン、お前、絶対に酒は飲ませないからなっ!?」

首を絞められているとはいえ、二人が全力で抵抗したら、さすがのレインティーナも手こずるはずだ。しかし、スタンとシーギスはなすがままに連行されていく。

「全部まとめて、今日ばかりは知らん!!」

遠ざかる背中越しに聞こえた男装の麗人の台詞は、ずいぶんと振り切れたものだった。そのため、ミュリエルの胸に一抹の心配がよぎる。

「だ、大丈夫でしょうか……」

　噴水の前にサイラスと二人残されたミュリエルは、ポツリと呟いた。

「一度、慰め会に付き合ったことがあるのだが、レインに任せて問題なかったから、今回も大丈夫だとは思う。シグバートがいないのは、確かに不安材料だが……」

　隣を見上げれば、紫の瞳がこちらを見ていた。それから、そっと手を繋がれる。

「我々は、帰らせてもらおうか」

「は、はい」

　サイラスの手の方が温かくて、じんわり伝わってくる熱にミュリエルは自分の手が冷えていることを知る。少し申し訳なくて、緩く握り返すにとどめた。だが、より深く指を絡めたサイラスがギュギュッと二回力を入れて誘ってくるため、素直に応えることにする。

「そういえば、君がアトラに託した書き置きは受け取った。結果は先程目にしたが、経過がどうだったのか聞いてもいいだろうか」

「は、はい。もちろんです。むしろ、ご報告したかったので……」

　水を向けてもらったことで、ミュリエルは今日あったことを順に話していった。レグが大騒ぎしたところからはじまり、雑貨店での様子やカフェでの行動、中央公園でおこった出来事まで。レインティーナの任務然とした報告に憧《あこが》れもあったが、ミュリエルはあえて自身が感じたことや思ったことを添えながら報告をしていく。

　今までこうした場面では、ミュリエルが感じたことや思ったことをそのまま話すことで、サイラスが多くのことを読み取ってくれることを経験して知っていた。騎士のように凛々《りり》しい報告は素敵だが、ミュリエルは自分が自分だからこそできることがあると知っている。

「第一王子殿下の推薦であったため、彼女の身辺調査はしていなかったのだが……。確かめておく必要がありそうだ。だが……」

　そして、自分なりの報告を終えれば、サイラスの様子が思ったより深刻なことに気づいた。

（わ、私は、マドレーヌ様の不誠実なお付き合いに、スタン様とシーギス様が巻き込まれてしまっただけだと、思ったけれど……）

　何事かを考えているサイラスの横顔に、ほんのり不安が顔を出す。

「こういったことは常に、ラテルとニコが適任のため任せていたのだが……。二人は今、不在だからな。いつもより時間がかかるかもしれない」

　そこで言葉を切ったサイラスが、目もとをやわらげてミュリエルを見下ろす。

「対応と調整は私の方でするから、君は変わらずアトラ達と過ごしてもらえればと思う。もちろん、何かわかれば教える。君からも何かあれば……、いや、何もなくても、いつでもなんでも言ってほしい」

　繋いだ手は、すっかり同じ温度になっている。それなのに、サイラスが親指でミュリエルの親指や人差し指を、さらに温度を上げるようにせわしくなでた。艶《つや》っぽいよりも遊んでいるような楽しい仕草に誘われて、ミュリエルは自らの親指で応戦した。しかし、大きなサイラスの親指に勝てるはずのないミュリエルの親指は、あっさり押さえ込まれてしまう。不思議なもので、そんな指一本の小さな動きで不安はなくなり体の中心まで温かい。

「話は変わるのだが、君を迎えにきた途中で、面白い影絵芝居をしている店を見かけたんだ。もう見ただろうか？」

「えっ？　い、いいえ」

　中央公園にもあったが、一番街の噴水周りはとくに出店が多い。今は噴水を背に城に戻る大通りをのぼっているが、こちらも店舗の前に簡易の店を出しているところが多かった。ところが、行きは考え事に夢中だったし、雑貨店で我を忘れてからは気を引き締め、出店などに心を奪われないように注意していた。だから、サイラスが聞いた店のことなどちっとも知らない。

「君が気に入りそうだと思ったのだが、この道沿いにある出店で……、あぁ、あの店だ。少し、のぞいてみないか？」

「は、はい！　ぜひ！　……あっ！　で、ですが、アトラさんに日が暮れる前に帰ってくるように、と言われていたのでした……」

　ランプと出店のおかげで明るいが、西の空を見ても夕日の端に残る少しの光すらない。すでに完全に夜といっていい。

「では、今日はやめておこうか？　アトラからは、私も一緒に怒られてもいいのだが……」

　話している間に影絵の店の前まで来てしまい、いったん足を止める。ミュリエルは店をチラ見した。小さな舞台になっているその出店は、後方の壁に向かって強い光をあて、そこに映し出される切り絵調の動物や人の影で、物語の一場面を披露しているようだ。どうやら舞台の下に隠れている人物が、歯車仕掛けのハンドルを回し続けることで、影が一定の動きを連動して繰り返す作りになっているらしい。一見単調な動きだが、細部まで見はじめると止まらなくなる不思議な魅力が醸し出されている。横目で見ただけで、すでにこんなに素敵なのだ。ミュリエルは、控えめな上目遣いでサイラスは見た。

「……、……、……い、一緒に、怒られてください」

「ははっ」

間髪容《い》れずに笑われて、ミュリエルは繋いでいた手をギュッと握った。

「では、一緒に怒られようか」

咳払《せきばら》いをしながら横を向き、口もとに拳をあてたサイラスに、ミュリエルはますます握った手に力を入れた。だが、戻ってきた紫の視線が優しく甘いことに気づいてしまえば、視線をそらすのはミュリエルの方になる。

しかし、影絵芝居を見るとなれば、気を取り直して全力で楽しむべきだ。現金なミュリエルは早々に顔いっぱいに笑みを浮かべると、翠の瞳をキラキラとさせた。同じ動きが繰り返されるだけのため、見ていく客の入れ替わりは激しい。だが、逆に混みすぎず誰もがよい場所で見ていくことができる。

「わぁ！　可愛らしいですね！」

舞台の下でオルゴールも回っているようで、感情のわかりづらい影絵でも曲調で喜怒哀楽がちゃんと見える。背景はゆっくり動くが動物達の動きはやや速く、動きの緩急で奥行きまでも感じられた。台詞はいっさいない。だが、その音と影の動きだけで内容を想像させる見せ方が、目新しくてとても面白い。

「あ……。こ、このお話って……」

最初は様々な動物が野原で仲良く戯れている様子だったのだが、オルゴールの曲調が変わったところでランプにも色硝子《いろガラス》が当てられたのか、夜空の背景が映る奥の壁は薄い水色に染められた。しかも、そこで動くのは大きな竜と女の人の影だ。続けて見ていれば、オルゴールの曲が件《くだん》の子守歌であることにも気づく。

お日さまがしずんで、お月さまがのぼる。コロンコロンと奏でられる曲に合わせ、一番奥に映る太陽と月の影が、大きく緩やかに竜と女の人の影の周りを巡っていく。

「綺麗《きれい》……」

思わず呟いてしまったのは、壁にあたる水色の光のなかに、虹色《にじいろ》の粒がキラキラとまじりはじめたからだった。虹の出どころは、出店の上につるされたクルクルと回る小さなミラーボールだ。よく観察すると、脇に伸びる紐《ひも》が引っ張られている。どうやらこのミラーボールも、舞台下に隠れる者が手動で回しているらしい。

「リーン殿が書いた絵本を、題材にしているようだな。そちらで絵本の販売もしている」

「っ!?　で、では、ぜひ絵本を購入しましょう！　応援のためにも！」

ミュリエルは素早く絵本に手を伸ばした。影芝居にばかり目がいっていたため、そこに置いてあるというのにいっさい見えていなかった。台には数種類の絵本が並んでいるが、どれももう最後の一冊となっている。

「ご購入ありがとうございます」

「っ⁉」

舞台の下で一人では意外と大忙しであろう人物が、ハンドルを回す手と紐を引っ張る手を止めてひょっこりと顔を出す。かなり厚着をした男性の店員だ。しかし、ずっと座りっぱなしのせいか鼻の頭が赤い。用意のよいことに、店員はすでに包装された絵本を取り出す。どうやらミュリエルが手に取ったのは最後の一冊だったわけではなく、見本であったらしい。

しかも、あたふたと財布を探していると、その隙にサイラスが支払いをさっさとすませてしまった。ミュリエルは固辞しそうになるのを思いとどまって、お礼を口にした。

「あ、ありがとうございます。嬉しいです」

するとサイラスも穏やかに微笑んで、お返しの言葉を口にする。

「いいえ、どういたしまして」

丁寧な返事をされるとなぜだか恥ずかしくなってしまい、ミュリエルはもじもじとした。どこからどう見ても恋人同士のやり取りに、店員は生温かい視線を送る。それから、再び舞台の陰に身を隠した。

そうして次に奥の壁に登場したのは、男の子と小猿の影だ。どうやらリーンの絵本は終わり、隣に置かれた絵本の影絵に移ったようである。もともと物語の好きなミュリエルは、この手の出し物は大好物なため、まだまだ見ていられる。しかし、さすがにこれ以上帰城を延ばすわけにはいかないだろう。

サイラスとミュリエルはどちらからともなく手を繋ぎ直すと、ゆるやかな坂道を再びのぼりはじめた。買った絵本は、レインティーナから預かっている買い物袋とまとめて、サイラスが持ってくれている。

「あの、すべて持たせてしまって、すみません。ありがとうございます」

「ん？　これは、レインの荷物ではないのか？」

袋を持っている方の腕を軽く持ち上げたサイラスに聞かれて、ミュリエルは頷いた。

「は、はい。レイン様と私のものが、一緒に入っています」

買ったものを思い出したミュリエルは、自然と頬を緩ませた。

「その様子だと、よい買い物ができたようだな」

表情をしっかり読まれてしまって照れ笑いをしたミュリエルに、サイラスは興味深そうに買い物袋を眺めている。中身をのぞくような無作法をしないサイラスのために、ミュリエルは袋の中身を説明することにした。

「じ、実は、雑貨屋さんで、『聖獣フェア』なるものが開催されていたんです。それで、兎の載ったマグカップと、カトラリーを買いました。ふ、二つずつ……」

「二つ？」

ミュリエルは両手に持って離せなくなったカップとカトラリーを思い浮かべた。

「サ、サイラス様とおそろいで使えたら、と思いまして……」

温かい飲み物を入れたマグカップにミルクを注ぎ、スプーンでかきまぜる。カップに移る熱を冷えた手で感じながら、サイラスの隣で飲んだらさぞ身も心も温まるだろう。ただ、サイラスが使うには可愛すぎる意匠かもしれない。

「それは、使うのが楽しみだ」

使ってくれる気満々の台詞を口にすると、紫の瞳の色も柔らかくなる。ミュリエルはサイラスがマグカップを手に、くつろいでいるところを想像した。

冬の夜、火の入った暖炉の前で、やや着崩した格好のサイラスと毛布を分け合いながら、マグカップをそれぞれの手に持つ。

ならば、炎に照らされたマグカップの中身がゆらゆら揺れるのと一緒に、こちらをふと見つめてくる紫の瞳もゆらゆらと甘く揺れるだろう。それを見つめ返せば、きっと目が離せなくなって、触れ合うだけの肩や腕の距離が少しもどかしくなるはずだ。心のままに体を預けてより添えば、持っていたマグカップは取り上げられてテーブルに置かれてしまうかもしれない。

サイラスが柔らかく微笑んで、二つのマグカップの取っ手がくっつくように向きを直す。すると、二匹の兎はピッタリとくっついた。そんな仲良しの兎を真似《まね》するように、サイラスとミュリエルもくっついてみるのだ。たくましい肩口に乗せていた頭をわずかにずらして見上げれば、紫の瞳はますます甘くミュリエルを見ている。

だから、翠の瞳を暖かな炎にゆらゆらさせながら、ミュリエルはそっとあごを上げるのだ。

そうすれば、ちょうどよい角度でサイラスの唇がおりてくると知っているから。

「ミュリエル？」

「っ⁉」

ヒュッ、と息を飲んで目をかっぴらいたミュリエルの顔を、のぞくようにサイラスは首を深く傾げた。大きく一つ疑問符を浮かべた顔に向かって、ミュリエルは正気であることを伝えるために、なんとか笑ってみせる。

一応はそれで納得してくれただろうか。追求されては墓穴を掘ること請け合いだったミュリエルは、サイラスが体勢を戻そうとしている様子にホッとした。だが。

「君との思い入れのあるものが増えるのは、嬉しいものだな」

戻しがてらに耳もとで囁《ささや》きながら、わざわざ繋いでいるミュリエルの手を使って、サイラスは自らの顔にかかっていた黒髪をサラリとよけた。その時、右耳に触れさせたのはわざとだ。そこには、エメラルドのイヤーカフが光っている。休みの日は堂々と常に出ている左耳につけるサイラスだが、仕事中はこっそりと黒髪に隠れる右耳につけているのだと示したのだろう。

エメラルドのイヤーカフは、サイラスからアメシストの指輪をもらったことに対するお返しの品だ。しかし、慌てて街に出てきたミュリエルは、ぬいぐるみのコトラに指輪を預けたままだった。だから今は、左手の薬指を紫の石で飾っていない。

とはいえ、胸もとにはすっかり体温に馴染んだ葡萄のチャームがある。ミュリエルは、ふわふわのストールの上から胸もとをそっと押さえた。その仕草で、サイラスにも伝わったはずだ。

紫の瞳がミュリエルの隠れた葡萄のチャームに視線を留めたあと、自らもしているであろう青林檎のチャームに視線を落としたから。

「そ、そういえば、アトラさん達にも、何か買うべきでした……」

自分から瞳の色のチャームの存在を匂わせておいても、サイラスから同じことをされると照れてしまうのは、年季の違いだと思いたい。気をそらすために、ふと自分のものばかり買ってしまったことに思い至った。言葉にしてしまえば、聖獣達にお土産《みやげ》が一つもないことに罪悪感がわいてくる。しかも任務であったのに、美味しい思いもしたとなれば追加のお叱《しか》りだって受けてしまうかもしれない。

（そ、そ、そうだわ。お叱り……、……、……）

ミュリエルは、真っ暗になった夜空を見上げた。

「……、……、……す、素敵なお土産があれば、お叱りを受ける時に、少しはご容赦いただけたかしら、なんて」

「ははっ」

また間髪容れずに笑ったサイラスを、ミュリエルは大慌てで見上げた。一緒に怒られる約束をしたはずなのに、サイラスには深刻さがいっさいない。翠の瞳が恨みがましく見つめていれば、気づいたサイラスが一転して真面目《まじめ》な表情を作った。

そこでミュリエルは輪をかけて、よろしくお願いしますと願いを込めると、紫の瞳を強く見つめた。

4章　ただ冷たいだけの雨が降る

一夜明けた曇天《どんてん》の、まだお昼休憩には早い時間帯。獣舎はすぐ目の前にあるにもかかわらず、自分の馬房にたどりつけなかったレグが中途半端な場所で巨体を横たえていた。

「レ、レグさん、お疲れ様です！　ま、まずはお水を持ってまいりますね！　あの、ご飯はいかがいたしましょうか？　それとも、お昼寝を先にしますか？　あ、ブラッシングのご用意もできてはいるのですが……」

『ぜ、全部……、ぜぇんぶ、おねがぁいぃ……』

「か、かしこまりました！」

吹き出されるというよりは、ぼわっと広がるような力ない鼻息でされた返事に、ミュリエルはパタパタと獣舎と井戸とレグの間を行ったり来たりする。

『そんなになるまで、付き合わなきゃいいじゃねぇか』

太陽が隠れているせいか、特務部隊の面々は今までそれぞれの馬房で丸まっていたのだが、レグが戻ってきたためわざわざ様子を見に出てきたらしい。

『レグ君は、気が優しくて力持ちだからな』

『そんなレグさんを疲れさせる、驚異の筋肉トリオ』

『紅一点が一番の難敵やいうのが、これまた難儀なもんで』

昨晩、サイラスと先に帰ってきてしまったミュリエルは、スタンとシーギスを連れたレインティーナが何をして、どのような状態で戻ってきたのか知らない。

しかし今朝《けさ》になってみれば、冬のためまだ明けぬ時間から獣舎に出仕するミュリエルを出し抜いて、筋肉トリオがレグを連れて真っ先に鍛錬に出たというではないか。体が温まる前で寒さに肩を縮めていたミュリエルは、それを聞かされた途端驚いて伸び上がってしまった。

そして、レグが帰ってきたのは今だ。当然、朝ご飯も抜きである。レグは途中で逃げ帰ってきたのだろうが、筋肉トリオはまだまだ自身を追い込んでいるに違いない。恐ろしいことに飲んで食べて一睡もせず、今を過ごしている疑惑すらある。

『だ、駄目だわ……。もう、すでに体が痛いわぁ……。ちょっと誰《だれ》か、肩と脚と腰を揉《も》んでくれなぁい……?』

なんとか起き上がってガブガブと水を飲んだものの、再び横倒しになったレグが前脚を呼びかけるように持ち上げる。その脚はガクガクブルブルと小刻みに震えていた。さすがに不憫《ふびん》に思ったのだろう。クロキリとスジオとロロの三匹が、求めに応じる。

『あ、クロキリ、そこっ、いいわ。スジオは、もう少し、上。ロロっ、もっと、強くぅ』

巨大イノシシの肩をわしづかむタカ、後ろの太腿《ふともも》付近を前脚でフミフミするオオカミ、腰に全身ですがりつくモグラ。会話が理解できないと、何をしているのかわからないかもしれない。だが、行われているのは仲間想いの愛ある触れ合いで、見た目的には大変微笑《ほほえ》ましい。

「あ、あの、それで、スタン様とシーギス様のご様子は、いかがでしたか？　それに、レイン様のご機嫌も、直っていましたでしょうか？」

お行儀は悪いが今日《きょう》ばかりは仕方がないと、寝ているレグの口があくのを見計らって、ミュリエルは木の実やらドライフルーツやらを放り込んでいく。至れり尽くせりのレグはひと心地ついたようで、険しかった表情が緩んできた。

『「筋肉は裏切らないっ!!」って叫びながら、大暴れ、よっ。レインはもともと、あとを引かない性格だから、平気、ねっ。だけど、あの様子だと倒れるまで、続ける、わぁ』

よい力加減で揉みほぐされているのか、レグの言葉が途切れ途切れになっている。

『そんなんで、よく途中で帰ってこれたな』

一匹だけ何もしていないアトラが聞くと、レグは白ウサギの顔を見るためにゴロンと反対に転がろうとした。予備動作があったので、マッサージ師三匹はなんなく避《よ》けたし、ミュリエルもアトラの傍《そば》までしっかり待避する。言われるまでもなく、三匹は反対側の揉みほぐしに取りかかった。

『なんか、リュカエルちゃんが、呼びにきたの、よぉ。サイラスちゃんが、スタンちゃんとシーギスちゃんに、話が、あるっ、てぇ』

「っ！　そ、それって、今回の件について、何か進展があったということでしょうか」

木の実をあげ終えて、柄の長いモップの形のブラシでブラッシングに移ろうとしていたミュリエルは、ピタリと動きを止めた。

『昨日《きのう》の今日でか？　それはいくらサイラスでも、仕事が早すぎるだろ。そもそも昨日なんて、遅くまでほっつき歩いてたのによ』

「うっ……」

両手でブラシの柄を抱き締めたミュリエルは、翠《みどり》の瞳《ひとみ》を何もない斜め下の地面に向ける。昨晩、白ウサギの設けた門限を大幅に破って帰ってきたミュリエルは、まず任務の報告をすませると、労《ねぎら》いの言葉をもらった。そして当然、その後に待っていたのはサイラスと二人、アトラからお叱《しか》りを受ける時間だ。しかし蓋《ふた》をあけてみれば、二人が一匹に叱られる図ではなく、一人と一匹の間に挟まれるもう一人の図になっていたように思えてならない。

真摯《しんし》な態度を取りつつも、どこか余裕のある面持ちのサイラスと、後ろ脚でタップを刻み続ける、眼光の鋭いアトラ。その間に挟まれて、どうにもならないミュリエル。

『多少の寄り道など、可愛《かわい》いものではないか。アトラ君は相変わらず素直でないな。本当の要点は、そこではないだろうに』

『ってか、心配で後ろ脚の貧乏揺すりが止まらないから、早く帰ってきてほしかったたって普通に言えばいいっス』

『皆さん、知ってますか？　アトラはんの馬房の地面、穴あいてしもうて。ミューさんも確認してください。左奥んとこ』

ギンッと昨晩の再演か、白ウサギの赤い目が鋭さを増す。だが、ガチンと一喝《いっかつ》の歯音は鳴らされず、この時は滑りの悪い歯ぎしりが響いた。

『……オマエ達だって、最初は楽しそうにミューに任務紛《まが》いのことふっかけておいて、暗くなってきたらソワソワソワソワソワ、ソワソワソワソワソワしてたくせによ』

初耳だったミュリエルは、パッと顔を上げてレグとその上に乗っているクロキリにスジオ、そしてロロを順に見た。なんとなく決まりが悪いのか、四匹はそろって横に視線をそらしていく。ミュリエルはしおしおと頭を下げた。

「ご、ご心配をおかけしまして、申し訳ありませんでした……」

昨日街におりていた時間は、概《おおむ》ね任務に向き合っていたと思う。しかし、十割そうであったかと問われれば、三割は楽しんでいたと告白するしかない。しかも、任務が一応の完了にこぎつけたあとは、帰り道とはいえ完全にサイラスとのデート時間となっていた。皆を心配させて自分だけ楽しい思いをしたとあれば、申し訳なさに体が重くなってくる。

『オレは怒ってねぇ』

鼻先で適当にミュリエルの体を押し、頭を上げさせた白ウサギだが、あくまで力加減は間違えない。赤い瞳がいつもの色で、アトラがそのまま離れていかないのもあって、甘ったれたミュリエルはよりかかった。しかし責められないからこそ、今後門限は守ろうと心に決める。

『そうそう、みんなそろって心配しただけよねぇ？　うふふっ』

『一緒にいればなんてことはないが、見えていないと気を揉むものだからな』

『でも、大変なばっかりじゃなくて、楽しいこともあったみたいでよかったっスよ』

『ミューさんが楽しそうなの、面白くてボク好きです。慌ててるのは、もっと好きやけど』

聖獣達の懐の広い発言に、ミュリエルは尊敬にも似た眼差《まなざ》しを向けた。彼らにしてみれば、思ったことをそのまま口にしているだけになる。しかし、その裏表のなさによって生み出される安心感と居心地のよさは、ミュリエルにとってとても得難いものだ。アトラとくっついたまましみじみと噛《か》み締めれば、体だけでなく胸の奥までもじんわり温かくなっていく。

(皆さんが向けてくださる気持ちが、いつだってとっても嬉《うれ》しいの。それに、変わらずにそうしてくださると、信じていられるから、だから私は……)

元引きこもりで、他人の視線や笑い声をあれだけ怖がっていたのに、今は失敗を想像してしまっても、やってみようと前へ目を向けることができるようになった。

ミュリエルは、至近距離にある赤い瞳を見つめる。ところが、いったんは合った目がツイッと動かされた。つられて同じ方を見れば、駆け足まではいかないが、少し急いでいる様子のサイラスがこちらにやって来るところだった。

「そろっていて、助かった。このところの件で、報告と進展、それと頼みがある」

顔だけは上げていたものの、アトラによりかかっていたミュリエルは姿勢を正した。スタンとシーギスが呼ばれたと聞いても、先程までは差し迫るほど気にしているわけではなかった。しかし、急いでいるサイラスの様子でにわかに緊張感が増す。

全員の意識が自分に集まったのを確認したサイラスが、話しはじめるために息を吸う。その息のつき方は、長く話すことになるのを予感させるものだった。

「第一王子殿下から再度、クロキリ、スタン、シーギスに対する見合いの申し入れがあった。

指定された日時は、前言を撤回することになるが、今日このあとだ」

「っ⁉」

再度の見合いもだが、急な時間設定にはさらに驚きだ。ミュリエルが何も言えないでいると、聖獣達も同じように口をつぐんでいる。しかし、表情には一様に面倒だと書いてあった。そんな面々を、サイラスは順に見回した。

「気持ちは重々理解している。これは君達になんら関係のない、我々人の政治的な駆け引きに他《ほか》ならないから。とくにクロキリには、負担なことだろう。すまない」

そして珍しく、普段はされることのない人のしがらみを、サイラスは続けて口にした。聖獣達の納得を得るには、必要なことだと今回に限っては考えたのだろう。

それによると、今日は城にて、第一王子であるマリユスが引き入れたい派閥との会合を。妃《きさき》であるイエンシェがその娘達と茶会を、それぞれ別の場所で開いていたそうだ。その席で、クロキリ、そしてスタンやシーギスとした見合いが話題にのぼったらしい。

すると、隅とはいえ王城の温室でされた特別な見合いに、参加した者としなかった者の間で不穏な空気が流れはじめてしまった。場を収めるために、まず押し切られたのはマリユスだ。つまり、参加していない者にも平等に機会を設ける、と。別室にいたイエンシェは娘達を踏みとどまらせていたものの、男性陣がその調子では流れを堰《せ》き止めることなどできない。

とくに金銭面で多大な援助をしている、リオーズ商会当主とマドレーヌの発言権が強いのもいけなかった。先だって見合いに参加している優位性を声高に語ったせいで、後れを取った者達が不満を爆発させたのだ。そしてそれらは日を改めること、各自の予定を押さえること、場を相応《ふさわ》しく整えること、そうした事柄を飛び越えるまでの勢いになってしまった。

　聖獣騎士団におうかがいという体の下知が通達された時、それでもサイラスは突っぱねたらしい。だが、聞かされた状況に、頷《うなず》く以外の選択ができなかった。

「だが、この無理のある見合いについては、これが最後だ。次はない。クロキリ、不本意であるのは重々承知している。だが、ここは付き合ってくれないだろうか？　せめてもの抵抗ではあるが、今後聖獣騎士団の者達が有利になるような条件は、すでにいくつか引き出している」

　サイラスから静かに問われたクロキリは、黄色い目を細めて明後日《あさって》の方を見た。

『……あぁ、うーむ。前回同様、素早く見切りをつけてしまっても構わないのだろう？　ならば、引き受けよう。それに皆のためになると聞いてしまえば、まぁ、吝《やぶさ》かではない』

　クロキリはこちらに視線を戻すと、少し格好をつけた顔をしていた。自分の行動が聖獣騎士団に利益をもたらすのなら、悪くないと思っている顔だ。聖獣の言葉がわからないサイラスに視線で問われたミュリエルは、はっきりと頷いた。

　そして、ここまで大人《おとな》しく聞くだけだったミュリエルだが、自分の体に力が入っていることに気がついた。両手で握りしめたスカートが、くっきりしわを作っている。意識して指を開けば、余程強く握っていたらしく手が痺《しび》れていた。

（そ、そうよね。そうなのだわ、私も……）

じんわりとした熱に似た痺れを、もう一度握ることで押さえ込んだミュリエルは、今の話を聞いて自分が何を思ったのかを自覚した。一度深呼吸を挟むと、表情を引き締める。

「あ、あの、わ、私も、お連れいただけませんかっ」

この場にいた全員の視線をいっせいに浴びたミュリエルは、背筋を伸ばした。もちろん、引きこもりの原因となった出来事を思い出した場には、できれば自分だって近づきたくない。第一王子であるマリユスがいるとすれば、過去の話を再度される可能性だってある。だが、ここで引き下がる選択を、今のミュリエルはしたくないと思ったのだ。

「クロキリさんや、チュエッカさんにキュレーネさん、お三方からされた頼まれ事を、しっかり完遂したいんです。途中から私だけが安全地帯でお留守番だなんて、申し訳なさすぎます。そ、それに、ここで逃げたままでいたら、こ、これから先……、……、……」

しかし、勢いのよかったのは出だしだけで、ミュリエルの声はだんだん尻《しり》すぼみになる。それでも、胸の前で祈りの形に組んだ両手にギュッと力を入れ、顔を上げた。

「い、いつも真《ま》っ直《す》ぐ顔を上げる皆さんの傍で、全力で、笑っていられなくなってしまいます……！　そ、そんなの、絶対に嫌なんです……！」

強い気持ちがこもりすぎて、翠の瞳がほんのり潤む。しかし、ミュリエルは瞬《まばた》きもせずに自分に集まっている皆の視線を、確固たる意志を持って見つめ返した。

独断専行をしないサイラスだが、最終的な決定権を握っているのは間違いない。だから、精一杯の気持ちを乗せて視線を結ぶ。

紫の色が濃く見えるのは、己の瞳が潤《うる》んでいるせいだろうか。水分の多い目を向けられては、サイラスとて安心して任せるとは思いづらいだろう。それがわかっているからこそ、ミュリエルはせめて翠の瞳が紫の瞳と同じくらい濃い色をしているといい、と思いを込めた。

実際は、それほど長い時間見つめ合っていたわけではない。最初に聞こえたのは、ブフッという鼻息だった。とはいえ、それ以外の鳴き声もほぼ同時だっただろう。深刻さを吹き飛ばすような景気のいいその音に、ミュリエルは目を丸くした。

『決めたなら、行ってらっしゃいな。アタシ達はここで待ってるわ』

『物好きだな、ミュリエル君。しかし、その心意気は立派なものだ』

『すごい勇気っス。乗り越えたら、きっと新たな扉が開けるっスよ』

『そやな。きっちり過去をやっつける、えぇ機会になると思います』

言葉をかけたら気合いも入ってしまったのか、レグが勢いよく起き上がる。しかし、すぐさま体の痛みに硬直した。巨大イノシシの急な動きに、肩に止まっていたクロキリは体勢を維持するために数度羽ばたき、脚に乗っていたスジオは飛び跳ねて着地を決め、ロロはそのまま腰にへばりつく。苦悶《くもん》の表情でレグがかなりそっと横たわれば、いったん離れたタカとオオカミは再び持ち場に脚を乗せ、くっついたままのロロはモゾモゾと四肢の位置を微調整した。

一気に萎《な》えてしまったレグは可哀想《かわいそう》だし、何を言われずともマッサージを再開してあげようとする三匹はとても献身的だ。そのため、笑える場面ではない。だが、どうしたって皆のこうした何気ないやり取りが大好きなミュリエルは、真剣に申し出た数瞬前の自分さえ忘れ、思わず笑みを零《こぼ》してしまった。

『そんな気張んなくても、ミューなら大丈夫だろ』

だから白ウサギもなんてことのない、いつもの表情に口調で歯を鳴らしたのだろう。

『けど、もしもの時は……』

しかし、ほんの少し歯ぎしりの滑りが悪くなったので、何を言い出すのかと全員でアトラの次の言葉を待つ。ところが、注目を浴びた白ウサギは決まり悪そうに視線をずらした。

『……オレが掘った穴で、引きこもれよな』

ブフッと吹き出す音が聞こえたと思えば、相変わらず寝転がったままのレグが笑っている。イノシシの巨体が笑うごとに振動しているせいで気づきづらいが、少しうつむくように顔をそむけたクロキリにスジオ、そしてロロの体も小刻みに揺れていた。ミュリエルは今度こそ顔いっぱいに笑う。続けて、なんの躊躇《ためら》いもなくアトラに抱きついた。

「どうやら、アトラ達からの力強い励ましがあったようだな」

後ろから頭をなでられて振り向けば、サイラスが穏やかに見下ろしている。濃い色だと思った紫の瞳には、確かな信頼が浮かべられていた。鮮やかで深く、優しい色だ。ミュリエルはその色を、しっかりと翠の瞳に映して刻む。

（この紫の色があれば、いつでも、何があっても、大丈夫。そう、絶対に思えるから……）

体ごと振り返って、胸もとで肌に馴染《なじ》む葡萄《ぶどう》のチャームに手をあてる。すると、サイラスも同じように自身の胸もとに手をあてた。

「私も一緒にいる。君の頑張りを邪魔することはしないが、頼りにしてくれると嬉しい」

「っ！　は、はい！」

きっとサイラスにしてみれば、ミュリエルは庭で留守番していた方が安心なはずだ。しかし、頭ごなしに止めたり否定することはしない。それがただ信頼しているからだけではなく、何かあれば助ける心積もりまでしてからのものであると、ミュリエルはわかっていた。だからこそ、その気持ちにだって報いたい。手をあてているだけだった胸もとをギュッと握って、今一度力強く頷いた。

『話はついたな。では、アトラ君、代わってくれるか』

『あ？』

『気乗りのしない見合いでも、その前にはもう一度ブラッシングをしてからでないと、な』

レグの肩に乗ったまま話を聞いていたため、クロキリはピョンと飛び降りてくる。

『もう少し揉めば、上手《うま》くほぐれるだろう。半端な仕事はしたくないからな』

クロキリが振り返るのは、レグの肩だ。太腿には前脚で乗っているスジオが、腰には全身でへばりついているロロがいる。レグがアトラに向かって長い睫毛《まつげ》で何度も瞬けば、どこか諦《あきら》めたように白ウサギはのっそりと歩き出した。白い前脚をレグの肩にあてるように陣取る。

「先程から気になってはいたのだが、皆は何をしているのだろうか」

「えっと、レグさんがレイン様とスタン様、それにシーギス様のお相手をして、筋肉痛になってしまったらしく……。なので、皆さんでマッサージをしていたところです」

前脚でふみふみを開始した白ウサギの動きに、ミュリエルは頬《ほお》がゆるんでいくのを感じた。

しかし、途中でハッとする。クロキリと己のことを優先してしまったが、身を切る思いをする者がまだ他にもいるではないか。

「ち、ちなみに、サイラス様がお会いした時、スタン様とシーギス様のご様子は、いかがでしたでしょうか……？」

昨夜は怒れる白薔薇《しろばら》の騎士に連行され、今朝は空が明けぬうちから筋肉だけを信じて励み、心頭を滅却しようとしていた二人だ。再び見合いの場に引きずり出すのは、かなり酷な仕打ちといえる。

「大丈夫、とは言えない状態だが、頑張ってもらうしかないな。ただ前回同様、女性主体の見合いになると聞いたら、リーン殿が自身の参加をねじ込んだから……」

『えっ⁉』

この時、誰よりも早く反応したのはロロだった。そのことに全員が驚いたのだが、それ以上に驚愕《きょうがく》しているのは普段は怠惰なそのモグラだ。つぶらな瞳をかっぴらき、中途半端な姿勢で固まっている。

「心配いらない、ロロ。リーン殿の目的は二人の援護と、ひやかしだから」

言葉のわからないサイラスにも、キュッ‼　と大きく鳴いたロロの反応はわかりやすいものだったらしい。そんな我らが団長の説明にあからさまにホッとしたのか、ロロはレグの腰にぺろんと伸びてひっついた。揉みほぐしの効果は皆無だが、きっと温熱効果は抜群だろう。

「では、用意を頼む。これからといっても、予定の時刻は午後からだから」

「は、はい、わかりました」

自分で挑むと決めたミュリエルは、両の拳《こぶし》を握りしめた。しかし、ふるりと震える。

(こ、これが、俗に言う武者震い、というものね……！　そ、そう、けっして怖いから震えているのではないのよ……！　そうよね、ミュリエル……！)

自身に心で問いかけてから、拳をグッと握り込むと両足を肩幅に開いて大地を踏みしめる。

一人で気合いを入れる作業をしているミュリエルだが、当然その場の全員がそれを見ていた。聖獣騎士団内において能力に順位をつけるならば、ミュリエルはほぼすべての項目で最下層になるだろう。そのため、何をするにも皆がそろって見守りの視点から入る。だから、この時ミュリエルが入れた気合いに、全員が同調した。それぞれの体にも、グッと力が入る。

『痛っ!?　いだだだだだだぁっ!!　ち、ちょっと!?　アトラ、強すぎ！　折れる！　折れちゃうわよ!!　乙女《おとめ》の体を、なんだと思ってんのっ!?』

そして、どうやらなかでも一番力が入ってしまったのは白ウサギだったらしい。もともと跳躍力が自慢の脚は、前脚であっても十分以上の圧力をレグの分厚い肩に加えたようだ。

『あ？　悪い』

『はぁん!?　絶対少しも悪いと思ってない言い方じゃない!?　痛っ!!　だから、痛いんだってばっ!!　ちょっと、もういいわ！　アタシの肩は、今後クロキリにしか揉ませないから！』

アトラがどれだけレグの肩を力の限り揉んでも、ミュリエルに直接パワーが送られるわけではない。しかし、この真剣に苦情をつけたり、適当に受け流したり、我関せず笑ったりの雰囲気が、いつだってミュリエルの心を温かくしてくれるのだ。隣を見上げれば、同じように笑っているサイラスがいて、紫の瞳の色だっていつも変わらずそこにある。

だからミュリエルは、気合いの最後の仕上げとばかりに自分より大きい温かな手を、頼りなく思えてもやるべきことには向き合える己の手で、握った。

繋《つな》いだ手が固く握り返されれば、もう怖いものなんてない。


前回の見合いは隅とはいえ王城内で行われたが、今回は聖獣の見合いで常用している、王城の奥に広がる野原とガゼボがある場に参加者は集められた。これはサイラスとリーンが人の見合いはいざ知らず、聖獣の見合いは接待ではないのだと、強い姿勢を見せたことによる。

よって、クロキリの見合いとしては至って普通だが、人間の見合いとしては寒々すぎる場となっていた。透かし彫りの屋根がお洒落《しゃれ》な石造りのガゼボは、飾りつけなどされていない。かろうじてクッションや膝掛《ひざが》け、火鉢などが持ち込まれていたが、それだけだ。どんより曇った寒空のもと、その程度では焼け石に水である。ここに座っておしゃべりなど、暖かい服装をしていたとしても妙齢のご令嬢方には苦行だろう。遠回しどころか、あからさまに聖獣騎士団側からは歓迎していないことが伝わってくる。

皆が出そろってからの登場となったサイラス、ミュリエル、クロキリはそんなガゼボまで来ると、少し距離をおいた場所で立ち止まった。その位置からでも、十分にガゼボ内の人間模様がうかがえる。まったく盛り上がっていないどころか、非常に居心地が悪そうだ。

（だけれど、前回のお見合いの時と、女性は入れ替わったのね……）

今日も司会を買って出ている第一王子のマリユスは、妃のイエンシェと共に微笑んでおり、腕に抱かれた赤子はスヤスヤ眠っている。だから、場に居心地の悪さを振りまいているのは、参加をねじ込んだ糸目学者であった。リーンは見合いの場であるはずなのに、ロロへの愛を延々と一人語りしている。

興奮して頬を紅潮させたリーンは一人で温かそうだが、話を聞かされるご令嬢方は寒そうに身を縮め、全員が愛想笑いを浮かべるばかりだ。肝心のスタンとシーギスは糸目学者の独壇場に引きつるというよりは、マドレーヌで痛い目を見たからか、前に座っている女性達にどんな顔をすればいいのかわからず、唇の端を無理やり持ち上げた不自然な顔で笑っている。このガゼボ内の様子をひと言であらわすならば、まさしく混沌《こんとん》だ。

立ち込めるどうにもならない空気からなんとか目をそらし、ミュリエルは人伝《ひとづて》にしか聞いていないスタンとシーギスの様子を確認する。凸凹コンビの身だしなみに、乱れはない。ただ、くたびれた様子ではあった。しかしそれが、気持ちからくるものなのか体の疲れからくるものなのかは、ミュリエルには判断できなかった。

そんななか、サイラスとリーンの視線が何かを示し合わせるようにぶつかったのが、隣にいたミュリエルにはわかった。そこが会話の切れ目となる。すると、まずマリユスが立ち上がって、自らの妃と女性陣を促した。その場で立ち上がった女性陣はイエンシェをのぞいて、それそれスカートをつまんで軽く膝を折る。

前回とは違う人員であるため、クロキリの心持ちも少しは違うかもしれない。そう思ったミュリエルは、もの言わぬタカをうかがった。

『相変わらず、ヨダレと趣味の相違が甚だしい』

「……」

ブレない暴言に、口をすぼめて視線を下に落とす。しかもクロキリは前回同様、見合い相手に視線もくれないし耳で拾える鳴き声もあげない。

『だが、これで義理は果たしたな？　ならば、気張らしにその辺を飛んで、あとは先に庭に帰っているとしよう。ではな』

見合い相手に興味はないが、自身の存在を見せつけることはしたいらしいクロキリは、無駄に一度胸を張って大きく翼を開いた。左右対称に伸びやかに広げられた翼は、羽の先から冬の曇り空さえ払うような威風堂々としたものだ。

間近でこれを見せられて、目を奪われない者などいないだろう。ある程度見慣れたミュリエルでさえ、曇天を割くように直線的に飛び立つ姿には感じ入ってしまうほどだ。ましてや、聖獣との触れ合いなど持たなかった人間には、衝撃に近い感動があったはずである。

だから、誰も口を開かずに大空を飛び去るタカの姿を見送った。とはいえ、やはり普段から見慣れている者は立ち直りも早い。この時もっとも早く声を発したのは、糸目学者であった。

「いやぁ！　クロキリ君の姿はどの場面を切り取っても美しいですね！　何度見ても惚《ほ》れ惚れ

してしまいます！　ですが、僕のロロももちろん負けていませんよ！」

事前にサイラスからリーンの意図を聞いていなかったら、間違いなくミュリエルも困惑していたと思う。誰も席に座り直さないうちから、リーンがロロへの愛を発露させる。ただし、よく聞いていると内容がないことは、ミュリエルでもすぐにわかった。一般的な家庭用の愛玩動《あいがん》物のことを上げ連ねていると言われても、通ずるようなことしか言わないのだ。

しばらく第三者的位置でそれを眺めていたのだが、マリユスに手招きされる。リーンの息継ぎの場所がどこかわからないせいか、マリユスは無理に声をあげることをせず、手と視線だけでサイラスとミュリエルに余った椅子《いす》を勧めてきた。

否やはない。もとよりこの場へ自らやって来た身だ。視線を感じて隣を振り仰げば、サイラスに見つめられていた。ミュリエルは紫の瞳の色を、しっかりと見返した。それから二人そろって、並んであいていた席に腰をおろす。

着席した二人に糸目を向けたものの、リーンのよく回る口は止まらない。あまりに立て板に水なことから、気持ち的には本当のことを言っているのだろう。しかし、部外者には聖獣の情報を少しも与えぬ、考えられた巧みな話し振りだ。

近しい間柄であるリーンの声が途切れることなく聞こえ、寒々しくとも慣れた場所にあることで、ミュリエルの気持ちにはまだ余裕がある。そのためとくに構えることなく、テーブルを囲んだ全員を、失礼にならない程度に視線でなぞっていった。

新たにこの場に招かれた女性のなかに、目を引くような人物はいない。となれば、おのずと目が留まる者は決まってくる。凸凹コンビだ。

（ス、スタン様とシーギス様の、目の充血が酷《ひど》いわ……。や、やっぱり、昨晩から一睡もせず、この場にいらっしゃったのかしら……？）

改めて見れば、顔色も悪い。二人が常にまとう快活な気配も、今は希薄な気がした。

「リーン殿の話は、私にとっては興味深いのだけどね。聖獣騎士との見合いに来た女性にとっては、もう少し浮ついた内容の方が耳を傾けやすいのではないかな」

途切れることなくロロの可愛さを語るリーンに対し、マリユスはよくぞ言葉を挟む隙間《すきま》を見つけたものだ。笑みを浮かべた第一王子に、さすがのリーンも話を続けるわけにはいかなくなったのだろう。頬をポリポリと人差し指でかいている。

「そうですわね。では、先達の方のお話をうかがうのはいかがかしら？　エイカー公爵とミュリエル様からなら、聖獣騎士とその妻となる者にとって、よいお話を聞けるのではなくて？」

「それはいい考えだね、イエンシェ。では、まずはミュリエルからかな。君は叔父上のどんなところに引かれたんだい？　はじめて会った時に、運命的なものがあったのかな？」

夫婦としては、息の合ったやり取りだ。夫があけた隙間で、妻が会話を引き継げば、再び夫が次に転がす。しかし、リーンの止まらぬロロ語りという援護がなくなってすぐに、発言権が回ってくると思っていなかったミュリエルは息を飲んだ。全員の視線が集まったことで、キュッと心臓が縮んで次の息が吸えなくなってしまう。

「はじめて会った時の話は、そういえば私も聞いたことがなかったかもしれない」

穏やかなサイラスの声が聞こえたことで、ミュリエルはまずパチリと一つ瞬きをした。緩慢な動きで隣を見れば、目もとを緩めたサイラスがまるで「大丈夫だ」というように微笑んでいる。紫の色を食い入るように見つめたミュリエルは、呼吸を思い出した。大きく深く息を吸えば、この場に赴くと決めた時の自分も一緒に思い出す。

（こ、この、紫の色をしっかり覚えていれば、大丈夫……。それに、お庭で皆さんも……）

ソワソワ、ソワソワソワソワしているかもしれない。その姿を思い浮かべれば、無理のない微笑みがミュリエルの唇に浮かんだ。

「サ、サイラス様と、はじめてお会いしたのは、聖獣番を採用する、面接の時でした……」

顔を前に向けたものの、視線はテーブルに伏せている。誰の目も見られないというよりは、あの日のことを思い返すのに真剣になっていたからだろう。

（は、はじめてサイラス様にお会いしたあの時、こんなに素敵な方が現実世界にもいるのだわ、なんて、とても驚いたのよね……。そ、それで……、……、……）

あまりの素敵さとあふれる色気を前に気絶の危機に瀕《ひん》し、遠くを見る目で視界をぼやかせてサイラスをはっきり見ないようにしたのは、今では笑い話だ。ミュリエルは体を正面に向けたまま、そっと横にいるサイラスを見た。

あの日から、サイラスの姿は変わらない。サラリと流れる黒い髪も、少し長めの前髪の向こうから見つめる紫の瞳も。服の上からでもわかる鍛えられた均整の取れた体つきや、涼やかな切れ長の目にキリリと上がった眉《まゆ》、それにスッと通った鼻梁《びりょう》とやや薄い唇も。誰がどの角度から見ても、サイラスは今日も絶世の美丈夫だ。

（不思議だわ……。見ることさえもできないと思っていたのに、今はこんなにも、それにいくらでも、傍で見つめていたいと思うもの……）

サイラスは、変わらず素敵だ。だから変わったのは、あの日のミュリエルと、今この場にいるミュリエルの感じ方だ。

はじめて会ったあの時、サイラスはその場にいるだけで、酔ってしまうほど強い色香を漂わせていた。芳醇《ほうじゅん》な香りのなか咲き乱れる大輪の黒薔薇と、艶《つや》を帯びて舞う花弁の幻さえ、はっきりと見えたほどだ。低くかすれるように囁《ささや》く声に耳をくすぐられれば、その甘い響きに体の奥まで痺《しび》れてしまいそうだと感じたのもよく覚えている。

今になってそれらを思い返せば、いくら人付き合いが苦手でも、いくら魅力的な人物に出会ったのだとしても、さらには今後の家族の進退が関わっていたとしても、あれほど強く深い衝撃を受けるなど考えられない。それでもあの時は、引きこもり気質の己が過剰に反応している。ただ、それだけのことだと思ったのだ。しかし。

「わ、私、きっと、はじめてお会いした時から、わかっていたのだと思います……」

言葉で説明するのが下手なミュリエルは、自分の気持ちをつかむのも同じように下手《へた》くそだ。しかし、きっかけをもらうことで、形のない不確かな感情や想いがミュリエルにもわかる姿へと形を変えることがある。そうした時は、手を伸ばして両手で包み、あとはしっかりとした形を成すまでそっと見つめていればいい。

「サ、サイラス様は私にとって……、他の方々とは違う、どこか特別な方なのだと……」

「へぇ！　それは、一目惚れということですか？」

「っ！」

ぼんやりと自分自身に語りかけるように言葉を紡いでいたミュリエルは、突然リーンに質問を挟まれて体を跳ねさせた。何がそれほど興味を引いたのか、糸目の奥の瞳が見えるほど、リーンはミュリエルを食い入るように見つめている。

聖獣を偏愛している学者が人間の恋愛に興味を示したことにも驚きで、自分の世界に片足を突っ込んだ状態だったミュリエルは、急激に現実世界に戻された。

「い、いいえ。一目惚れと言ってしまっては、大げさで……。で、ですが……、……、……」

一度遠ざかってしまった自分の世界は、気持ちを伸ばそうとしても少し遠く、わかりかけていた何かがつかめる気配はもっと遠い。

「はじめて会ったあの時、私も君に、特別なものを感じていたのだと思う」

それでも、隣からサイラスに声をかけられて紫の瞳を見つめれば、遠ざかった何かが光って揺れた気がした。しっかりと握りしめるには届かなくとも、互いの瞳が互いの色に惹《ひ》かれて世界を染めれば、香りも熱も感触も、サイラスについて知り得るすべてのことが鮮やかにミュリエルの体を満たしていく。衝撃をもってはじめて触れたサイラスの気配は、今はもう、それほどまでにミュリエルに奥深くに馴染んでいた。

（あぁ……。サイラス様は、私の……、……、……）

自分にとって特別な相手であることを、言葉を尽くして説明するのではなく、心と体で感じ取ったような、そんな感覚だった。抱いた感情の判別さえも後回しになるほどの、閃《ひらめ》き。それは運命と呼んでしまいたくなるほどの、強い本能だ。

「すみません！　とても素敵な恋の話で、僕以外はうっとりと聞いているのだと思うのですが！　どうしても知的好奇心が抑えられません！　ちょっとそこのところ、もう少し詳しく聞かせてくれませんか！」

ガタンと行儀悪く、リーンが椅子の音を鳴らしながら立ち上がる。ミュリエルだけではなく、サイラスもその音に驚いた。二人でそろって瞬きをしてから、周りに人がいっぱいいたのだと思い出して睫毛を伏せる。

恥ずかしさと居心地の悪さを感じているせいか、辺りの空気が間延びして、ささやかな沈黙が落ちた。しかしその沈黙は、テーブルを囲んでいた騎士、要するにサイラス、スタン、シーギスによって突然破られた。サイラスは音こそ立てなかったが、素早い動きで立ち上がると振り返る。スタンとシーギスは先程リーンが鳴らした以上の音を立てながら、同時に立ち上がった。三人が見るのは、同じ方向だ。

「っ！　ア、アトラさんっ⁉」

ミュリエルが姿を確認して名を呼んだ時には、白ウサギはガゼボの間近に迫っていた。赤い目が、まずサイラスを見てからミュリエルにも向いただろうか。はっきり言い切れないのは、それほど瞬間的なやり取りであったからだ。

しかし、そのわずかな視線の動きだけで、サイラスはアトラの意思を汲《く》み取ったようだ。アトラの体がガゼボを通り過ぎる一瞬前に、サイラスはミュリエルの腰に腕を回して引きよせると、いっさい速度を落とさない白ウサギの背に飛び乗った。

「っ⁉　っ‼　っ⁉」

比喩《ひゆ》ではなく、本当に目が回った。あまりの早業に、ミュリエルの三半規管では対応が間に合わなかったのだ。驚きで息は止まっていたが、たっぷり呼吸三回分は思考が停止していただろうか。ハッと気づいて息を吸えば、横倒しにアトラの背に乗せられたミュリエルは、白い毛とサイラスの広い胸の間に押さえつけられるように収まっている。ほぼない視界には、森の木々が流れていくのが映っていた。

『ボサッとしてんな‼　クロキリがつかまった‼』

「っ⁉」

「ミュリエル！」

「は、はいっ！　クロキリさんがっ、つかまって、しまった、そう、ですっ！」

ガチン‼　と鳴らされた歯音に体を硬直させたミュリエルだが、アトラの様子に緊急事態であると核心しているサイラスに、いつもよりずっと強く名前を呼ばれたことで気を保つ。

『ひと声しか聞こえなかったから、今どうなってんのかはわからねぇ‼』

心を不安で埋め尽くしている暇はない。ミュリエルは歯を食いしばりながら、サイラスとアトラの通訳をこなした。出せうる最高速度で駆けている白ウサギの背にあって、言葉は切れ切れだし、間には生理的な変なうめき声も挟まってしまう。だが、状況を思えばなりふり構っている場合ではない。

「来たのは、アトラだけか？」

『いや、スジオがリュカエルを拾いにいってそのまま追いかけてくるはずだ！』

「まだ先か？」

ここまでは、なんとか通訳の役目を果たせたと思う。しかし、アトラの出し惜しみしない動きの真《ま》っ只中《ただなか》で、何も考えられなくなる瞬間が強制的に訪れた。

『いや、ついた!!』

木々の隙間を鋭く長く跳躍したアトラが、身をひねって反転する。落ちる心配はないほど強く潰《つぶ》すように背と胸の間に挟まっていたミュリエルにも、肺の空気が押し出されるような圧が加わった。

「クロキリ!!」

『クロキリ!!』

大きく名前を呼んだ声に、タカの返事は聞こえない。つぶった目の奥がチカチカする。クロキリが心配でミュリエルは無理やり目を開いたが、視界が不鮮明で状況がどうなっているのかわからなかった。そのため、ミュリエルの認識はサイラスとアトラと比べると盛大なほどに遅れていた。

触れていた白い毛と広い胸の感触が離れたと思った時には、座り込んだ足に地面の硬さと冷たさを感じる。自分の体が真っ直ぐなのかわからなくて、両手を地面につけた。体の平衡感覚をなんとか取り戻すと、やっと視界が明瞭《めいりょう》になってくる。

「っ!!」

サイラスとアトラによって安全だと思われた場所におろされたミュリエルの位置からは、おこっていることがすべて見渡せた。まず目に飛び込んできたのは、大きな網にかかって微動だにしないクロキリだ。

「殺すな、スジオ!! リュカエル、止めろっ!!」

しかも、サイラスの鋭い指示が飛んでから、うなり声をあげながら牙《きば》を大きくむいたスジオが、背にリュカエルを乗せて飛び出してきたことに気づく。普段の気弱な様子をどこかに置いてきたスジオは、目まできつくつり上がっていた。我を忘れているスジオを止めるために、リュカエルが感情の高ぶりにビリビリと震えている耳を強く引っ張る。しかし、スジオは止まらない。

サイラスが叫んでから、時間的にはここまで瞬き一回にも満たなかっただろう。そこからも、さらに一瞬。かろうじてミュリエルの目が認識した不審者は、十人ほどだ。全員がフードつきのマントを身につけているが、すでに立っている者はおらず、反抗の意思も見られない。

完全に意識を落としている者と呻《うめ》いている者、それから、腰が抜けた状態で後退《あとじさ》っている者。スジオが獲物と定めたのは、まだ動く余力を残している者だった。獣の性を隠さず食らいつくと決めたオオカミが、牙を光らせ口をあける。瞬間、ミュリエルの表情は凍りついた。

「アトラ!!」

『わかってる!!』

その刹那《せつな》、ドンッと重い音を立ててアトラがスジオに体当たりをした。思わぬ方向から来た衝撃に、獲物に牙をかける寸前だったスジオの体がふらついた。噛み砕かれる直前にあった者は、恐怖のあまり失神してしまったようだ。意識のない体が、重力のままに傾き倒れる。

『落ち着け、スジオ！　血の匂いはしねぇ！　クロキリは無事だ！　ちゃんと確認しろ！』

ヒクヒクと鼻を動かすアトラに、スジオの限界まで立ち上がっていた耳がピクリと動いた。

「スヴェン、落ち着いて。僕が焦ったせいで、余計気がはやったんだよね？　ごめん、大丈夫。ほら、敵は殲滅《せんめつ》したみたいだ。ね？　大丈夫。だからもう、クロキリさんの無事を確かめる方が、今は大事だ」

皆がオオカミをスジオと呼び続けるなか、一人だけスヴェンと特別に呼べるリュカエルが、まだうなり声の引かない自らのパートナーへ静かに語りかける。

つり上がった目が徐々に理性を取り戻しているのを横目で確認したミュリエルは、立ち上がろうとしてよろめいた。片手をついて転ぶのを我慢し、よろよろと歩き出す。向かうは網にかかったままのクロキリのもとだ。その脇《わき》では無力化した不審者を、サイラスが足や腕を雑に引きずって一カ所に集めている。

「クロキリさん？　クロキリさんっ？」

呼びかける前から、クロキリの目があいていて、意識がしっかりしているのは見て取れた。

最悪の事態にはないと思えたことで、ミュリエルは道中やここに到着した時よりは幾分冷静だ。ところが、クロキリからの反応がないせいで、心が騒ぎ出す。

『無事だろ？　それとも網にかけられる以外に、何かされたのか？』

サイラスの手があいて、スジオも落ち着きを取り戻したため、全員で慎重にクロキリにかかっていた網を外す。外した網は、不審者を拘束するために有効活用することにしたらしい。サイラスとリュカエルが手早く伸びている不審者にかけ直していく。しかしその間も、クロキリからの返事はない。

『おい、どこもなんともねぇよな？　変な音もしねぇし。だいたい、たかが十人に囲まれたくらいで、やられるタマじゃねぇだろ？』

『ク、クロキリさん、なんかしゃべってくださいっス。ジ、ジブン、心配すぎてまた我を忘れそうっスよ。クンクン、キューン。ヒーン……』

心配から眉間《みけん》に深いしわを刻んだアトラと、耳を倒して尻尾《しっぽ》を股に挟んだスジオが声をかける。クロキリは話している相手に目を向けていたが、言葉が途切れると鬱々《うつうつ》とした様子で視線を下げてしまった。気高いタカのこんな項垂《うなだ》れた姿を、ミュリエルははじめて見た。

（ど、どうなさったのかしら……。いつもだったら、少なからずスジオさんが「ヒーン」と鳴いた時点で、『聖獣としての矜持《きょうじ》が』なんてことを、言いそうなのに……）

血の匂いはしない、変な音もしない、やられるタマじゃない。アトラがこれだけ無傷である台詞《せりふ》を重ね、クロキリもまた痛みや怪我《けが》を訴えないのだから、無事ではあるはずなのだ。ミュリエルは視線をせわしなく、タカの体中に走らせていく。

「クロキリは、どこか痛めているのか？」

「そ、その可能性は、アトラさんからすると低いようなのですが……。肝心のクロキリさんが、何も答えてくださらないので……」

ミュリエル自身も何度もクロキリの体中を注意深く見ていくが、いつもとの違いは見つけられない。翼を地面に落として座り、つぶれたような格好をしているが、砂浴びする途中などでよく見る体勢のため、異常だと指摘するほどでもない。

「クロキリ、ここは場所が悪い。庭に戻らないか？」

サイラスの提案に、ミュリエルも何度も頷いて同じように勧めた。

「クロキリさん、お庭に帰りましょう？　こんなところに長々といるのは、よくありません」

いつもより手の届きやすい位置にある顔に手を伸ばせば、やっとか細い鳴き声が聞こえた。

『……に、……とか、……、……くれ』

「えっ？　な、なんですか？」

ミュリエルは嘴《くちばし》に耳をよせた。

『絶対に……』

意味のある単語が聞こえたので、何度も頷いて聞いていますと態度で示し、小さい鳴き声も聞き漏らさないように自らは口をつぐむ。

『絶対に、大騒ぎしないでくれ』

クロキリが言い終わってからもしばらく耳をよせていたミュリエルだったが、続きがないため姿勢を戻した。真意を問うようにクロキリの顔を見つめても、それ以上は何も言ってくれない。ミュリエルは、サイラスとリュカエルを振り返った。

「大騒ぎしないでください、って……」

ミュリエル自身が疑問符を浮かべた顔をしていたからか、サイラスもリュカエルも答えられない問いかけをしてくることはなかった。ただ、三人そろってクロキリを見ると、了承を示すために頷いてみせた。アトラとスジオも静かに待っている。

それからクロキリが動き出すまで、しばらくの間があった。しかし、ようやく決心したようだ。深いため息をついたクロキリは、つぶれた格好からさらに肩を落とし、それからとても緩慢な動きで立ち上がった。

「っ!!」

最初に気づいて息を飲んだのはミュリエルだ。クロキリからお願いされたことが頭をかすめたおかげで、かろうじて叫ぶのは踏みとどまった。小刻みに震える両手で、間違っても大きな声を出さないように唇を押さえる。

「ミュリエル?」

サイラスに呼ばれたミュリエルは、手で唇を押さえたまま声を発した。

「か、かかっ、か、か……」

ブワッと涙があふれたミュリエルに、サイラスとアトラ、リュカエルとスジオがそれぞれ

ぎょっとしたように目を見開く。クロキリだけが気まずげに顔をそむけたのを見たミュリエルは、絶対に涙を零してはならぬと、必死に呼吸とともに飲み込んだ。大騒ぎしないことには、大きな声を出す以外に涙を零すことも含まれるだろう。

無理やり飲み込んだ涙のせいで、鼻と喉《のど》の奥が熱くて痛い。ミュリエルは深く息を吸って大きく吐き出した。その息は震えていたが、声が震えてしまうのは避けたい。グッと奥歯を噛んでから、指先で押さえた唇で静かに言葉を音にした。

「か、風切り羽が、き、切りっ、切り落とされて、います……、……、……」

クロキリの翼を見やった動きは、全員がそろってしまったばっかりに仕草の少なさとは裏腹に大げさになった。誰とも目が合わないように、森の暗がりに向けられたクロキリの視線は戻ってこない。

重く濃い灰色の雲からは、まだ当分光などささないだろう。ポツリと最初に雨が落ちたのは誰にも届かない冬枯れの、冷たく硬い土の上だった。

◆◆◆

サイラスは執務室のソファに深く座ると、膝に肘《ひじ》をついて額を押さえた。口から出るのは色んな思いのまじったため息だ。

風切り羽を切られて心ここにあらずなクロキリを、アトラ達やミュリエルにだけ任せるのは忍びなかったが、不審者や見合いの後始末をつけないわけにもいかない。采配を悩ましく思うところに、筋肉痛より仲間への心配が勝ったレグが、ロロをお尻にくっつけたうえ途中でリーンを拾ってきてくれたのが幸いした。人手がそろえば二手にわかれることができる。

特務部隊がそれぞれの馬房に収まり、ミュリエルが聖獣番としてその場にあれば、心配は尽きなくても危険はない。そのためサイラスは城に戻り次第、リーンやリュカエルと共に事実関係の確認に取りかかった。そして今は、ある程度の情報を手に入れて執務室に戻ったところだ。時間は深夜。とはいえ、予想よりは早く戻れた方だろう。

時間が経《た》つにつれ強まる雨足が、バツバツと弾《はじ》けるように窓を叩《たた》いていた。サイラスの口からは、我慢しきれなかったため息がもう一度零れる。同じテーブルを囲むリーンとリュカエルも、苦い表情だ。年長者二人が一読した清書もされていない走り書きの調書に、今はリュカエルが目を通している。

捕らえた者の尋問は、今もまだ続けられているはずだ。本格的に調べがつくのはまだ先になるだろう。しかし、立ち会った上に調書をぶんどってきたリーンから触りを聞けば、ある程度の時間をかけなければ進展が望めないことはわかっていた。そもそも、聖獣騎士団としては、クロキリが傷つけられた時点で今後の指針は決まっている。

思考ばかりがうるさくて、沈黙は長くなる一方だ。そんななか、リーンが静かに呟いた。

「聖獣と政治の相性の悪さは、以前よりわかっていましたけど。なんだってこう、割を食うのがこちらなのか……」

サイラスは肯定の代わりにもう一度ため息をついた。政治的な思惑、とくに打算や邪心が含まれれば含まれるほど、聖獣達が巻き込まれた時のあと味の悪さは比例して大きくなる。それは先達の騎士達から常に認識され、聖獣騎士団に身を置く者ならば肌で感じるものだ。

事の発端はどうあっても、第一王子であるマリユスが政治的基盤を作るために聖獣や騎士との友好関係を望み、そこに有力者の支持をも絡めようとしたことになる。

(だが、やはり……。私がもっと、強く拒絶するべきだったのだ)

己の見立てに隙があったのだ、とサイラスは臍《ほぞ》を噛んだ。足場固めの局面に立つマリユスを、自身と重ねてしまったが故の判断の甘さ。それを自問自答すれば、まったくなかったとは言えないだろう。

「聖獣を傷つけたのですから、まずは同じ目にあわせればいいと思います」

リュカエルが唐突に口を開けば、そこから出た台詞はずいぶん過激だ。正式な書類ではないが重要扱いになる調書を、読み終わったらしくテーブルに放る。いかにも不快感を露《あら》わにした態度だ。無理もない。粗雑な扱いをうけた調書には、引き金になったのは第一王子が開催した見合いだが、クロキリの怪我には潰してもいつの間にかわいてくる密猟団の存在と、リオーズ商会の娘マドレーヌの関係が明記されていたのだから。

誘いをかけたのは店の客として出入りのあった密猟団からだが、手引きしたのはマドレーヌだ。最初は純粋な憧《あこが》れからスタンやシーギス、クロキリに近づいたようではある。しかし、間近に接したことで欲が出た。商人としてある程度強欲であるのは褒《ほ》められることだ。しかし、過ぎれば身を滅ぼす。

「人生を棒に振る可能性は、考えなかったのでしょうかねぇ。僕には理解できません」

痛む頭を紛らわせるように額を抑えて心底呆《あき》れているリーンに、これぱかりはサイラスも同意する。ここまで速やかに繋がりが判明したのは、捕らえた不審者のなかにフードを目深にかぶり、クロキリの切り落とされた風切り羽を隠し持っていたマドレーヌがいたからだ。

尋問に慣れぬ令嬢の身では、取り調べを行う者からの圧に耐えられるはずもない。口はとても軽かったらしい。ただ、スタンやシーギスから身のある話は聞けず、クロキリを手に入れるための作戦と呼べるほどのものは立てられなかったようだ。だが、悪運だけは強かった。

（急に決まった見合いに合わせ、最低限の準備をする時間があったこと。そして、一般的な鷹《たか》の特性を利用した、光を使っての誘導と網の罠《わな》が上手く機能したこと。さらには……）

サイラスが懸念していた、ラテルとニコ不在による情報入手の遅れも、悪運の一つに数えるべきか。このなかのどれか一つでもそろわなければ、結果は違うものになっていたはずだ。

（そして、密猟団に相応の罰が与えられたとしても、リオーズ商会については当主のすげ替えと、父娘共々王都在留資格の剥奪《はくだつ》が関の山になるだろう……）

サイラス達のように聖獣贔屓《ひいき》ではない国の上層部にとっては、聖獣の怪我よりも政治的勢力の均衡の方が大事だ。城にまで招かれる力のある商会を急に潰してしまっては、等質性が崩れてしまう。もちろん、サイラスにとってもそれは本意ではない。ないのだが。

「関わった者すべて国外追放……、だと万が一にも会う可能性が捨てきれないので……。あぁ、では、絶海の孤島へ封殺にしましょう」

それが最善だと本気で思っているリュカエルの様子に、サイラスはふっと表情をやわらげだ。向かいでは、リーンも糸目の険しさを薄くする。それを見せられた年若い部下はきつく眉をよせてしまったが、サイラスは緩く首を振った。けして馬鹿《ばか》にしたわけではないからだ。

「君が強く憤ってくれることに、私は救われる」

若いがゆえの真っ直ぐさは、サイラスがもう手放してしまったものだ。人と人、国と国との思惑を読み解きながら、己と己が大切に想う者の足場を守らなければならないサイラスは、捌《は》け口としての必要悪の存在を、今はもう苦く思いながらも容認してしまっている。

力なく微笑んだサイラスとリーンに、何か思うところがあったのだろう。怒らせていた肩から幾分力を抜いたリュカエルだったが、腹の虫は収まらないらしい。今度はその視線をテーブルに乗る親書に移した。

「そもそも、こんな紙切れ一枚でクロキリさんの羽一枚の価値に並ぶと考えているのが、もう許せません」

はんっ、と鼻で笑ったリュカエルが冷たく見下ろす親書は、第一王子の手によるものだ。事の次第を知ったマリユスが、早々に謝罪の言葉を連ねて届けてきたものでもある。聖獣騎士団の者以外であれば、この意味の重さに震えるだろう。

「可哀想なのは、クロキリさんです。せめて賠償金だけでも全力でぶんどってきてください」

ここにいない相手を静かに威嚇するように、リュカエルは奥歯を噛み締めた。ここまでサイラスとそう変わらない思考を経たであろうリーンが、力強く首肯する。

「それは約束します。絶対に妥協はしませんよ。ね？　団長殿？」

「あぁ、もちろんだ」

おこってしまった以上、ここからは取れるものを限界まで取るしかない。いくら相手から引き出したとて、納得できない思いがあったとしても。

「失礼します。レインティーナ・メールローです。スタン・ハーツ、シーギス・ヘッグの両名を連れ、ただいま戻りました。入室の許可を」

「入ってくれ」

普段の気軽さをしまって、三人は騎士然とした口上と態度で入室してくる。かかとを鳴らして背を伸ばす姿に、サイラスはまず頷いてみせた。

「両名にかけられた嫌疑は、厳正な取り調べの結果、晴らされたことをここにご報告します」

「そうか、承知した」

予想通りであるため、返事は簡単なものになる。そもそも、スタンとシーギスは深く疑われていたわけではない。マドレーヌと直近で交流があったため、調書作成と整合性の確認を含め、今まで出頭を求められていたのだ。

「多大なるご迷惑をおかけしたことを、深く謝罪します」

「恥ずべき失態をお見せしたことを、重ねて謝罪します」

前を二人に譲るためにレインティーナが脇によければ、大きく一歩踏み出したスタンとシーギスが直角に腰を折った。

「申し訳、ありませんでしたっ!!」

今回の件について二人から謝罪を受けることに、サイラス個人としては違和感がある。しかし、けじめとしてある謝罪は上司として受けなければならない。加えて、スタンとシーギスの心情的にも謝る場は必要だ。

「多くは言わない。共に今一度、己の肩にかかった責任を見つめ直そう」

だからある意味、それは自身に向かって言った言葉であった。声をかけられて頭を上げた二人は、ひどい顔をしている。事前に、今日は一睡もしていないとも聞いている。しかし、サイラスは労いの言葉をかけていいものか、わずかに迷った。

「ハニートラップに引っかかるような人を、『先輩』だなんて敬意を払って呼ぶの、僕もう嫌なんですけど」

こんな時、リュカエルの反応の早さが羨《うらや》ましい。サイラスの沈黙が続いてしまえば、より重い空気が生まれていただろう。何より、程度の差や場面に関係なく、リュカエルであれば口にしておかしくない台詞であったことも、この場合はよかったと思う。

「リュカエル君、そんなこと言わないであげてください。どんなに強請《ねだ》られても、聖獣や騎士団についての決定的な情報を口にしなかったことは、信用に値すると思いますよ?」

「リーン様は甘いです。だって、そこは最低限じゃないですか」

そのため、調子を合わせたリーンとも会話が繋がる。慰めず、また、過度に責めない。今のスタンとシーギスにとって、その対応がきっと正解だ。二人の顔が、くしゃりと歪《ゆが》む。

「俺《おれ》、騎士としての自分に自信を取り戻すまでは、恋人とか結婚とか、そういう浮ついたことに目を向けるのをやめます」

「俺もです。四角四面で面白くないと言われても、騎士として清く正しい毎日を送るつもりです。じゃなければ……」

「冬眠明けのチュエッカに、ビンタされて捨てられる……!!」

「冬眠明けのキュレーネに、大泣きされて嫌われる……!!」

真《ま》っ赤《か》に充血した目は、寝不足のせいだけではないはずだ。そんな二人の背中を、レインティーナが立て続けにとても強く叩いた。そうとう痛かったらしく、悶絶《もんぜつ》したうえにそろって涙を零す。

「間違っていたとわかったのなら、謝り、直す努力をすればいい！　まだ立ち上がって、進める場所にはいるだろう？」

膝をついたスタンとシーギスを、腰に手をあてたレインティーナが見下ろす。それを一度は涙目で見上げた二人だったが、すぐに沈んだ様子で項垂れた。

「だって、何より俺、クロキリに申し訳なくて……。この目はどんだけ節穴なんだって……」

「聖獣を傷つけて平気な人間を見抜けないどころか、好意まで持ったなんて……。はぁ……」

二人は床に落ちた視線を追うように、深いため息をついた。体がひどく重く感じているのが、見ていてよくわかる姿だ。

（ここで私が、「クロキリは、二人を責めることはしないだろう」と言っても、逆効果にしかならないのだろうな）

会話のできるミュリエルから聞くクロキリは、誰かをなじるような性格をしていない。それでなくとも情の深い聖獣が、負の出来事の理由を仲間のなかに探すことはしないはずだ。しかし、自分が気にすることと相手が気にしないことを、簡単に等しく繋げられないことは、サイラスにもわかっていた。

「まぁ、せめてもの救いは、すべての風切り羽が切られたわけではないことですよ。今できるのは、換羽に向けてたっぷり栄養をとって、養生してもらうことしかないですが……」

リーンの言う通り、クロキリは早ければ三ヶ月ほどで飛べるようになるだろう。滑空だけであれば、今残る羽だけでも十分事足りる。それだけは、不幸中の幸いだ。

「有り難いのは、ミュリエルさんの存在ですね」

ここにいないミュリエルの名前をリーンがあげたことで、個々の思考にとらわれていた全員が、その時そろって特務部隊にかかせない聖獣番の顔を思い浮かべた。

「なんたって聖獣番に就任してすぐ、気難しいアトラ君のご機嫌を取って、何が原因かわからなかった団長とのギクシャクを解消した方ですよ？　任せきりにするつもりはありませんが、クロキリ君についても、心強いことこの上ないです」

そして、引き合いに出されるのが己の不甲斐《ふがい》ない過去となれば、苦笑いするしかない。他の者達も当時を思い出したのか、そのおかげで張りつめていたものをいくらか手放せたようだ。

ここが切り替え時か、とサイラスは口の端を意識的に持ち上げた。

「皆、思うことはあるだろう。だが、今は各自部屋に下がろうか。このままでは執務室で朝日を見ることになってしまいそうだ」

このまま根をつめても、成果があがるわけではない。整理しきれない気持ちはあっても、休むことをせずに今日を過ごし、ぼんやりした頭で追及の手が緩んでしまえば本末転倒だ。

とくにスタンとシーギスは、すぐにでも睡眠を取らせなければ心と体のどちらも損なってしまうだろう。そんなことは、誰も望んでいない。

サイラスは、ため息を微笑みの吐息に変えた。重い気持ちはいまだ胸にある。しかし、聖獣騎士団に所属し団長を名乗る以上、得失を折衷する重圧も、それによる結果も、すべてはサイラスが甘んじて受けなければならないものなのだから。

◇◇◇

沈痛な空気が払われないまま夜を越し、今朝になっても降り続く雨の音を聞きながら、ミュリエルは聖獣番の日課をこなしていた。五匹と一人がいるはずの獣舎だが、会話は限りなく少ない。朝から忙しい合間を縫ってサイラス達も顔を見せてくれたが、誰に対しても反応は芳しくなかった。唯一クロキリがしたことといえば、沈痛な面持ちで謝罪をしたスタンとシーギスに対して顔を向け、嘴に触れさせたことだろうか。こんな時でも仲間を思いやる姿に、ミュリエルは涙を堪《こら》えることになる。

おおよその部分で明らかになった今回の顛末《てんまつ》を聞かされても、誰の胸のつかえも取れていない。なくした風切り羽はまた生えてくるとしても、折られた矜持をすぐに持ち直せるかといえば、そうではないのだから。

(皆さんと、会話もなく静かに過ごすことは何度もあったはずなのに……。こんなにも悲しい気持ちになってしまうことは、今まで一度もなかったわ……)

たまにミュリエルが声をかけて数回の会話が往復しても、そこから軽口に繋がることがない。誰もがクロキリを心配し、どう声をかけていいのかわからないのだ。

悪いことがおきても余裕で笑い飛ばして励ませるのは、直面した仲間に少しでも前に進む気概がある時だけなのだろう。今のクロキリは無気力だ。

タカの食事方法にだいぶ耐性のついたミュリエルが、意を決して捌《さば》いていない締めたてのご飯を提案してみても、まったく気乗りのしない様子で『いらない』とひと言ですませてしまう。今なら食べるついでに毛をむしってまき散らす遊びをされても、クロキリが嬉々《きき》としてそれをしているのなら、喜んで片付けるのに。

順にブラッシングをして回っていたミュリエルは、クロキリのお気に入りのブラシを手に馬房に入る。寒さのせいではなく丸まっているクロキリに、そっと手を添えた。

『あんな安易な罠につられて大事な羽を失うなど、恥も恥だ。ワタシはもう、串焼きになるしかあるまい。もしくはグリル焼き……』

「っ!? そ、そんなこと、ありませんよっ!? 全然、まったく、これっぽっちも！ 少しの疑いもなく、完全完璧《かんぺき》に、それはありえませんっ！」

張りのない声で鳴くクロキリに、ミュリエルは目をむいて全力否定した。隣国の太った黒ニワトリにならら苦笑いですませられても、今の状態のクロキリが言うのは絶対に看過できない。

『飛べないタカに、なんの価値があるというのか……』

「こ、ここにいてくださるだけで、それだけで、十分すぎるほどの価値がありますっ！」

悲鳴に近いような声で訴えるミュリエルにも、クロキリはそれ以上反応を示さなかった。そうなってしまえば、込み上げる想いはあっても言い募ることはできない。

今のミュリエルに、ブラシを丁寧に動かすより他にできることはあるだろうか。翠の瞳が切り落とされた羽に留まったのを感じたのだろう。クロキリはサッと翼を窮屈そうに隠した。雨脚は弱まらず、獣舎を叩く重い水音がいやに耳につく。

『スタンとシーギスじゃねぇけどよ。飛べないうちに、脚力でも鍛えればいいんじゃねぇの』

そんななか、こちらに顔は向けずに、丸まって横目だけで見ているアトラがギリギリと歯ぎしりをした。ミュリエルが白ウサギの方を見れば、それからやっと体を起こして顔を上げる。

『あぁ、クロキリって爪《つめ》も素敵だものねぇ。機動力も大事だけど、戦闘力も大事だわぁ』

すると次はレグが寝返りでもうったのだろうか、敷き藁《わら》の擦《こす》れる音がした。

『ジブンも爪はあるっスけど、クロキリさんの方が鋭いっス。実は、憧れてるっス』

向かいの馬房では、伏せているスジオが肉球をカジカジしたあと、ひっくり返して自らの爪を眺めている。

『ボク、いい爪磨き持ってますよ。薄くならずに艶だけでるやつ。貸しましょか？』

最後はロロが、黒光りする爪をそろえて馬房の柵《さく》に引っかけた。どちらが前かわからない格好で丸まっていたが、どうやら最初からこちらに顔を向けていたようだ。

特務部隊の面々から話しかけられたのに、やはりクロキリの反応はない。そのせいか、アトラ達の視線はミュリエルに集まった。気の利いたことを瞬時に言えるミュリエルではないが、脚を鍛えて爪を完璧に手入れしたクロキリを想像することはできる。

「そ、それは、とても興味があります。力を増したクロキリさんのたくましい脚に、艶のある素敵な爪が光っているお姿……。絶対に格好いいです！　想像しただけで、トキメキます！」

想像したクロキリは、本来の自信あふれる姿だ。気取った調子で爪を見せてくる。ミュリエルは高貴なタカが胸毛をふくらませ、よりよい角度になるよう何度も脚を踏み換えるところまでしっかり想像した。すると、声にも自然な明るさがでる。

『……、……、……』

しかし、少し笑顔のまま待ってみても、クロキリからの返事はなかった。ここでまた全員で黙ってしまっては、この重苦しい空気が軽くなることはないだろう。

（わ、私、知っているの。気乗りしなくても、綺麗《きれい》だったり素敵だったりするものを目にすると、一番底に沈んだままじゃいられなくなるって。ほんの少し心が動かされて、それで、少しでも動いてしまえば、もう一番底に戻ったりはしないから……）

以前は前向きよりも、後ろ向きな思考と仲良くしていたミュリエルだ。沈んだ時の気持ちの流れはよく知るところであったし、そこから元気になる方法だって提案できるものがある。

綺麗なもの、素敵なもの、自分が好きだと思えるもの、そこから得る活力はしぼんだ心を確実にふくらませてくれるだろう。ましてや、元来自信家のクロキリだ。自分の身が美しくなったのを見て、心が動かないはずがない。

「クロキリさん？　嫌でしたらすぐにやめますので、爪を磨かせていただいても、よろしいでしょうか……？」

先程聖獣達があえて平坦な調子で声をかけてきたのは、気遣いだとミュリエルも気づいている。だから、過剰に気を引くような言い方はしない。そもそも、ミュリエルが見たいのだ。光る爪を見せびらかす、得意げなクロキリを。返事はやはりない。しかし、視界の端でスッと脚が伸びてきたのを、ミュリエルは見逃さなかった。

「ロロさんっ、お貸しいただけますかっ！」

『はいはい、すぐにっ！』

秘密兵器のモグラがどこで爪磨きを入手して、どこから取り出してくるのかなんて、この際どうでもいい。ミュリエルは常にない機敏な動きで、とりあえずは持っていたブラシをしまいに走った。今は羽を連想させるものは遠ざけたい気分だ。

激しく獣舎を叩く雨の音はもう気にならない。ミュリエルの頭を占めるのは、磨かれた黒曜石に勝るとも劣らない輝きを得た、クロキリの爪だ。

必ず最上級の輝きを宿してみせる。翠の瞳がやる気に満ちたことで、まず獣舎の空気が一段階明るくなったことを、ミュリエルだけが知らない。

せっせ、せっせとミュリエルは爪を磨く。貴婦人の桜貝のような爪ならば、あくびを噛み殺しきれなくなる頃には十指すべて磨き終わるかもしれない。しかし、クロキリの爪は大きく長かった。立派なかぎ爪は、前向きに三本と後ろ向きに一本の計四本ある指の先で鋭く伸びている。これをミュリエル一人ですべて納得いくまで磨くとなると、とても一日で終わらない。

ましてや、ミュリエルは磨き職人ではなく特務部隊の聖獣番だ。クロキリの気が少しでも晴れるのならと、気長に見守っていたアトラ達が、さすがにソワソワしだしていた。間に雑事はこなしつつも、爪磨きを至上命題にしてしまったミュリエルの集中力は凄《すさ》まじい。日が傾きはじめても、それに気づいていないようだ。そろそろ夕飯の時間である。

しかし、その一心不乱な姿は、当初の目的とは違った方向にクロキリの気持ちを動かしていた。熱中しすぎてずっと同じ格好で爪を磨いている姿は、誰が見ても異様である。心が凪《な》いでしまっていたクロキリでさえ、某《なにがし》かの感情がこもりはじめた目で見つめていた。大抵の者はそれを「呆れ」と評す。

我慢しきれなくなった誰かが声をかけるのが先か、クロキリが付き合いきれずに脚を引っ込めるのが先か。いくばくかの駆け引きの瀬戸際を制したのは、満足のため息をつくと共に顔を上げたミュリエルだった。

「か、完了しました……！　右脚の一本目……！」

頬は紅潮し、翠の瞳は達成感にキラキラしている。しかし周りでは、ソワソワしていた面々が愕然《がくぜん》としていた。

『は？　一本目……？　おい、ミュー。オマエ、今一本目って言ったか？』

「えっ？　あ、はい、一本目です！　見てください！　こんなにツヤツヤになりました！」

誰よりも耳のいい白ウサギが聞き返すという行為をした意味を、ミュリエルはまったく理解せずに満面の笑みを浮かべた。

「まるで濡《ぬ》れていると見紛《みまが》うほどツヤツヤです！　最高級の黒曜石にだって負けていませんよ！　ここはぜひ、まだ磨いていないお隣の爪と見比べてみてください！」

自分の仕事の仕上がりに大興奮のミュリエルは、当初の目的もすっかり忘れて、まずは爪の持ち主であるクロキリに全力で訴えかけた。今度こそ誰が見ても呆れと評す黄色い目で、クロキリは自身の爪を睥睨《へいげい》する。

すると折よく、獣舎の入り口から横に伸びる夕日がさした。雨上がりの橙《だいだい》色《いろ》の光は、乾いた冬の空気に潤いを届けるように延びている。その光が、身じろぎをしたクロキリの磨かれた爪に届いた。とろみのある、艶がのる。感嘆のため息をついたのはミュリエルだけではない。

「ランプの灯《あか》りで照らしたら、また違った感じの艶加減に……、って、えっ!?　い、いつの間にか、もうこんな時間になっています……！」

ようやっと時間経過に気づいたミュリエルは、慌てて立ち上がった。しかし、足の痺れにへっぴり腰になり、立ち眩《くら》みにふらりと揺れる。それを壁に手をついて苦悶の表情でやりすごすと、クロキリにひと言断ってからまずは先決となる夕飯の準備に向かおうとした。だが、そこでいいことを思いつく。

「あの、大急ぎでお夕食の準備をしたいと思いますので、速く走れるようになるコツなど、教えていただけませんでしょうか？　せっかくなので、こう、脚力も鍛えられるような……」

大きく一歩踏み出した体勢で、ミュリエルは両手だけを走る形に構えて振った。いつもの脈絡のない発言に見せかけて、今ばかりはちゃんとした理由がある。

（爪を一本磨かせていただけただけでも、今はよかったと思うの。だから、ここで急に脚も鍛えようだなんてお勧めしても、それは急ぎすぎだわ。だけれど、ふとした時にいつ気持ちが向いてもいいように、私がそれをしていれば……！）

ミュリエルより余程察しのいいアトラ達は、しっかり意図を理解したようだ。ぼんやりと磨かれた爪を眺めているものの、クロキリはこちらに意識の欠片《かけら》も向けていない。そんなタカの注意を無理に引くようなことはせず、あくまでミュリエルに対してコツを伝授していく。

『駆ける力を上下左右に振るんじゃなくて、もっと直線的にのせられねぇか？』

ミュリエルが獣舎の外へ出るために最初の走りを見せれば、まず白ウサギの指摘が飛んだ。

『そうねぇ。脚で地面をつかむ感覚で、それから強く蹴《け》り上げるの！　こうよ、こう！』

今度は逆に、手押し車を押しながら外からなかへ駆け戻ってくれば、巨大イノシシがその場で足踏みを披露する。

『前傾気味っていうか、もっと前のめりで低めの姿勢の方がいい気がするっス！』

二往復目に入っても、指摘を入れる余地はまだまだいくらでもあるらしい。オオカミの助言も的確だ。

『あ、走るんは不得手なもんで、ボクの話はあてにせんといてください。頑張ってー！』

ロロは基本、声援だけを送る係をするらしい。そこから、行って戻って行って戻って。いつもとて悠長にこなしているわけではないが、今夜のミュリエルは二倍速だ。

そのため、特務舞台の面々に夕食を届け終わった時、ミュリエルはジャケットまで脱いで息をあげていた。はぁはぁと白くのぼる息を整えるのは、獣舎の入り口だ。冷たい空気を何度も大きく取り入れるため、肺が少し痛い。唾《つば》を飲み込むことでそれを押さえつけると、ミュリエルはその場で駆け足の構えをとった。それまでのバタバタとした雰囲気から一転して真剣な顔をしたミュリエルに、クロキリ以外の聖獣達の視線が集まる。

(位置について、よーい……、どんっ！)

皆が見守るなか、心では完璧な踏み出しを決めたミュリエルは、左右に馬房の並んだ獣舎の一本道を、アトラ達に言われたことを一つずつ自分なりに実践しながら駆け抜けた。毎日何度も往復する一本道は、この時ばかりはいつもより早く後方へ流れていく。

「す、少しは、速くなりましたか……!?」

自分比では聞くまでもない。ミュリエルは獣舎の反対端につく手前で勢いを緩め、膝に手をついた前屈《まえかが》みの格好で息を整えた。そして、弾ける笑顔で見守ってくれていた面々に尋ねる。

『……心なしか、そんな気がしなくもない』

「……」

あがるどころか弾んでいた白い息は、笑顔が徐々に引っ込むと同時に間延びしていく。

聖獣は嘘《うそ》を嫌う生き物だ。だから、アトラの評価には最大限の気が使われても、ミュリエルの努力にたいした成果がないことを隠さない。とはいえ、チラリと様子をうかがったクロキリが、ミュリエルの滑稽《こっけい》な奮闘で少しでも笑ってくれれば、まだ喜べたのだ。しかし、そんな様子はいっさいいない。

体が温まるのと一緒に、獣舎の雰囲気も温まっていたように感じたのは、気のせいだったらしい。ミュリエルは白ウサギの柵に引っかけておいたジャケットを、すごすごと着た。冬の夜は、やはり冷える。

◇◇◇

次の日になっても、クロキリはひどく落ち込んでいた。毎日繰り返される獣舎での予定を次々消化していく間に、気のない短い鳴き声の一つでも聞かせてもらえればいい方だ。

訓練に出るアトラやレグにスジオは、それぞれサイラスにレインティーナとリュカエルの三人に連れられて行き、今はいない。ロロも、リーンが冬になり湖の底に沈んだ菱《ひし》の花を見に行くというので、連れ立って行ってしまった。そのため獣舎には、ミュリエルとクロキリだけが残っている。

顔を出した皆が皆、クロキリの事情を知り自然な声かけをしていった。ミュリエルとて、朝からずっと過剰にならない程度に話しかけている。しかし、クロキリに会話を続ける意思がないため、話題の種も尽きてしまうのが早い。

（あとはもう、爪磨きにお誘いするくらいしか……）

ロロから借りた爪磨きを手にしたミュリエルは、用具入れの前に立ち、クロキリのいる馬房の方を見た。幸い、昨日の雨は夜中のうちにやんで、外は薄日がさしている。夏に比べればなんとなく薄暗い獣舎にこもっているよりは、弱くてもお日様の光を浴びた方が、心にも体にもいいに決まっている。だからミュリエルは、なんとかクロキリを外へ誘いたかった。

（よ、よし……！）

声に出さずに気合いを入れたミュリエルは、誰も見ていないところで駆け出す手前の姿勢を作った。ちょっとした踏ん切りをつけるのに、勢いをつけるのは大事だ。昨日したのと同じかけ声を心で唱え、真っ直ぐ構えると地面を蹴り上げ、前傾姿勢でクロキリの馬房を目指す。

途中までは、いい調子だと思ったのだ。アトラ達の目から見たら遅くても、ミュリエル自身が速くなっていると思えば、他者の評価がないうちはそれが真実だ。しかしこういう時、お約束を裏切らないのもミュリエルだ。

「っ⁉」

あと少しでクロキリの馬房につくというところで、盛大に蹴躓《けつまず》く。一本道を真っ直ぐ進むのではなく馬房に向かって少し斜めに走っていたミュリエルの眼前には、頑丈な柵が迫っていた。足を引っかけた位置、傾く体の角度、宙に浮いたことで伸びそうな飛距離。それらを単純に計算すると、ミュリエルの顔面は柵にめり込む未来しかない。

『……危ないぞ。ミュリエル君』

もふ、と顔いっぱいで感じた柔らかさに、ミュリエルは固く閉じるしかなかった目を恐る恐る開いた。すると、至近距離に黄色い目があり、かなりのより目で見られている。どうやら首を柵の上から伸ばしたクロキリが、眉間で受け止めてくれたらしい。

「ク、クロキリさん、あ、ありがとうございます……！　とても、助かりました……！」

あわや顔面陥没の憂き目から救われたミュリエルは、深く感謝した。そんな感謝と感激で笑顔になっているミュリエルと違い、クロキリは残念なものを見る目を向けてくる。常時であればこんな目を向けられた時点で、ミュリエルは己の鈍臭さに恥じ入っていただろう。しかしこの時は、クロキリの心を動かせたことに喜びを感じた。

「あ、あの、クロキリさん！　今日は少し日が差しているので、残りの爪磨きをお外でするのはいかがでしょうか？」

ミュリエルは飛ぶほど蹴躓いても手放さなかった爪磨きセットを、笑顔の横に構えた。だが、クロキリが怪訝《けげん》そうに目を細めたため、ミュリエルも笑顔の勢いを目減りさせる。

『……そんなにワタシの爪が磨きたいのか？』

「えっ？　は、はい。ぜひ磨かせていただきたいと思っています。ですが、あの、気乗りしないのでしたら、その……」

間髪容《い》れず頷いたものの、押しが強すぎたのかとミュリエルは思い直した。言葉尻がしぼんでいけば、顔の横で構えていた爪磨きを握る手も下がっていく。

ところが、ミュリエルの両手が下がりきる前に、クロキリは立ち上がった。

『……磨いてくれたまえ。一本だけ光っていても、不格好というものだ』

「っ！　はい！　喜んで！」

瞬間的に背筋を伸ばしたミュリエルは、いそいそと柵をあけるとうきうきと庭までの短い距離を先導する。足取りどころか、背中からも隠しきれないやる気がみなぎっていた。

（ク、クロキリさんがせっかくお付き合いくださるのだから、頑張らないと……！）

まずは地面がちゃんと乾いており、より暖かそうな場所を厳しい目で検分する。そうして勧めた場所に、クロキリは脚で地面をならしてからいったん座った。わさわさと身じろぎをして横座り気味になると、一本だけ磨いてある方の脚をこちらに出して落ち着く。

最初こそ、日のあたるところへ連れ出せてよかったとか、外の景色を見て気分転換になればいいとか、そんなことを考えつつ爪磨きをしていたミュリエルだ。だが、一度取りかかってしまえば爪を磨く、その一点にのみ今日も集中していく。

（肝心なのは最初のこの凹凸を、いかに丁寧にならすかだと思うの……、……、……）

『……』

(指の腹で絶えず表面を確かめながら、進めることが大事なのよね……、……、……)

『……』

(光るだけではなく、触り心地までよくなるのが、たまらないわ……、……、……)

『……』

「あぁ、この曲線美、なんて素敵なの……、……、……」

『……』

「はぁ、綺麗ね……。最高だわ……。だけれど、もっと高見を目指せるはずよ……!」

『……』

「あぁっ! これこそ、神の造りし至高の美……!」

『……』

「見なさい、ミュリエル! 清い雪解け水の最初の一滴をたらしたような、この艶。大海に抱かれ続けた珠のように滑らかな、この質感。それでいて、燃えたぎるマグマさえ受け止める大地のような、この力強さ。太陽に月に星を抱く空にあっても、ひときわ輝くに違いないわ……! 魅力的すぎて、胸が苦しいもの……! 見つめるのと触るのが、止まらない……っ!」

『ミュリエル君、全部声に出ているぞ』

「……えっ?」

ずっと下を向いていたミュリエルは唐突に頭を振ったため、目を眩ませた。見上げたクロキリの顔は逆光で陰っている。雲間からさす陽《ひ》の光が、筋となって大地に降り注いでいた。その光が、クロキリの体を縁取るように羽毛の先を輝かせている。

「綺麗……」

思わずうっとりと呟《つぶや》けば、なぜかクロキリはグッと身を引いた。

『……正気を取り戻してくれたまえ』

「あっ、だ、大丈夫です、正気です」

細めた黄色い目で凝視され、目眩《めまい》の治まったミュリエルはキリリと表情を引き締めた。それを気難しいタカは、横目になってさらに検分してくる。

あとになって思えば、ここが転機だったのだろう。これを境に、ミュリエルはクロキリとの会話が増えていくのを実感した。そのため、積極的に声をかける方向へ舵《かじ》を切っていく。

よって次の日は、まず気軽なおしゃべりを大切にした。そして、三本目を磨く過程は前日と同じ流れになる。だから磨き終えた時に言ったのだ。「これはもう、拝みたいほどの美しさです！」と。本当に手を合わせれば、流し目を向けられる。なんとなく思わせ振りな視線だったのだが、それすらもミュリエルは喜んで受け止めた。

そのため次の次の日は、さらに楽しいおしゃべりを心がける。当然、四本目を磨き終えた時も言ったのだ。「あの、この角度で見せていただくことはできますか？　そ、それです！　完璧です！」と。拍手を送ると、直接的な言葉はなかったが胸毛が心なしかふくらんでいたと思う。

こうして雨の日に一本目を磨いてから、本日で計四日。クロキリの片脚にある四つの爪は、久方ぶりのすっきりとした青空のもと、太陽の日差しを受けて輝いていた。達成感も手伝ったミュリエルは、おおいに感激している。

『磨いてもらった甲斐はあった。ミュリエル君、礼を言う。ありがとう』

「っ！　い、いえいえ、こちらこそ、お付き合いくださりありがとうございます！」

謙遜《けんそん》ではなく心底そう思って返せば、クロキリは目を細めて見てくる。ミュリエルは満面の笑みを浮かべた。タカの顔が笑っているように見えたのだ。さらにクロキリは、少し格好をつけてかぎ爪を振る。労いを込めて、ミュリエルを喜ばせようとしてくれたらしい。

「わぁ！　躍動感があると、見栄えがまた一段といいです！」

すぐさま反応があったことに気をよくしたのか、クロキリはもう一度かぎ爪を振る。

「素早さが出ると、鋭さまで増して見えますね！」

パチパチと拍手しながら、ミュリエルは声を弾ませた。するとさらに興が乗ったのか、クロキリは近くにあった倒木を、向こうにある岩まで蹴り飛ばそうと大きくかぎ爪を振るった。

「力強さが加われば、あっ……、……、……」

ところが、ガスッと少々迫力に欠ける音を立てた倒木は、重そうに三回転したところで止まる。さらなる拍手の用意をしていたミュリエルも、同じく止まった。

無言のまま、格好よく蹴りを繰り出した体勢のまま固まったクロキリの黄色い目と、翠の瞳が視線を結ぶ。気まずい思いを抱いた互いの間を、冷たい北風が吹きすぎていった。

「っ！　よ、よいことを思いつきました！　少々お待ちください……！」

しかし、この時はミュリエルの立て直しが早かった。返事を待たずに背を向けると、獣舎の裏へと駆け去る。そして、すぐさま戻ってきたその身には、廃棄に回すことになっていた木箱が抱えられていた。

「クロキリさん、こちらの木箱でもう一度試していただけませんか？」

黄色い目が、木箱を見てミュリエルを見る。もの問う眼差しに、ミュリエルは笑顔のまま首を傾《かし》げた。なんとなく躊躇うような雰囲気を感じたので、コクコクと頷いてみる。

「大丈夫ですよ！　思いっきりやってみてください！」

よっこらせ、と木箱を地面に設置すると、鋭い爪が全力を出せるように数歩離れる。なおも何か言いたげなクロキリだったが、ミュリエルの勧めを断ることはしないようだ。

クロキリはミュリエルが想像していたより気の抜けた立ち姿で木箱を前にすると、肩肘を張らずにかぎ爪を振った。蹴った瞬間から空中を吹っ飛んでいった木箱は、一度も地面に擦れることなく岩にあたって砕け散る。

「す、すごい！　お見事です！」

ミュリエルはおおいに喜んだ。ところが、クロキリの反応は持ち直してきたここ数日を加味しても薄い。

「あ、あの、いかがいたしましたか……？」

『ミュリエル君』

「は、はい……？」

『キミが本当にすごいと思っているのは、わかるのだがな……』

言外に匂わされたタカの本音を、ミュリエルは呼吸を三回したのちに察した。

（よ、よくよく考えたら……、す、すごくなかったかも、しれないわ……）

非力なミュリエルでも抱えて運べるうえ、廃棄寸前の朽ちた木箱だ。蹴り飛ばして砕いたとて、力を誇示するには弱すぎる。茶番だと思っているだろうクロキリに、ミュリエルの興奮も波のように引く。しかし、ある程度静まっている時の方が、もの事はよく考えられるものだ。

「あ、あの、よろしければ一緒に、脚力向上の特訓をしてみませんか？　た、たとえば、皆さんがいない間などに、こう、こっそりと……」

せっかく会話が続くようになり、胸毛もふくらむ気配を見せはじめたのだ。ここでもう一歩、クロキリを元気にする何かが欲しい。ミュリエルとしてはよい提案だと思ったが、黄色い目はややいぶかしげだ。すると自信がなくなってきてしまい、なんとか重ねて誘ってみるも語気はひどく弱々しくなっていく。

「で、できれば、その、私の駆け足の練習にも、付き合っていただけたら、なんて……」

自信のない言い振りは、内容のせいでもある。せっかくアトラ達から有用な助言をもらったのに、まだ成果がいっさいない。鈍臭い自分なりにも、近いうちに向上した走りを披露したいとミュリエルは密《ひそ》かに考えていた。とはいえ一人で挑戦し続けるのは、それが苦手なものであればなおさら困難だ。仕事の合間に一人で駆けてみても、できれば誰かの声援がほしい。もし、その役をクロキリがしてくれるのなら、これほど嬉しいことはない。

『……ワタシが断った場合、ミュリエル君は一人でも練習を続けるつもりか』

「そ、そうですね。せめて『速くなったかな』と思っていただける程度には、続けて頑張りたいと思います」

　ただ、一人で頑張り続けたとして、それは苦難の色が濃い。あまり明るいとは思えない道のりに、ミュリエルの顔はどんどん沈痛さを増していく。

『……ならば、付き合おう。独りで練習をさせて、怪我でもしたら寝覚めが悪い』

「っ！」

『なんだ。何か言いたそうだな』

「い、いえ、ありがとうございます！　嬉しいです！」

　色好《いろよ》い返事をもらうのは難しいのだと思いはじめていたミュリエルは、反応が一拍遅れてしまった。しかし、それによって撤回されては大変だ。かなり食い気味に感謝を述べれば、クロキリは少しだけ胸を張った。仕方あるまい、と胸毛が口ほどにものを言っている。

　とはいえ、ここからが秘密の特訓の幕開けだ。反対の脚の爪を磨く傍ら、互いに脚力向上を目指して庭を走る。ただ、そもそも体力に差がありすぎるため、連日早々にミュリエルがへばった横で、もっぱらクロキリだけが走っているのだが。

「ク、クロキリさんっ。そ、そろそろ皆さんが戻ってくる時間です。特訓をおしまいにしておかないと、こっそりではなくなってしまいます！」

大きい声も厳禁なため、ミュリエルは小声で叫びながら慌てていた。やはり、根が暗い質《たち》ではないクロキリは、動きはじめてしまえば落ち込み続けることができないようだ。そもそも自信家で見栄っ張りな性格ゆえに、できないことに対する反骨精神がすごい。日を追うごとに、特訓の時間は延びていく。

（わ、わかっているの……。クロキリさんがギオさんを引き合いに出した時に、上手に褒めることができなかった、私が悪いって……）

ミュリエルの鈍足を褒められなかった、アトラを責められない。ミュリエルとて、クロキリから『ギオ君とワタシの走り、現時点で比べるとどうだ？』と聞かれ、目を泳がせてしまったのだから。しかし言わせてほしいのは、走ることが主なニワトリのギオと、飛ぶことが主なタカのクロキリを比べてもし後者の脚が速かったら、それはそれで大問題だ。

「ク、クロキリさん……！　本当にそろそろ……！」

最早《もはや》ここまで元気になったら、隠す必要もないのではないか。ただ、努力する姿は見せたくないなどと、ついさっきも格好つけなクロキリ自身から聞いている。ならば、ミュリエルは求めに応じて時間を気にしつつ声をかけるしかない。

『いいや、今やめるわけにはいかん。何かつかめそうなのだ。もう少しで何か……』

それなのに、当のクロキリがこれだ。だから、せっかく戻ってきたのに再び向こうへ駆けていってしまったクロキリとは逆に、林のなかからこちらにやって来る白い体が見えたことで、むしろ諦めがついた。

『前にミューにしてやった助言、聞いてなかったのかよ。駆ける力を上下左右に振るんじゃなくて、直線的にのせてみろ』

あっさり傍まで来た訓練終わりのアトラは、背にサイラスを乗せたままだった。

『それで、地面をつかんで、強く蹴り上げるのよね！』

『あと、前傾気味で低めの姿勢の方が、いいと思うっス！』

続けてやって来たレグとスジオは独り身だが、訓練終わりのため鞍《くら》がつけっぱなしだ。

『クロキリはん、頑張ってー！』

そしてロロはいつの間に来ていたのか、最初からこの場にいたような自然さで傍にいる。

『もう一回、駆けてみろよ』

サイラスは背から降りることなく、見守ってくれている。クロキリの意向により一から百まで報告しているわけではないが、日々何をしていたかの情報の共有は欠かしていなかった。そのため今は、聖獣同士のやり取りを邪魔しないように、脇役に徹している。だからミュリエルも求められていない説明をするのはやめにして、離れたところにいるクロキリに顔を向けた。

『ほら、見ててやる。磨き終わった爪だって、一緒に見せびらかしたいんだろ？』

よく晴れた冬空の下で、磨かれた爪は気高く光る。空高く飛ぶ姿だけではなく、大地に真っ直ぐ立つ姿とて、クロキリは美しかった。それ以上は誰も何も言わず、そろって気高く美しいタカに視線を注ぐ。きっと力強い走りが見られるだろう。誰もがそう信じている。

（クロキリさんが美しいのは、姿形ばかりではないわ。その心も……、だから……）

皆が皆、それをよく知っていた。これだけの気持ちを向けられて、尻込みをするような性格をしていないクロキリは、気取った顔をしたようにミュリエルには見えた。

どうやらクロキリは、皆の前で駆けることにしたらしい。スタートと決めたその場所に独り立ち、ゴールと見定めた皆のいる場所に視線を据える。まず体を揺すって足場を確かめると、グッと上体を低くした。駆け抜けると決めた先を見る黄色い目は真剣だ。無様な姿などけっして見せないという強い意志が、背後に立ち昇っているようだ。ミュリエルは我がことのように拳を握り、体に力を入れた。

ゴクリと唾を飲み込んだ一拍後、ダッと蹴り上げた土塊に、ミュリエルは今まで一番の駆け出しを見た。磨かれた鋭い爪は光を残像のように残しながら、勢いを増してこちらに迫る。

「っ！　クロキリさん、は、速いです！　確実に速くなっています！　す、すごい……！」

見開いた目に、ミュリエルはクロキリの勇姿を焼きつける。きっと長い歴史上にも、これほど地面を速く走る鷹は存在しなかっただろう。歴史に新たなる一頁が刻まれる場に、ミュリエルは今立ち会っている。なんと胸が熱くなる姿だろうか。

（とても速いわ！　今までで一番！　このままこちらに……、……、こ、こちらに？）

ところがミュリエルの血の気が、サァッと引いていく。けたたましく駆けるクロキリの進路は、真っ直ぐミュリエルを目がけている。大地に突き刺さり、土をえぐり取りつつ迫る黒光りする爪は、正しく凶器だ。元引きこもりの軟弱な体など、踏み固められた土より軟らかい。

『おい、ぼんやり突っ立ってんなよ。危ねぇだろ』

吸った息を吐き出せないまま固まっていれば、隣まで来ていたアトラに襟首をくわえられる。そのまま持ち上げられて足が浮いたと思えば、遠心力をかけて鼻先から長い耳の間をコロンと転がされた。でんぐり返しをして収まったのは、サイラスの腕のなかだ。広い胸で背中を受け止めてもらったと気づいた時には、全力疾走しているクロキリが目の前を通過していく。

低い視点では迫力満点だったが、安全地帯からだと途端になごやかな眺めだ。ブレーキをかけるのがレグほど上手くないクロキリは、皆から少し離れたところで止まった。しかし、振り返った顔は得意げだ。

『いいんじゃねぇの。まぁ、まだ速くなりそうではあるけどよ』

アトラが、どこの角度から聞いても褒め言葉を口にする。すると、以下の面々も次々にクロキリを褒め称《たた》えていった。はっきりと胸毛をふくらませるクロキリに、ミュリエルもパッと笑顔を浮かべた。振り返ればサイラスも微笑んでいる。

いつもの楽しい雰囲気に、ミュリエルの心も躍りだす。口々に褒められるクロキリが、我がことのように誇らしかった。そして、急に思い立つ。

（ここはぜひ、私の練習の成果も披露させていただかないと……！）

自分的にはいそいそと、サイラスとアトラからしたらもぞもぞと、ミュリエルは地面に降り立った。それから、一緒に降りたサイラスと、その隣でおすわりをしたアトラを見上げる。

「わ、私も、見ていただいて、よろしいでしょうか……！」

訴えた相手が察しのいいサイラスと以前も見せたことのあるアトラだったため、ミュリエルは返事を待たずに駆ける構えを取って前を見た。そのため、言われたこととこれから行われることを理解したにもかかわらず、サイラスが「ん?」と紫の目を、アトラが「は?」と赤い目を向けてきたことに気づかなかった。

(目指すゴールはクロキリさんの胸毛! 位置について、よーい……、どんっ!)

性懲りもなく心でかけ声をかけたミュリエルは、一目散にやや離れたところにいるクロキリに向かって駆け出した。格好よくポーズを決めることに夢中になっていたクロキリも、ミュリエルが駆け出してから流れに気づく。

数日にわたり、特訓を共にした仲だ。ミュリエルとしては元気になっていくクロキリを温かな目で見守っていたつもりだが、クロキリとしては鈍臭いミュリエルのお守りをしていたつもりである。そしてこの時は、しっかりとクロキリが本分を果たした。自慢げにしていた時よりも胸毛を一層ふくらませると、数歩迎えに歩き、転ぶ前にさっさとミュリエルを受け止めた。

柔らかい胸毛に埋もれたミュリエルは、それを介助ではなく頑張りを称え合う抱擁と受け取った。やりきった満足感に笑顔いっぱいで声をあげる。

「い、いかがでしたかっ!?」

一緒に励んだ仲のタカに抱きついたまま、お褒めの言葉が聞きたくて元気に振り返った。

『……心なしか、速くなった気がしないでもない』

まずはアトラが歯ぎしりをし、それを見たサイラスが、どこか言葉を探すようにしてから口を開く。

「一生懸命走る姿が、大変可愛らしかったと思う」

　ふくらませる必要のなくなった胸毛が徐々に落ち着いていく横で、ミュリエルの元気な笑顔は一気にしぼんだ。アトラは相変わらず正直すぎるし、サイラスは褒めてくれたが今はそこではないという思いが強い。

「転ばないことが、まず大事だと思う」

『転ばなくて、よかったんじゃねぇか』

　ミュリエルの顔を見たサイラスとアトラが言葉を重ねるが、今度はそろって同じ内容だ。しかも、走る以前の問題について声をそろえられてしまっては、いくら運動音痴なミュリエルでも悲しくなってくる。

『あ、あのね？　ミューちゃん？　足が遅くても、アタシはいいと思うのよ？』

『そ、そうっスよ。足が遅いのも、個性っス。ある意味、魅力的じゃないっスか？』

『そやな。しかも他にえぇとこいっぱいあるし、足の遅さなんて気にせんでも……』

　レグとスジオとロロは取りなしてくれたのだろうが、その台詞には追撃の効果があった。ミュリエルは項垂れた。

『そ、その、なんだ、ミュリエル君。なんというか……、……、……、すまん』

　再び胸毛をふくらませたクロキリが、そのなかにミュリエルを取り込む。有り難く抱きついたミュリエルは、くすぐったいほどに柔らかい羽毛にすっぽり包まれた。

「クロキリさんは、何も悪くありません。そもそも、わかりきったことでした……」

悲しみを癒すため、すりすりと頬ずりをする。アトラとは違った種類の柔らかさだが、甲乙つけ難いほどに温かくて気持ちいい。

「ですが……、少し、ほんの少しだけ、クロキリさんが羨ましいです……」

『そうか。だがそれも、ミュリエル君あってのことだ。ワタシはそう、思っているぞ……』

クロキリがしゃがんだため、ミュリエルの姿は完全に見えなくなる。ここ数日、頑張りを共有した一人と一匹は、過ごした時間を思い出して目を閉じた。そして、互いを今一度称え合うために、ひしっと抱き合った。自分達の声かけが悪手だったと認識した面々は、見守るしかない。

「皆さん、おそろいで、って、あれ？　ミュリエルさんは……？」

「ここにいます……」

駆け足で来たのか息のあがったリーンの声がして、ミュリエルは胸毛から出ることなく返事をした。

「えっ。どうしたんですか？　何かありましたか？」

「……いえ、あの、大丈夫です。己の身体能力の低さに打ちひしがれるのと同時に、クロキリさんの身体能力の高さに感銘を受けているだけですので、お気になさらないでください……」

元気を充填《じゅうてん》するには、今しばらく温めてもらいたい。とはいえ、しんみりとクロキリと抱き合いつつも、急いでいる様子のリーンを放置するのはよくないだろう。

「えっと、リーン様は、何かご用事でしょうか？」

気持ちを切り替えるために、ミュリエルはまず目をあけた。しかし、胸毛に埋まっているため羽毛しか見えない。

「あっ！　ノルト夫人が産気づかれたと、連絡があったんです！」

「っ⁉」

ズホッと慌てて胸毛から飛び出したミュリエルに、びっくりしたリーンが体を引く。しかし、ミュリエルの眼力が強かったからか、すぐに必要な情報を聞かせてくれた。

「リュカエル君が馬車の手配に走りましたので、ミュリエルさんもすぐに向かうのがいいと思います。もともとお産がはじまったら、お二人は帰宅する手筈《てはず》でしたよね？」

ミュリエルが視線で問えば、目を向けられたサイラスは頷いた。

「聖獣番の業務は、スタンとシーギスが引き受けてくれることになっている。すぐに行くといい。義母上《ははうえ》も、娘と息子が傍にいてくれた方が心強いだろう」

サイラスは一度降りたアトラの背に再び騎乗すると、すぐにミュリエルの傍によせた。

『おい、急げよ。庭の降り口まで送ってやる』

急ぎとあって、アトラは遠慮なくミュリエルの襟首をくわえて放る。先程と同じように遠心力をかけて鼻先の上から転がすと、すでに乗っているサイラスにミュリエルを任せた。まだ座りが決まっていないのに、白ウサギは見切り発車だ。

「あっ、クロキリさん……！」

体勢がふらついてもサイラスが傍にいる限り、ミュリエルは安全だ。そのため、半端な格好で振り返った。気にするのはここ数日長い時間を共有した、クロキリのことだ。

『大丈夫！　大丈夫よ、ミューちゃん！　クロキリのことは、アタシ達に任せて！』

『ってか、もう何かしてあげなきゃならないところはすぎたっスよ！　心配ないっス！』

『そやな、あれだけの走りしておいて、元気があらへんなんて、そんな話はありません！』

アトラが背を向けているため、振り返っても皆の姿は見えない。ただ、鳴き声が耳に届く。

『行きたまえ。ミュリエル君に心配されてばかりでは、かなわんからな。そして、行くならばキミも、母君と末の弟妹《きょうだい》にしっかり孝行するのがいいだろう』

はっきりとしたクロキリの囀《さえず》りが聞こえたミュリエルは、振り返るのはやめて前を向いた。

『その間、ワタシはこの脚にさらなる磨きをかけていよう。聖獣としての矜持は、保たねばなるまい』

ピィィッと張りのある鳴き声に、格好をつけたタカの姿が目に浮かぶ。ならばミュリエルが聖獣番を務める庭に、憂いはない。

5章　聖獣番なご令嬢、素敵な家族をご提案する

「お、おおお！　か、帰ってきたか！　い、今はだな、あれだ、その、なんだったか……」

「父上、落ち着いてください」

「う、うむ……」

　できる限りの最速でミュリエルとリュカエルが実家に帰ってくれば、寝室と続きの間になっている部屋にて父であるノルト伯爵に迎えられる。狼狽《ろうばい》した父は一人がけのソファで、意味もなく何度も立ったり座ったりを繰り返していた。息子であるリュカエルに諌《いさ》められても、上下運動が止まらないので、夕方には足腰が立たなくなっていそうだ。

「そ、そそそ、それでっ？　お、おおお、お母様はっ？　い、今は、どど、どのように……」

「姉上も、落ち着いて」

「は、はい……」

　そして、ノルト伯爵の多動につられるように、これまでなんとか持ち堪《こた》えていたミュリエルも、両手をわたわたさせて声をどもらせた。リュカエルとて、本当は母の久しぶりの出産に落ち着かない気持ちがあるはずだ。しかし、この父と姉を前にしてしまえば、自分だけは冷静でいなければならないと思ったに違いない。

だから、どの医師に診せてもとびきりの安産でしたと言わしめる出産であったのに、扉越しに産声を聞いて涙し、母子ともに良好です元気な男の子ですよと伝えられ、ようよう寝室に迎え入れられた時、三人のうち二人は大仕事を終えたノルト夫人より疲弊していた。

「お、おお、お……、おおぉ……、……、……!」

「お、おお、お母様、お、お母様ぁあぁぁ……!」

いやに「お」の多い台詞《せりふ》の前者はノルト伯爵で、後者はミュリエルである。

「お疲れ様です、母上。そして、おめでとうございます」

寝台の脇《わき》に歩みよった三人は、まず微笑《ほほえ》みを浮かべる余力を残して出産を無事にやり遂げたノルト夫人に目を留め、それから隣で産着に包まれて目をつぶっている赤子をのぞき込む。

誰《だれ》よりも疲弊している二人が、すぅっと大きく息を吸い込んだきり呼吸を止めた。震える両手で口を覆えば、見開いた目にはぶわっと涙がわいていく。

「三人とも、ありがとう。時間があいてしまったし、ちょっとどうかしらと思っていたのだけれど、三回目が一番楽だったわ。ふふっ。ねぇ？　私ったら、またしてもとびきり可愛《かわい》い子を産んでしまったと思わない？」

寝台にすがって膝《ひざ》をつき、小刻みに頷《うなず》く二人の様子にノルト夫人は微笑んだ。それから一歩引いた位置にいる息子へ、さらに深めた笑みを向ける。赤子が可愛いと思っている以外にも含むところのある笑みだ。意図を受け取ったリュカエルも、この時ばかりは素直に頬《ほお》を緩める。

「それで、あなた？　お名前は決まったのかしら？」

赤子に夢中な夫のひげを、気を引くためにつまんだノルト夫人が聞く。するとその手を、感極まった様子のノルト伯爵が固く握った。

「……も、もちろんだ。もちろんだとも。この子は、ノルト家の第三子。私の可愛いおまえが産んだ、私達の可愛い二人目の男の子だ。名は、シュナエル。どうだ？　よい名だろう？」

ノルト伯爵は普段、子供達の前で妻を大事にしても、のろけること自体は大変少ない。しかし今は箍《たが》が外れているようで、ごく自然に台詞のなかにまぜ込んだ。そして、妻の方もその言葉を当然のように受け取っている。両親の甘いやり取りに姉弟《きょうだい》が引っかかりを覚えないのは、この空間に幸せがあふれすぎているからだろう。

「えぇ、とっても。ふふっ、シュナエルちゃん？　さっそくご挨拶《あいさつ》しましょうか？」

身じろぎしたノルト夫人が名を得たばかりの赤子に顔をよせる。すると、同じように身じろぎをしたシュナエルが、産着のなかにしまわれていた手をのぞかせた。

「ち、ちち、小さい、です……っ！　あ、赤ちゃんが小さいと知ってはいても、こ、こんなに小さいなんて、思ってもみませんでした……！　あぁぁ……っ！」

「……確かに小さいですね。しかも可愛いです。それも、かなり」

まだおかしな呼吸の仕方をしている姉ミュリエルの声に反応したのか、はたまた普段デレない新米兄リュカエルの声に反応したのか、末っ子シュナエルがうっすら目をあける。

「わ、わわ、わっ！　お、おめめが、開きましたよ……！　私と同じ、翠色です……！」

どんな小さな動きにも、ミュリエルは震えるほど感動してしまう。頭にうっすらある産毛は、クリームで煮たような栗色《くりいろ》だ。

「シュナエルちゃんてば、二人の赤ちゃんの時とそっくりよ。ミュリエルちゃんとリュカエルちゃんも生まれたばかりは、こんなふわふわの髪だったのよね……」

新しい家族を囲んで幸せを充満させた部屋で、ノルト夫人がいつもよりさらにゆっくり話しかける。元気そうに見えたが、やはり疲れているのだろう。半分まどろんでいるようだ。

「そうだわ、あなた？　これでお散歩も、解禁よね……？　ずっと寝たきりだったから、お外がとっても、恋しいの……」

リュカエルに肩を叩《たた》かれたミュリエルは、そっと立ち上がった。姉弟そろって気を利かせることにしたのだ。可愛い妻の手を離さないノルト伯爵だけを残し、退出することにする。

それでも、どうしても後ろ髪を引かれ、扉をくぐる間際に振り返った。見えたのは、握った母の手に頬をよせて頷く父の背だ。ミュリエルの目には、それがとても素敵に映った。


出産に立ち会うために帰宅して三日目。聖獣番としては長い休みをもらい、朝も昼も夜も母と末の弟にべったりとしたミュリエルはこの日、シュナエルの部屋に足を踏み入れていた。

「お、おおぉ……」

「義兄上《あにうえ》、張りきりましたね」

再び多い姉の「お」を、リュカエルはしれっと流す。まだ使われていない末っ子の部屋は、赤子が過ごすのに過不足なく整えられている。しかし今は、部屋の中央にドドンと大量の贈り物が鎮座していた。義理の兄、サイラスから贈られた誕生祝いだ。贈り物は床に直置きしたものからテーブルに積まれているものまで大小様々だが、とにかく数が多いため主張が強い。

「この一番大きいのから開封してみましょうか」

あまり衝撃を受けていなさそうなリュカエルが、背の高さほどある縦に長い大きな箱を指さした。父母から開封を任された二人だが、ミュリエルがいつまでたっても動き出さないため、リュカエルが率先してリボンをほどき、包装をひっぺがしていく。

そうしてお目見えした最初の贈り物は、オルゴールを回せば寝転んだ赤子の頭上でクルクルとおもちゃが回るベッドメリーであった。

「か、可愛いです……！」

「これ、絶対特注ですよ」

頬を両手で包んで笑顔になるミュリエルの隣では、リュカエルの厳しい値踏みの目が光る。弟の鑑定眼は確かだろう。ぶら下がっているおもちゃはすべて、特務部隊の面々を模したぬいぐるみになっている。これはぜひ、オルゴールのネジを巻いて動くところが見たい。

しかし、シュナエルのものなのに、いい年の姉が先に楽しむわけにはいかないだろう。ミュリエルはグッと堪《こら》えた。リュカエルはもう、次の包みに手をかけている。一つあけるごとに姉は可愛さにばかり目を奪われているが、確かな目利きで目録を作成する弟は忙しい。

「姉上、よく義兄上のお心遣いに感謝して、よくよくお返しをしなければならないですね」

「そ、そうですね！　もちろん、わかっていますよ！」

すべての贈り物の開封が終わり、可愛いの大洪水に喜んで呑《の》まれていたミュリエルは、苦言を呈するようなリュカエルの声音で我に返った。

「いいえ、絶対にわかっていません」

「えっ……」

ミュリエルは、右手に振るとリンリンと鳴る兎《うさぎ》のぬいぐるみと、左手に回すとガラガラと鳴る木彫りの鷹《たか》を握ったまま固まった。弟の目が両手に向けられたのに気づいて、いったんそれらをテーブルの上に丁寧に置く。それから、聞く姿勢を取った。神妙な態度が功を奏したのか、リュカエルから柔らかいため息が漏れる。

「姉上に悪いところはなく、むしろよくやっていると褒められるべきことです。クロキリさんを励ますために休みを返上し、実家にいたこの三日間も母上とシュナエルのために、ずっと動き回っていましたしね。しかも、明日《あす》からはまた聖獣番の仕事に戻るのですから」

珍しく、掛け値のない褒め言葉がリュカエルの口から出る。怒られるわけではないのだと、ミュリエルはあっさり姿勢を緩めた。

「ですが」

しかし、即座に反語が来たため、気を抜いた背筋を再び伸ばす。

「もっと義兄上のことを構ってあげてください」

ところが、弟の口から出るにはいささか不似合いな内容だったため、呆《ほう》けてしまった。そんな締まりのない姉の顔を前にしても、慣れているリュカエルは丸っと無視をして続ける。

「まず、クロキリさんのために返上した二日間の休日は、本来何をする予定でしたか？」

「えっ……、……、……、あっ。サ、サイラス様と、け、結婚式の準備をするはずでした」

先回りして答えを言うのではなく、ミュリエルの理解が追いつくように考える時間を挟むところが、さすがリュカエルだ。

「その通りです。そしてここ三日の休みは、返上した分の二日と、一日分の休日を前借りすることで休みました。では、前借りしたその一日は何をする予定でしたか？」

「サ、サイラス様と、結婚式の準備をする予定でした……」

深く頷《うなず》いた弟に、ミュリエルは項垂れた。うつむくと、サイラスからシュナエルへ贈られたふわふわのブランケットが目に入る。ミュリエルはそれを手に取ると、思わず抱き締めた。

「サ、サイラス様に、深く感謝の気持ちをお伝えしようと思います……。それと、ちゃんと二人の時間を取れるように、しっかりご相談もしたいと思います……」

「ぜひ、そうしてください。さすがに義兄上が可哀想《かわいそう》ですよ」

ギュッと抱き締めたブランケットは柔らかいうえに暖かく、真新しい香りがした。無性に切なくなったミュリエルは、唇を引き結んだ。

今欲しかった温かさと香りが、これではなかったから。

◇◇◇

ノルト伯爵家で三泊したミュリエルは、明けた早朝、獣舎へ向かうために庭を横切っていた。たった三日だが赤子と一緒にぬくぬく生活したせいで、冬の朝の寒さが身にしみる。

首をすくめて指先を揉《も》むようにすり合わせつつ小走りしていたミュリエルは、あまり聞き慣れない音が前方からしてふと立ち止まった。まだ暗がりといっていい辺りは、視界もあまりよくない。ただし、よく見知っているものならば、不明瞭《ふめいりょう》でも正体に気づくものだ。

「っ⁉　ク、クロキリさん……⁉」

前方から鋭く地面を蹴《け》り上げて爆走してくるのは、どう見てもクロキリだ。

「えっ。あっ……、えっ？　ち、ちょっと……！　待っ……、……、……」

瞬く間に迫るそのわずかな時間に、ミュリエルの頭のなかを色々なことが駆け巡る。まず、怖い。それから、怖いと思ってしまったことによる後ろめたさだ。もしこれがレグならば、これまでの経験上絶対に手前で止まってくれると知っているため、ここまで身がすくんだりしない。しかし、今突っ込んでくるのは少し前まで走り方すら知らなかったクロキリだ。

信頼関係を築いている聖獣番として、あからさまに避けるのは気が咎《とが》める。だが、怖いものは怖い。何しろ、隣には守ってくれるサイラスもアトラもいないのだから。

その時、ミュリエルの耳にガチンと幻聴が聞こえた。おい、ぼんやり突っ立ってんな、と。

それにより固まっていた体が動き、足裏がジリリと土を擦《こす》る。ところが、地面を突き刺し駆ける鋭い爪《つめ》はすでに目と鼻の先にあった。すでに飛び散る土塊《つちくれ》が身にあたる。ミュリエルは悲鳴もあげられずに、頭を抱えてその場にうずくまった。

『おかえり、ミュリエル君！　いの一番に見せたくて、馬房を抜け出してきてしまった！』

頭を抱える手に力が入りすぎて、引き抜くほど強く栗色の髪まで握ってしまっていたミュリエルは、恐る恐る顔を上げた。聞こえた声は迫ってきた方向とは逆から聞こえる。

『どうだね、ワタシの走りは？』

すっかり元気になって自信満々に胸毛をふくらませたクロキリを、ミュリエルは呆然《ぼうぜん》と見つめた。どうやら串刺しにする手前で、またぎ越すように跳躍したらしい。それを理解すると体から力が抜けて、しゃがんでいたところからペタンと座り込んでしまった。

「い、今もまだ、心臓がドキドキするほど、迫力のある、走りでした……」

乱れた髪を直すこともできないで、ミュリエルは呟《つぶや》いた。情けない声は、白く煙ったそばから消えていく。目の前まで戻ってきたクロキリは、呆然としているミュリエルを見下ろした。

『……、……、……ふむ』

そして、なぜか思案するように首を傾《かし》げると、続けてグッとミュリエルに顔をよせた。黄色い目がごく間近にある。なんなら嘴《くちばし》はミュリエルの腹にくっつくほどだ。突然はじまった近距離での凝視に、息が止まる。しかし、苦しくなる前にクロキリは身を引くと、ひと声鳴いた。

『獣舎まで、乗せてやろう』

「えっ!?　よ、よろしいのですか……？」

聞き間違えを疑って問い返せば、クロキリは膝を折って背を横づけしてくる。ミュリエルは驚きすぎて、黄色い目と向けられた背を交互に何度も見比べた。くわえられたり、かぎ爪でつかまれたりしたことは今までにあったが、背には乗せてもらったことは一度もない。それをなんの前触れもなく許されて、嬉《うれ》しく思うと同時に恐れ多い気持ちがわいてくる。

「し、失礼いたします……」

微妙に腰が抜けているため、ミュリエルはまず四つん這《ば》いでにじりよる。背に伸ばす指先には、丁重さや恭しさといった感情がこもっていた。すがるように首の付け根にまたがらせてもらえば、鞍《くら》もついていないのに収まりがいい。

ところが、乗り心地に感じ入っていられたのは最初だけだった。加減はされた速度だが、走りはじめてしまえば揺れがひどい。静止を願い出ようにも、口を開けば絶対に舌を噛《か》むだろう。ミュリエルはあっさり遠慮を捨てると、ひしっと力強く首につかまった。

とはいえ、獣舎はすぐそこだ。ミュリエルの貧弱な筋力でも、なんとか持ちこたえられるだろう。そんな見立ての通り獣舎の扉をくぐってクロキリの脚が止まった時、ミュリエルはまだ笑顔を浮かべる余力があった。

「お、おはようございます……！」

柵《さく》がしまったままのクロキリの馬房の前で背から降りると、ミュリエルはすでに起きていた特務部隊の面々に挨拶をした。白ウサギを筆頭に次々に声をかけてもらえば、帰ってきたという気分になる。ミュリエルは姿勢を正すと、かしこまってお辞儀をした。その隙《すき》に、クロキリは悪びれぬ顔で柵を乗り越えると、自らの馬房に収まっている。

「お休みをいただきまして、ありがとうございました。無事、元気な弟が生まれました。シュナエルという名前です。よろしくお願いします！」

まるで新人を紹介するように、ミュリエルは生まれたばかりの弟の分まで挨拶をする。

『おめでとう。よかったな。オマエに似てんのか？』

アトラに興味を持ってもらえたことが嬉しくて、ミュリエルの声はさっそく弾む。

「えっと、私にはまだわからないのですが、父と母は姉弟三人そっくりだと言っていました。瞳は同じ色で、髪も成長すれば同じ色になりそうです。とにかく、とても可愛いです！」

すべてが小さなシュナエルを思い出すと、自然と頰が限界まで緩んだ。締まりのない顔をしたミュリエルに、会ったことのない聖獣達の興味はますます募ったようだ。

『あらぁ！　ぜひ見たいわ会いたいわ嗅《か》ぎたいわ！　連れてくることはできないの？』

前のめりになったレグに、いつもより乗りのよいクロキリが相槌《あいづち》を打つ。

『おぉ、レグ君。よい発言だ。ワタシも今、それを言おうと思っていたのだ！』

こうなってくると、気づいた時には皆の期待の眼差《まなざ》しがミュリエルに集まっている。

「い、今すぐとなると、難しいですが……。えっと、相談してみますね！」

ミュリエルとて、可愛い弟を皆に自慢してたくさん褒《ほ》めてもらいたい。しかし、生まれたばかりの赤子に冬の屋外は厳しいだろう。赤子の事情に明るくないミュリエルでは、この場で返事ができそうにない。そのため、ここはいったん持ち帰らせてもらうことにした。

『姉弟三人似てるっていうのが、ジブン、超絶楽しみっス！　だってだって、それって……』

『上お二人の幼少期に重ねて、ニヤニヤするおつもりですか？　それまた乙な遊びやな！』

会う前から十分に楽しそうな面々に、ミュリエルまで楽しくなってくる。三日の休みの間、母と末の弟にべったりだったミュリエルだが、心は何度だって庭に飛んだ。しかし、しっかりと孝行してくるように言われた手前、皆を恋しく思う気持ちは取っておいた。だから、こうして明るさを取り戻した獣舎で会話をしていると、好きな気持ちが大きくふくらんでいく。

『で、ずっと気になってるんだけどよ。ミュー、ちょっとこっち来い』

聖獣番の仕事をする際、何事もまずアトラのことから取りかかるため、そもそもミュリエルはクロキリの馬房の前からアトラの方へと移動していた。しかし、白ウサギの要望はもっと近くへということらしい。柵の上から顔を出し、鼻先をよせてくる。好きな気持ちがあふれていたところへのお誘いだ。ミュリエルはなんの疑いもなくぺったりと抱きついた。ひくひく動く鼻をおなかで感じながら、満面の笑みを浮かべた顔を白い毛に埋めて深呼吸をする。

『ミューちゃん、アタシもアタシも！』

そして、この日はレグからも要望があった。アトラが満足したところでレグの馬房に向かえば、大きな鼻で吸引されて引きよせられる。フゴォォォッと吸い込まれている間、ミュリエルはぴったり鼻面にくっついた。限界まで息を吸ったらレグも満足したらしく、離れていく。だが、ミュリエルはここで「あら？」と思った。なんだか嗅がれている感じが強い。

『ジブンもっス！』

『そんならボクも～』

　さらに次々と呼ばれてスジオとロロのところを回れば、嗅ぐ行為が顕著だ。濡《ぬ》れた鼻先がひやりと触れないよう、気遣いながらもフンフンと。突き出た鼻先は控えめに見せかけているが、遠慮なくスンスンと。こうなってくると、ミュリエルとて恥を忍んで聞かねばなるまい。

「あ、あの……。わ、私……、な、何か、匂います、か……？」

　身を縮めて声を絞り出すと、返答はピィッとクロキリからあがった。

『うむ。赤子の香《かぐわ》しい匂いがするぞ』

「か、香しい……」

　そういえば先程、クロキリから嘴が触れるほどの近距離から眺められた。あれは見ていたのではなく、嗅いでいたということだろうか。ミュリエルは自分の手やら、袖《そで》やら髪やら肩やらを嗅いでみた。だが、人間の鼻では己の香りすらよくわからない。

（だ、だけれど、赤ちゃんのよい匂いなら、いいわよね……？）

　結局わからず仕舞いだが、ミュリエルは納得した。シュナエルを抱っこする際、己も頭頂部に鼻をくっつけてしきりに匂いを嗅いでいた。ならば赤子の香りは、人も聖獣も好ましく感じるのだろう。自分の体を嗅ぐのをやめたミュリエルは、顔を上げた。

『あ、そうだわ。ねぇねぇミューちゃん、レインから聞いたんだけど。街におりた時に行った雑貨店で「聖獣フェア」をやってたんですって？　何買ったのか、アタシ見せてほしくって』

「あっ！」

　レグの声かけで、ミュリエルは目も口もあけた。その場にいた全員が、買い物のことなどすっかり忘れていたのだと察する。せっかく買ったものなのに、門限を破ってアトラからお叱《しか》りを受ける前、浮かれた姿を見せられないと獣舎脇の小屋に置いてそのままだ。

「も、持ってきます！」

一泊遅れてミュリエルは、小屋に向かって駆け出した。さすがにもう時効だろう。となれば、戦利品を見せて皆で盛り上がりたい。

買い物袋だけを手に急いでとって返せば、さっそくゴソゴソとあけた袋の一番上からマグカップとカトラリーを取り出す。

「つ、次の機会には、皆さんにも何か買ってまいりますので……。あの、私だけ、こんなに可愛いものを先取りしてしまい、申し訳ないのですが……」

取っ手と柄の先についた兎を見つめて、ミュリエルはもごもごと呟いた。申し訳ない気持ちがあるため神妙な表情をしたいのだが、兎のモチーフが可愛すぎて真面目《まじめ》な顔が作りづらい。

『別に気に入ったもん、好きに買えよ。オレ達のことは気にすんな』

「あ、ありがとうございます。で、ですが、サイラス様に絵本を買っていただいて……」

さらに袋を漁《あさ》って絵本を取り出そうとしたミュリエルだが、そこで大きく振り返った。そのまましばらく外を眺め続ければ、アトラはいったん同じように外を見てから歯を鳴らした。

『なんだよ』

「えっと、その、いつもだとこういう時に、サイラス様がお顔を出してくださるので……」

『今日《きょう》は来てねぇぞ』

白ウサギを差し置いて、ミュリエルがサイラスの来訪に気づけるわけがない。アトラが来ていないと言うのなら、獣舎の近くどころか庭にもいないという意味になる。ならば、サイラスに会える見込みは当分ない。

しかし、そんなミュリエルの代わりに『あっ！』と喜びの声をあげた者がいた。スジオだ。馬房のなかでグルグル落ち着きなく回りながら、甘えたように鼻で鳴きはじめる。

『キューン、クンクンヒーン！　リュカエルさん、来たっス！』

耳をピンと立てて尻尾《しっぽ》を激しく振り、すでに全力歓迎だ。だが、リュカエルが獣舎に到着するまではまだ時間がかかるだろう。ミュリエルだけではなくリュカエルも、三日の休みをもらっていたためスジオと会うのは久しぶりだ。まだ遠くにいるうちからこれだけ喜んでもらえるのは、パートナー冥利に尽きる。

『おい、ミュー。ちょうどいいからリュカエルを迎えにいって、そのままサイラスのとこ行ってこいよ』

幸せのお裾《すそ》分《わ》けをもらっている気分になっていたミュリエルだが、アトラの発言を聞くにサイラスとすぐに会えない残念さが顔に出てしまっていたのかもしれない。白ウサギは強面《こわもて》だがその実とても気遣い屋で、自由気ままで個性的な特務部隊の面々も思いやり深い。

『真っ先にここに来たのはさすがだけど、サイラスちゃんにだって顔見せてあげなきゃね』

『そうそう、サイラス君に会ったのなら、シュナエル君を連れてくる相談も忘れずにな』

『たった三日、されど三日っス！　会ってお互いに元気を充填《じゅうてん》するのも、大事っス！』

『ダンチョーはん寂しがり屋のヤキモチ妬《や》きやから、早めに手を打っておかんと大変です』

さぁ行けほら行けと勧められ、ミュリエルは全員をチラチラと見た。

「い、いってきます……」

気恥ずかしくて返事は小さかったし、進む歩幅は控えめだ。しかし、すぐに早足になる。獣舎を出るまでは速度を守ったミュリエルだが、聖獣達から姿が見えなくなったと同時に駆け足になった。もちろん、耳のよい彼らが知らないはずがない。


途中で会ったリュカエルと会話をし、その後は一直線に執務室まで来たミュリエルだったが、部屋に到達する前に扉があいたので立ち止まった。執務室から出てきたのはサイラスだ。

「ミュリエルか、おはよう」

「サ、サイラス様、おはようございます……」

同時に気がついて、お互いの名前を呼んで挨拶をする。ミュリエルはそれ以上言葉が出てこなかったので、残りの距離を小走りでつめた。傍《そば》までくればサイラスが右手を持ち上げる。頬に触れられるのかと思ったが、右手は胸の前に水平に持ち上げたところで動きを止めた。

「ボタンが取れてしまったから、付け直してから庭に向かおうと思っていたのだが……。執務室にある裁縫箱に黒い糸がなかったから、取りに行こうとしていたんだ」

ジャケットの袖を見せてから、掌《てのひら》に乗った金のボタンを見せられる。

「執務室で待っていてくれないか」

「えっ？」

取れた金のボタンをポケットにしまったサイラスは、おもむろにジャケットを脱ぐとミュリエルに渡してくる。

「私に会いに来てくれたのだろう？」

ミュリエルは目を伏せると頷いた。渡されたばかりのジャケットを、なんとなく抱え直す。

「すぐ戻ってくるから」

朝の空気で冷たくなっているミュリエルの頬を、サイラスは軽く擦るようになでると執務室の扉を開いてくれる。それから入室したのを見届けると、そっと扉を閉めた。

一人執務室にいることになったミュリエルは、閉まった扉をしばし見つめてから振り返った。

誰もいない部屋は静まりかえっているし、かなりひんやりとしている。暖炉《だんろ》に火はついているが、入れたばかりなのだろう。

(も、もしかして、執務室が寒いから、ジャケットを預けてくださったのかしら……？)

抱えていたジャケットに意識を向けると、ほんのり温かい。ミュリエルは肩越しに閉まったままの扉を確認した。確認したからといって何かがわかるわけではないため、再び前を向く。

それから、こっそりとジャケットを抱き締めた。途端に感じたのは、大好きな人の香りだ。ひんやりとしていた周りの空気が、ふわりと暖まる。ミュリエルはうつむくように顔をジャケットに埋めた。深く吸い込んで、大きく吐き出す。何度吸っても薄くならない香りは、体の奥からミュリエルを満たしてくれるようだ。息を吐き出す間に、香りが遠のくことすら惜しい。しかし呼吸とは、いつだって吸うことと吐くことが二つで一つだ。

　その時、トントンガチャッと音が聞こえた。ノックから扉が開かれるまで間がなかったため、ミュリエルの反射神経では目だけを向ける時間しかなかった。すでに閉められた扉の前には、驚いたサイラスの顔がある。

「っ⁉　あ、あのっ、こ、これは、そのっ、ち、違……、……、……」

　預かったジャケットを正しい持ち方に慌てて戻したものの、絶対に顔を埋め深呼吸していた姿は見られただろう。

「座って待っていてくれて、構わなかったのだが……。寒かったか？」

「い、い、いいえっ」

「では、私のことが恋しかった？」

「っ！」

　一つ目の質問はさておき、二つ目の質問はミュリエルの答えを見越して聞いたのだろう。サイラスはゆったり微笑むと、両腕を広げた。ミュリエルが腕と顔を見比べると、誘うように少しだけ両手を差し出す。

「代替え品ではなく、今は本物が目の前にいるのだが」

　あくまで待つ姿勢のサイラスに、ミュリエルは視線をうろうろと彷徨《さまよ》わせた。正しい位置で抱えていたジャケットを無意識に抱き締めると、小さく二歩ほど進み出た。うつむいた頭はま

だサイラスの胸に届かない。腕が緩く背に回されたが、囲っているだけで触れてはいなかった。

ぎりぎり触れないもどかしさに、先に音をあげたのはミュリエルだ。額を広い胸に預ければ、それまで囲うだけだったサイラスの手が抱きよせてくれる。もう一歩分の距離がつめられれば、二人の間に隙間《すきま》はなくなった。

「あったかい、です……、……、……、あっ！　お風邪を引いてしまいます！」

暖かさや好きな人の香りに、うっとりとしたのは一瞬だった。ミュリエルは顔を上げると同時に、抱き締めていた上着をサイラスの首もとまで引き上げた。

「だが、着てしまうとボタンをつけられない」

「わ、私、できます！」

囲った腕をとかず窮屈に見下ろしてくるサイラスに、ミュリエルは元気にお返事をした。

「では、甘えてしまおうか」

してもらうことが多いミュリエルだからこそ、してあげられることがあるのは嬉しい。二人で並んでソファに座る。テーブルの上にはすでに出されていた裁縫箱は、蓋《ふた》があいていた。サイラスがそこに黒い糸を足す。

ミュリエルは抱えていた上着をサイラスに羽織ってもらい、腕を通していない右の袖だけを受け取った。貴族令嬢として刺繍《ししゅう》の基本は押さえているため、袖にボタンをつける技術に不足はない。他《ほか》のボタンのつけ加減を確認すると、さっそく取りかかった。

きつくなく、緩くなく、他のボタンと比べて見栄えが悪くならないように。そんなことを注意しながら針を動かせば、同時進行の得意でないミュリエルは無言になる。しかし、黙々と手を動かせばあっという間にボタンはつけ終わった。

「ありがとう。助かった」

お礼を口にすると、サイラスはさっと袖に腕を通す。それを満足げに見てから、ミュリエルはハッとした。

「あの、サイラス様、たくさん贈り物をいただきまして、ありがとうございます。家の方からもちゃんとしたお礼があるとは思うのですが、私の口からもお伝えしたくて……」

「なかなか迷ったのだが、君のお眼鏡《めがね》には適《かな》っただろうか」

「は、はい、とても！」

頭に浮かんだのはシュナエルの部屋だ。その各所には、サイラスから贈られた素敵な品々が、今後の使用を想定したミュリエルにより配置されている。どの角度から見ても完璧な、誰もが羨《うらや》む憧《あこが》れの子供部屋だ。

「先程、君が来る前にリュカエルも来ていたのだが……」

「ふふっ。リュカエルも、とても喜んでいたのではありませんか？」

贈り物の価値を十分理解していた弟のことだ。お礼についても姉に念押しをするくらいなので、自分でもさぞ深く感謝を伝えたことだろう。

「いや、悔しがっていたな」

「えっ……」

それなのに、返事は予想から大きく外れていた。悔しがっていたリュカエルとのやり取りを思い出したのか、サイラスは楽しそうに微笑んだ。

「どうやら、私が先を越してしまったものがいくつかあったようだ。リュカエルもこの冬期休暇の間に、街で弟にする贈り物をずいぶん物色していたらしい」

色々な問題がおこる前に、弟は姉と違い先んじて休みを取っていた。末っ子の誕生を新米兄として心待ちにしていたのだろう。ミュリエルは冷静な顔のまま街で一人、赤子の品を厳しい目で選りすぐっている弟の姿を想像する。とても微笑ましい。

「それで、少し話は変わるのだが……。リュカエルと相談をして、義母上《ははうえ》が産褥《さんじょく》の床を上げたら、立ち入りの制限されている王宮の庭にご招待しようということになった」

弟が見ていたら怒られそうな顔をしていたミュリエルは、サイラスから母に対する気遣いをもらって表情を改めた。何より、生まれた末の弟を祝うと同時に、大仕事をやり遂げた母を労《ねぎら》うことも忘れないリュカエルに、我が弟ながら感心してしまう。

「一連の見合いの件で、第一王子殿下から正式な謝罪を受けている。賠償についても、双方合意に達していたのだが……。殿下が個人的にも何か償いたいと、譲《ゆず》らなくてな」

優秀な弟を持って鼻が高いが、一方で浮かれているだけだった己は肩身が狭い。器用ではないミュリエルは、三日の間を完全休暇として過ごした。しかし、リュカエルは隙間時間に持ち帰った書類仕事をしていたようだ。なんなら、サイラスとも連絡を取っていた節がある。

「我々としては、そうしたものは貸しなどと保留にせず、さっさと清算してしまいたい。だが、提案するものがないとリーン殿とも困ってしまって……」

　そんなことを考えているせいで、せっかくサイラスが説明してくれていることもミュリエルは話半分だ。

「そうしたら、ちょうどリュカエルが言い出したんだ。『とっても私事ですが、王家の庭の借用などいかがでしょうか』と」

　しかし、言葉を結んだサイラスに会話の続きを譲られて、ミュリエルは瞬《まばた》いた。流れていた話を巻き戻すように思い出して、返事をする。

「あ、ありがとうございます。母も、とても喜ぶと思います」

　月足らずで生まれぬように、ノルト夫人は寝たきり生活が続いていた。出産直後に微睡《まどろ》みながらも外が恋しいと言っていたため、間違いなく喜ぶだろう。その頃《ころ》になれば、シュナエルも短時間の外出はできるかもしれない。そこまで考えて、ミュリエルの脳裏でタカが爆走した。聞くのを忘れるな、と急《せ》かす笛のような短い囀《さえず》りが響く。

「そ、そうでした。えっと、サイラス様に一つご相談がありまして……」

　特務部隊の面々が、シュナエルに会いたいと言っている件を伝える。するとすぐに、両親の許しを得られるのなら構わないと頷かれた。ミュリエルはホッとした。出がけの聖獣達の会話からして、会えない可能性は爪の先ほども考えていないようだった。もし許可がおりなければ、機嫌を直してもらうのに秘蔵のクッキーが必要だったかもしれない。

「ちなみに、君は今回の件についてどの程度耳にしただろうか。三日の休みの間にもリュカエルからは催促があって、知り得た情報については共有済みなのだが」

「え、えっと……。リュカエルの言葉を借りますと、『ぬるい制裁で遺憾です』と……」

休みの間にも仕事のやり取りをしていたリュカエルは、サイラスからの許可も得たうえで、ミュリエルに顛末《てんまつ》を聞かせてくれていた。しかし、一から十まで説明したというよりは、結果の雰囲気を教えられた感じだ。

とはいえ、簡単に容量がいっぱいになってしまうミュリエルにとって、それが最良ではある。聖獣番をするうえで一番大事なのは、聖獣達だ。だから、クロキリが元気を取り戻し、こんなことは二度とおこさないと約束なり対策なりがなされれば、それ以上気持ちを割くべきではない。アトラからも得意な者に任せればいい、とお言葉をもらっている。

「で、ですが、もし、必要なことであれば、お聞きしたいです。アトラさん達と関わるうえで、心に留めておいた方がよい時も……、あっ」

聖獣番という立場としては間違いのない発言だったが、ミュリエルは途中で思いついてしまった。今回のことは浅知恵ながら、サイラスとマリユスの気持ちだけでは成り立たない、政治的で複雑な関係が絡んでいたのではないか、と。気づいてしまったのなら、見て見ぬ振りはできない。ところが、それを問う権利は、ミュリエルの立場を明確にする必要がある。

「そ、そ、その……、あ、あと、サ、サイラス様の、つ、つつ、つまっ、妻っ、妻になる者としてっ、知っておいた方がよい、時も……」

体の奥から一気に吹き上げるような熱に、ミュリエルは顔を真《ま》っ赤《か》にした。真面目な話のため恥ずかしがっている場合ではないのだが、なかなか「妻」という単語は破壊力が高い。

「妻、か……」

微笑んだサイラスに復唱されて、ミュリエルはガクガクと頷いた。

「では、夫になる者として、少しだけ話させてほしい」

しかし、サイラスの声が穏やかすぎて、顔に集まっていた熱が部屋の空気にとけていく。対になる「夫」という単語は柔らかくても、熱を煽《あお》るような響きがなかった。

「私は、家族の縁というものが薄いんだ。父母は幼少のみぎりに鬼籍に入ってしまったし、聖獣騎士となり団長となったあとは、より距離のある付き合いをするべきだったから」

数度の瞬きで、ミュリエルの表情は気遣うようなものへと変わる。

「今回の件には、マリユス殿下がその距離をつめようと働きかけてきたことに、私が応《こた》えてしまったことにも原因があったと思う。今後はより一層、気持ちを引き締めていく所存だ」

マリユスがクロキリの見合いで笛を吹いた時、それを遠くで一緒に見ていた時のサイラスの表情がミュリエルの脳裏を横切った。途端に切なさが押しよせて、胸もとを握る。そして、もう片手でそっとサイラスの腕に触れた。それまでこちらには向いていなかった紫の瞳が、ミュリエルに向けられる。

「こんなふうに私は家族と、いや、家族に限らず多くの者と、節度ある付き合いが求められる立場にある。だから、改めて気になったのは、君と結婚したあとのことだ。君にも、もしかしたら人との付き合いに制限がかかる場面が出てくるかもしれない」

落ちてくる紫の視線を見上げていたミュリエルは、引け目のような感情でサイラスが瞳の色を揺らしていると気がついた。

「あの、とても楽観的で、考えなしかもしれませんが……。私はむしろ、大歓迎です、よ？」

大事な話なのだから、頭に浮かんだことをすぐに言葉にするのではなく、じっくり考えて口にする方が適切なのかもしれない。しかし、悲しそうな紫の色を見てしまえば、何か言わなければという思いの方が強くなる。

「だって、社交を頑張るより、お付き合いは控える方が、たぶん、いえ、絶対に得意です」

普通であれば誇れるような内容ではないのだが、ミュリエルは腕に添えていた手に少しだけ力を込めると大真面目に言い切った。

「そう、か。そう、だな」

今度の数度の瞬きでは、サイラスの表情が変わる。いつもの穏やかさに戻った綺麗《きれい》な顔に、ミュリエルの指先に入っていた過度な力を抜いた。

「では、今回の件については今のところ、これ以上話しておきたいことはない」

サイラスの言い回しに今後を感じさせるものはあるが、それこそ今ミュリエルが考えても仕方がないことだ。ならば、この話はこれでおしまいにしてもいいだろう。

とはいえ、話さなければならないことはまだ残っている。それは、最後にして真摯《しんし》に伝えなくてはならない話題でもある。ミュリエルは暖炉の火で部屋が暖まっているにもかかわらず、サイラスのより近くに座り直した。腕に添えていた手を滑らせるように動かして、先程ボタンをつけ直した袖を少しつまんで引く。

「わ、私から、もう一つお話がありまして……。そ、その、サイラス様とのお休みを、ずっと逃してしまっていて、すみません……」

なんとなくボタンの並びを目で数えてから、ミュリエルはおずおずとサイラスを見上げた。

「君が謝ることは何もない。クロキリの件については、むしろ感謝しなければならないことだ。義母上の出産についても、当然の権利になる。だから、気にしなくていい」

返された言葉はサイラスの本心だろう。しかし、ミュリエルは紫の瞳が寂しい色にならないかどうかを、熱心に見上げ続けた。

「のんびりと構えているわけにもいかないが……。私達が一緒に休日を取るのは、義母上の床上げが終わって何も憂いがなくなってからでも、いいのではないだろうか」

ミュリエルがいやに真剣に見上げ続けるからか、サイラスが首を傾げる。逆に気遣われてしまいそうな気配を感じたミュリエルは、とりあえず何か言葉を発するために息を吸った。

「あ、あの……」

「ん？」

首を傾げたままのサイラスは、ミュリエルの吸った息に対して出てきた言葉が少なかったため、続きを待ってくれている。その時間も使ってミュリエルは紫の瞳の色を確かめてみるが、明確な悲しみは見つけられなかった。だが、それで安心できるかというと、前例もあって見逃している気がしてならない。

（あっ……。ち、違うわ……。わ、私が……、私が、寂しいと思ったから……。だから、サイラス様にも寂しいと思ってほしくて、探してしまっているだけなのだわ……）

ミュリエルは唐突に気がついた。そして、素直に認める。クロキリの怪我《けが》、母の出産、末の弟の誕生と、いくつもの一大事があって、色恋にうつつを抜かしている場合ではなかった。

大人《おとな》のサイラスはわきまえているからこそ、相手の負担になるような気持ちの見せ方はしない。しかし、自分はどうだろう。およそサイラスとはなんの繋《つな》がりのないものからでも、思い出してはほんのりと寂しくなっていたはずだ。だから今、寂しい色になっているのはミュリエルの翠《みどり》の瞳の方かもしれない。

「ほ、本物が、いい、です……」

するりと出てしまった言葉は、もう取り返しがつかない。静かな空気にとけていた熱が、再びじわじわと頬に集まってくる感がした。それでもミュリエルはサイラスを見つめ続ける。察することに長《た》けたサイラスが、翠の瞳を読んでくれるはずだと期待して。きっと、ミュリエルが自分で気づかない気持ちまでも汲《く》み取ってくれるだろう。たとえ元引きこもり特有の、前振りのない要求だったとしても。

「結婚式を春に早めた分、私もかなりの自重と自制を自身に課していたのだが……」

首の角度は戻ったが、形のよい眉《まゆ》が下がってしまっている。

「結婚を間近に控えた男女としては、いささか健全がすぎただろうか」

しかし、小さく呟くとサイラスはゆったり微笑んだ。甘さが香った微笑みに、袖をつまんでいたミュリエルの指先が細かく震える。

「あ、あの、ふ、ふふ、触れても、よいでしょうか……？」

すでに触れているのに重ねて聞いたのは、もちろんお強請《ねだ》りの意味合いが強い。

「いい、ということにしないか？」

ミュリエルとしては、できれば聞き返すのではなくサイラスから触れてほしい。だが、この時のサイラスはなぜか少しも動いてくれなかった。

「いい、ということに、したい、です……」

そのため、内容のまったくない返事をする。

「では、いいということにしてしまおう」

すると、さらに内容のない返事がされる。

「は、はい、いいということに、してください……」

とうとう焦れたミュリエルは、恥を忍んで伸び上がるように身を傾けた。袖につかまっていただけの手がサイラスの掌に支えられると、より身を乗り出しやすくなる。ゆっくり目をつぶる間際に、顔を傾けながら近づく綺麗な顔が見えた。

あごを上げれば間もなく触れるだろう。それはパチンと弾《はじ》ける暖炉の火より、ミュリエルの体を熱くするに違いない。

◇◇◇

「よいですか、クロキリさん」

獣舎の壁の誰でも見やすい位置に、ミュリエルは日程表を貼りつけていた。訓練やら散歩やらで他の面々は不在だ。

「シュナエルを連れてくる日は、この花丸のついた日です。そして、今日はここです。毎日の終業時に、斜線で日付を消していきます。それなら、わかりやすいでしょう？」

ノルト家の第三子に会うのを、特務部隊の皆が楽しみにしてくれている。それは嬉しいことではあるのだが、毎日あと何日だと個々に聞かれ続けて答えるのは、いささか非生産的だ。そのため、日程表を貼り自由に確認できるようにしたのである。

『うむ。楽しみだ』

眺めるクロキリは、大変満足そうだ。数字だけが大きく書かれた簡易のものだが、これで毎日何回も聞かれる問題は解決するだろう。だがしかし、実はもう一つ気がかりなことがある。

『それにしても赤子とは、誠に香しいものだな』

匂い問題だ。クロキリが鼻を近づけようとすると、嘴がかなりの確率でミュリエルの体に密着する。すると、より目気味の黄色い目とは怖いほどに近距離だ。背後が壁のため、なんとか踏みとどまりながらミュリエルはクロキリと見つめ合った。

「そ、そうですね。あの、おっしゃる通りでは、あるのですが……」

ミュリエルの最近の寝床は、アトラと自室とノルト家という三カ所の輪番制だ。そして、夜中に何度も起きるシュナエルの傍に侍《はべ》れば、翌日の聖獣達の匂い確認が激しい。

「あ、あの、絶対の絶対に、かじったり、つついたりしないでくださいね……?」

『失敬な。そんなことはせんぞ』

間髪容《い》れずに否定されたが、嗅ぎにくる様子と匂いを表現する発言が美味《おい》しいものに対する反応と似通っているせいで、ミュリエルの心配は拭《ぬぐ》えない。

だから、花丸がついた日を迎えた今日この時も、気がかりをなんとなく残したままでいたのだ。とはいえ、ノルト夫妻はリュカエルの案内で王家の庭に行っており、シュナエルはサイラスとミュリエルが付き添って聖獣達の庭に連れて行く手筈は、すでに整ってしまっている。

シュナエルは、クーハンという取っ手のついた持ち運びのきく籠《かご》のなかで眠っていた。クーハンを持っているのはミュリエルではなくサイラスのため、安定感は抜群で安全も約束されている。庭に入る門の前でいったんは足を止めたものの、あとは進むばかりだ。

「では、行こうか。アトラ達は、獣舎前で待ってくれているのだったな」

「は、はい。皆さん、とてもそわそわなさっていたので……」

約束の時間からかなり前の段階で、獣舎前に集合していた特務部隊の面々だ。今も耳をそばだてて、到着を今か今かと待っているに違いない。ならばミュリエル達がたった今庭に入ったことさえも、気づいたはずだ。のんびり歩いていては、無駄に焦らしてしまうことになる。

(だからといって、急ぐことはできないのだけれど……)

何せ赤子の移動には最大限の配慮が必要だ。軽くはあるが最高に暖かい布団に包まれたシュナエルは、すやすや眠っているようでいて、むぐむぐと口を動かしたりもぞもぞと体をくねらせたりしている。その動きさえ可愛くて仕方がないミュリエルは、サイラスがクーハンを運んでくれているのをいいことに、前も見ずにずっと末の弟から目を離せずにいた。すると、ふっとサイラスが微笑みの吐息を零《こぼ》した。

「もしかして、サイラス様も眺めるのが止まらないのですか？　可愛いですよね……」

ミュリエルは笑顔で隣を振り仰いだ。

「あぁ、とても可愛いな」

笑みを深めたサイラスに、ミュリエルもますます笑顔になった。無限大の可愛さを放出しつづけるシュナエルを見下ろす。さらにその斜め上から、サイラスも視線を注いでいた。

「そ、そうでした。立ち止まっていては……、……、……」

心待ちにしている皆を待たせてしまう、そう続けようとしたところで、ミュリエルの耳と体が異変を察知した。

（こ、ここ、この振動と、お、音は……っ！）

足裏から感じると揺れと、ドドドドドッと重く大地を踏みならす音。獣舎のある方向から真《ま》っ直《す》ぐに迫ってくるのは、間違いなくレグだ。しかし、木々の隙間からイノシシの巨体が見えはじめた時、それより前を走る者の姿が確認できた。

先頭はクロキリだ。ミュリエルの経験則からの予想を裏切ってトップを独走するクロキリは、ガッツガツと大地を鋭く突き刺し、土塊を蹴り上げながら爆走している。しかも、前傾姿勢すぎて嘴が矢尻《やじり》のように光っているではないか。

そして、そんな一番手クロキリの出方をうかがいながらも、余裕のある走りをしているアトラが二番手、わずかに遅れて横につく三番手はスジオだ。ちなみに、巨体故に真っ先に存在に気づいたものの、レグは楽しそうに最後尾だ。いや、レグのお尻《しり》にロロがくっついていることを思えば、最後尾は自分の足で走っていないモグラになるだろう。

（な、なな、何がどうして、こんなことに……っ!?）

完全にその場で足が止まっているミュリエル達を目がけ、聖獣達は一目散に駆けてくる。大変申し訳ないことに、先頭がクロキリであることがミュリエルの胸に不安を呼ぶ。

そんなことはせんぞ。言い切ったクロキリの言葉は、どれほど信頼に値するだろう。あの勢いで駆けてきて、上手に減速できるのか。磨き抜かれた鋭い爪は、今やまるで鎌《かま》のようだ。

（だ、だだ、大丈夫、よね……？　大丈夫、かしら……？　ほ、ほ、本当、に……？）

ミュリエルは隣にいるサイラスの袖につかまった。ついでに反対の腕でクーハンを抱えるような立ち位置をとる。するとサイラスがミュリエルのことを見下ろしてから、クロキリに対して一番前になるように体勢を変えた。肩で顔を隠されたミュリエルには、状況が見えなくなった。しかし、振動と音だけでも皆の接近が十分にわかる。

『おい、赤ん坊が驚くだろ！　この辺でそろそろ……、仕方ねぇな、レグ！』

『はぁい！』

ガチガチと息切れもしていないアトラの声がしたと思ったら、レグの元気な鼻息がお返事をした。その途端。

『ぐはっ!!』

誰かが地面に潰《つぶ》れた音がした。その勢いで生まれた風が、細かい土や砂粒を巻き込みながら足もとにあたる。ミュリエルはサイラスに庇《かば》われていた顔を上げた。しかし、正面にはアトラの素敵なお尻があった。どうやら、サイラスだけではなく、白ウサギも万が一の守りに入ってくれたらしい。クーハンのなかのシュナエルを見れば、何も気づかなかった様子で同じ格好のまま眠っている。

『レグ君！　何をするのだっ！　ワタシの尾羽を踏みつけるなど、すぎたる蛮行だぞっ！』

クロキリの叫びにより、現場は見えずとも大体のことはわかった。アトラが横にずれてくれたため視界が開ければ、思った通りの光景が広がっている。

「皆、いったいどうしたんだ？　獣舎前で待ち合わせなのだと聞いたのだが」

『いや、ミューは集まっててくれ、って言い置いてったんだよ。だから、こうなった』

尾羽から脚をどけたレグにひとしきり文句を言ってから、クロキリは乱れた羽毛をせっせと直しはじめた。アトラの説明では理解が及ばなくて、ミュリエルは首を傾げた。すると、補足の鼻息があがる。

『最初はクロキリだったかしら？　待ちきれなくて、一歩ずつこっちに近づいていったの。でも離れたらいけないから、みんなで三歩進んで集まるじゃない？　そうしたらいつの間にか移動がはじまっててね？　あっという間に勢いがついたと思ったら、駆けっこになってたのよ！』

ミュリエルはサイラスに通訳しつつ、己のお願いの仕方に問題があったことを知った。集まっていてくれではなく、獣舎前で待っていてくれと伝えるべきだったのだ。素直に集まっていようとした聖獣達は、律儀にミュリエルの言葉に従ったにすぎない。そして、悪気のない聖獣達は切り替えが早い。

『そ、れ、で！　この子がシュナエルちゃん？　やぁん！　ほにゃっほにゃだわぁ！』

『うわぁ、リュカエルさんに似てる気がするっスよ！　しかも、超絶柔らかそうっス！』

『これは、ヤバイ。ホンモノからは、えらい甘い匂いがします……。モッチモチやぁ……』

爆走などなかったことにして、皆が我先にと顔をよせてくる。毛玉達は隙間なくギュッと顔をくっつけて、眠っているシュナエルをのぞき込んできた。その姿は眼福ではある。しかし、ミュリエルにはその感想が、どうしても美味しいものを指している気がしてならない。

『思ったより、かなり小さいな……』

控えめな歯ぎしりをしたアトラに、ミュリエルはパッと顔を上げた。

「そ、それ、私も思ったんです……！　やっぱり、小さいですよね……！」

シュナエルを驚かさないようにするアトラの気遣いを無碍《むげ》にしないため、喜色を浮かべながらもミュリエルは小声にとどめた。真っ当に聞こえる白ウサギの発言は、己自身も末の弟との初対面時に真っ先に口にしたものだ。感動を共有できたことが嬉しい。

『お、おい！　まったく見えんぞ！　ワタシにも見せてくれたまえ！』

ミュリエルからはまたしても姿が確認できないのだが、聖獣達の大きなお尻の後ろで、クロキリは激しく反復横飛びをしているらしい。飛べない翼でバサバサと音を立てつつ、文句を言う声が右から聞こえたと思えば左から聞こえる。

『毛繕いなんてしてるから、出遅れたんだろうが』

『な、何を言う！　初対面なのだぞ！　乱れた姿など見せられまい！』

　アトラが場所を譲ってくれたおかげで、クロキリがあいた隙間からぬっと顔を出した。皆からずいぶん遅れて、黄色い目にいい子で寝入っているシュナエルの顔がやっと映る。

『……』

　しかし、見えた途端に今度は何も言わない。すぐにでも皆と同じような褒め言葉をもらえると思っていたミュリエルは、末の弟に留めていた視線を物言わぬタカに向けた。黄色い目は瞬きもしない。そして、しばし凝視したあといったん顔を上げて空を見つめ、再びシュナエルの顔に見入った。心なしか目もとに力が入り、なんとなく表情が険しい。

　姉からすれば、どこからどう見ても可愛い弟だ。しかし、ここでふと思い出した。クロキリが第一王子であるマリユスの息子を見た時、よだれまみれの間抜け面だと酷評したことを。

　ミュリエルはハッとした。

　シュナエルはよだれを垂らしていないが、乾燥でかさついた頬は赤くなっているし、おでこには乳幼児特有の湿疹が出てしまっている。姉としては、それすら愛《いと》おしい。だが、もし同じような暴言を吐かれたら、怒ることが苦手な己でも火を吹いてしまうかもしれない。

『こ……』

「えっ？」

構えていたはずなのにクロキリの呟きが拾えなくて、ミュリエルは聞き返した。

『この……』

『あ？』

そして、どうやらアトラの耳でも聞き取れないらしい。ならば続く言葉は音にもなっていないのだ。

『この世の……』

険しいような、真顔のような、呆然とした顔。かなり複雑な感情が浮かんだ顔を上げたクロキリに、全員の視線が集まった。

『この世のすべてに感謝するっ!!』

その途端の高らかな囀りに、驚いたのは周りにいた者達だけではない。木々で休んでいた小鳥達がかなりの広範囲で飛び立っていった。しかも開きっぱなしの嘴からは、ビビビビッと濁点まじりの鳴き声が震えるように出続けている。

よく寝入っていたシュナエルも、反射でビクッと両手を握る。ここに来てはじめて目を開けば、何かを探すように翠の瞳をぼんやりとさせた。黄色い目と翠の瞳がなんとなく視線を結んだだろうか。その絶妙な間合いで、小さな唇がブチュチュチュとよだれを泡ぶくにした。

『ワタシの名前は今から「ブチュチュチュ」だ』

「えっ!?」

ミュリエルの思考は一時停止した。

「ミュリエル？　クロキリはどうかしたのか？」

声をかけられたというのに、ミュリエルの耳はサイラスの声を拾えなかった。間近からいっせいに鳴き声があがったからだ。

『あっはっはっ！　そうなりそうだと思ってたのよぉ！』

『とうとうクロキリさんにも出会いが来たっス！』

『はいはい、いらっしゃぁい！　おめでとさん！』

連続する大きな鳴き声に、シュナエルが再びビクッと体を動かす。サイラスが泣きだす前にクーハンを揺らしてくれたため、眉間《みけん》にしわをよせただけですんだ。しかしこの時ばかりは、ミュリエルの目は可愛い末の弟ではなくクロキリだけに留まっていた。クロキリの嘴からは、噛み締めるように『ブチュチュチュ』という小さな呟きが漏れている。およそ紳士で高貴を謳《うた》うタカの口から聞く言葉ではない。ミュリエルの停止していた思考が弾けるように動き出す。

「ま、まま、待ってください！　い、今のは、お名前ではないと思います！　た、ただの、よだれの音ですよ！　よだれ！　あ、あのっ、クロキリさんっ？　聞こえていますかっ⁉」

顔を極限までシュナエルに近づけるクロキリに、ミュリエルはそれこそ真横から呼びかけた。するとクロキリは何度も何度も頷く。

『なんと無垢《むく》で清らかなのか。輝いて見えるようだ。いや、実際輝いている。このような小さき身でも、清廉《せいれん》さと誇り高さを備えているのが如実にわかるではないか。素晴らしい……』

しかしその頷きは、ミュリエルの言った言葉ではなく自らの賛辞に対してのものらしい。も

う取り返しのないところにいる気がしたミュリエルは、小刻みに震えだした。

長い時間パートナーを求め続けていたクロキリが、やっと相手を見つけたと喜んでいる場合ではない。また、可愛い可愛い末の弟が未来で聖獣騎士になるのかと、思いを馳《は》せている場合でもない。ミュリエルの頭のなかは、よだれのことでいっぱいだ。

『おい、ミュー。サイラスが困ってる、説明してやれ』

アトラに鼻先で小突かれて、ミュリエルは緩慢な動きでサイラスを見た。よだれで埋まった脳では処理が追いつかず、どこから話せばいいのかわからない。

「ブ、ブ、ブチュチュさん……、ブチュチュさんに、なってしまいました……」

「……ん？」

そのため、かろうじて言葉になったのは、よだれのことだけだった。呆然とした顔でされたミュリエルの説明に、サイラスが首を傾げる。

『ミュリエル君、違う。ブチュチュだ！』

発言だけはミュリエルに向けるが、依然クロキリは張り付くようにシュナエルから視線を外さない。究極の近距離から、黄色い目で凝視している。控えめに言っても怖い。

「ブ、ブチュチュさん、でした……」

とりあえず、今のところミュリエルが口にしたのは、よだれのことだけになる。だが、察しのよいサイラスは理解できていたらしい。

「クロキリ、興奮してしまう気持ちもわかるが、少し落ち着けるだろうか」

　あまりに近い距離にいるクロキリの嘴を、サイラスがポンポンと叩いた。

「人間の赤子は脆《もろ》い。お前の羽毛が口や鼻に触れただけで、呼吸が困難になるほどに」

『っ!!』

　それまで何を話してもシュナエルとの距離を取らなかったクロキリが、急いで顔を引く。獣の顔色が変わることなどないのだが、人間であれば青くなっていただろう。

『な、な、なんだとっ!?　た、たた、大変だっ!!　シュ、シュナエル君、シュナエル君は、息、息をしているかっ!?　は、早く、早く確認してくれたまえっ!!　早く早くっ!!』

　近づけなくなったクロキリは、小刻みに震えている。大きな動きも危険かもしれないと考えたのだろうか、冬毛であるのに固めた体は極限までほっそりとしていた。

「大丈夫だ。目をあけて、機嫌もよさそうにしている」

　まだたいして見えない翠の瞳は、ぼんやりと辺りを映していた。ミュリエルの瞳と同じ色だが、赤子の瞳というのは大人と比べると澄み方が際立っている。薄い色をした冬の空すら、シュナエルの瞳を通して見ると鮮やかだ。そんな様子を確認すれば、ミュリエルも徐々に落ち着きを取り戻す。するとここで、再びシュナエルがよだれを泡ぶくにした。

『よ、呼んでいる!?　ワタシを呼んでいる！　だが！　か、顔を見せても平気かっ!?　どこまでなら平気だっ!?　し、指示をくれっ！　早急にっ！』

　自分より慌てている者がいると、より平静さが戻ってくるというものだ。ミュリエルは通訳の役目を余すことなく果たす。己が要領を得ない発言をしてもクロキリには届かないが、サイラスが冷静に伝えたことならクロキリの耳に届くのだ。ならば、ここはクーハンも持ってくれているサイラスに任せてしまった方がいい。

そもそも、ゆったりとした態度を崩さない我らが団長に、低く落ち着いた声で語りかけられると誰もが安心感を得るものだ。そんなサイラスから一つずつ説明されたことに頷いていれば、極限まで細くなっていたクロキリの体にも自然な厚みが戻ってくる。

だから程なくして、安心できる距離感で、誰も輪から外れることなくシュナエルを眺めることができるようになった。その段になって、クロキリがふと特務部隊の面々を見回した。

『皆に、聞きたいのだが……』

クロキリの顔はどこか不安そうだ。あまり見せたことのない表情だったため、全員の視線がクロキリに集まる。

『なんと表現するべきか……』

言い淀《よど》むクロキリは、シュナエルを見ては皆を見る。それを数度繰り返すと、一度グッと嘴を閉じてから細く鳴いた。

『こう、結び目が頼りない感じがするのだ。シュナエル君からワタシに向かって伸びる糸の撚《よ》りが、まだ甘いというか……』

いかにも頼りない鳴き声だったため、サイラスがミュリエルに視線で問いかけてくる。すぐさま通訳しているその間にも、聖獣達の会話は続いていた。

『は？　だってオマエ、瞬間的にわかったんだろ？』

『そうよね？　ビビビッって、感じちゃったんじゃないの？』

『この人しかいないって、強く思っちゃったんスよね？』

『お傍において、離れていかへんで、ってなったと違いますの？』

全員の同じような問いかけのすべてに、クロキリは肯定を示した。しかし、聖獣達は直感力に優れているからこそ、状況を上手《うま》く言葉にすることができないでいるらしい。

「シュナエルが赤ん坊だから、というくらいか。原因として思いつくのは」

こんな時、仮定であっても納得できる言葉を口にするのはサイラスだ。

「どんなに聡《さと》くても三歳頃、遅くても五歳といったところか。それまでは獣と違って人間は、物心すらつく前だ。自分のことすら曖昧《あいまい》では、他者を認識するのも難しいだろう」

ミュリエルは、ぽかんと口をあけた。もうそれが正解だと思う。そして、深い納得を得たことで、さらに一点ばかり確認をお願いしたいことが出てきた。

「あの……」

真面目な雰囲気のため言い出しづらいが、どうしてもここで白黒つけておきたい。

「ク、クロキリさんのお名前は、まだ決まったわけではない、ということで、よろしいでしょうか……？」

援護が欲しくてサイラスを見つめる。するとサイラスは鷹揚《おうよう》に頷いた。

「そうだな。シュナエルに分別がつくまでは、クロキリが名を得るのはお預けだろう」

当然だ、という確固たる返事の仕方に、ミュリエルの肩から力が抜ける。

『少し冷静になってみれば、ワタシとて、名前については長く憧れを抱いてきたのだ。気品のある名前をつけてもらいたい。気高く成長した、シュナエル君にな』

クロキリもすでにそのつもりだったらしく、ミュリエルは自身の杞憂《きゆう》に胸をなでおろした。

『気高く、か』

独り言を言うようにアトラが歯を鳴らす。赤い瞳が、どういう訳かミュリエルとシュナエルの間を行き来した。姉弟を見比べるようなその動きに、他の聖獣達も倣う。

『ミュリエル君、質問があるのだが……』

「は、はい？」

この流れで何を聞かれるかわからなかったミュリエルは、中途半端な笑みを浮かべた。

『キミの父上と母上は、どういった御仁だ？』

簡単な質問でホッとしたのも束《つか》の間で、いざ答えようとすると悩ましい。ミュリエルにとって大好きな両親のため、逆に端的に表現することが難しいのだ。考えはじめると時間がかかりそうになり、ミュリエルはあっさりとサイラスに助けを求めた。

「そうだな、義父上《ちちうえ》はミュリエルとよく似ている。義母上はおおらかでいて、一見すると雰囲気はミュリエルと近い。だがその実、似ているのはリュカエルになるのだろうな」

すると、即座にサイラスは答えてみせる。その答えは、ミュリエルにとって目新しさがあった。自分以外の者の目から見た家族の様子に、目の覚めるような新鮮な気持ちになった。

「ノルト家はとても温かい家族だから、シュナエルもきっと、ミュリエルのようにいい子に育つだろう」

柔らかな紫の瞳が、ミュリエルを映している。

「い、いい子？」

「そう、いい子」

ミュリエル自身を褒めてもらえるのは、もちろん嬉しい。しかし、家族をまとめてとなるとサイラスに出会うより前の時間も含めて褒めてもらえた気がして、嬉しさはひとしおだ。感激に頬を染めたミュリエルは、瞳を潤ませると両手で口もとを押さえる。

「これほどいい子は、他になかなかいないだろう？」

しかもサイラスは、周りにいるアトラ達に向けてまで同意を求めた。そしてさらに嬉しいことに、期待に満ち満ちた翠の瞳を前にしてもとくに気負うことなく、全員が頷いている。感極まったミュリエルは、押さえた口から堪えきれなかった喜びの奇声を漏らした。とはいえ、このままよい話で終われないのが、庭の掟《おきて》といってもいいだろう。

『確かに、ミュリエル君はいい子だ。それについては、ワタシもケチをつける気はない』

クロキリの発言は肯定的だ。しかし、このあとに反語が来るのは想像に難くない。

『気高さについてもワタシ自身が補うとすれば、あとは温かい家庭であればよいとも思う。だが、どうしても……、どうしてももう一つ、気になることがあるのだ』

もったいぶった言い方に、当然全員の視線が集まった。黄色い目が意味深に皆を順に眺めていく。誰もが次の言葉に集中すると、そこでやっとクロキリはひと声鳴いた。

で通訳する。

深刻さを表現するためか、ぐっと低く囀りが響く。特務部隊の面々の表情が、一瞬にして静まった。サイラスには、恥を忍んだミュリエルが仲間外れはよくないという一心で、一拍遅れで通訳する。

『運動能力、についてだ』

『シュナエル君はワタシの背に乗るのだぞ？　運動能力のよし悪しは、ノルト家において二分の一の確率、か……？　も、もし、ミュリエル君ほど鈍臭さかったら、どう、する……？』

アトラ達の沈黙こそ、答えだ。喜びから一転して不甲斐《ふがい》なさに落ち込んだミュリエルは、うつむいた。そんなミュリエルの顔を、サイラスが首を傾げるようにしてのぞいてくる。その顔は、心底愛しげだった。

「大丈夫だ。私はそんな君が、とても可愛い」

先程とは違う意味で潤んでいる翠の瞳で見上げたミュリエルは、言われた台詞を噛み締めた。しかし、噛み締めるべきではなかったのだ。そのせいで気づいてしまったことがある。

『おい、サイラス。可愛いと思う気持ちが、先に立ちすぎてるぞ。しっかりしろ。オマエなら、もっといい言い回しで慰められるだろ』

そう、サイラスの慰める雰囲気を持った発言は実のところ、ミュリエルの絶望的な運動能力について全肯定している。ミュリエルは、潤んだ瞳でキュッと唇をすぼめた。

『いいの、いいのよ！　苦手なことがあるのも愛嬌《あいきょう》よ！　その顔だって可愛いわ！』

変な顔になっている自覚があるため、レグに慰められても微妙な気持ちだ。しかも、シュナエルの運動能力が死活問題であるクロキリから、追撃がなされる。

『可愛いだけでは背に乗れん。思い出してみるのだ。ミュリエル君の走りを。そして、走りを見せたあとの得意そうな顔を』

　発言に促され、誰もがその時のことを思い浮かべたのだろう。

「……いいのですよ、皆さん。どうぞ、笑ってください」

　ミュリエルは両手で、そっと顔を覆い隠した。視界を遮《さえぎ》る前に見えた皆は、そろってこちらを見ていた。その視線が、いたたまれなさすぎる。

『オレは笑わねぇ。いいんだよ、それで。一生懸命なミューを、オレも可愛いと思ってる』

「っ!?」

　ところが、アトラのまさかの発言で、ミュリエルは勢いよく顔を上げることになった。

『あぁ、あらあら！　アトラが素直だなんて！　これは事件、大事件よっ！』

　そこにすかさず、からかいの鼻息を吹き出したのはレグだ。ギンッと赤い目が鋭くなったのは言うまでもない。

『うるせぇな。じゃあ、この場でミューのこと可愛くないと思ってるヤツ、いんのかよ？』

『いないわね！』

『なら、文句ねぇだろうが』

『文句なんかないわよぉ。ただ、アトラがはっきり「可愛い」なんて言うからぁ！』

『あぁん？　可愛いもんを可愛いって言うことの何が悪いんだよ！』

『悪くもないわよ？　悪いはずないじゃない！　悪くはないのよ？　悪くはね！』

からかうレグに即座にアトラが言い返せば、繰り広げられる会話はどこまでもテンポがいい。ただし、言葉を重ねるほどに勢いが増してくると、賑《にぎ》やかだと眺めていられないほどの迫力が出てくる。本来であればミュリエルがアトラに抱きつきさえすれば、簡単に平和的解決を迎えるところだ。しかし、売り言葉に買い言葉のなかで何度も可愛いと連呼され続けたミュリエルは、この時気絶寸前だった。はっはっと短い呼吸を必死でしても、嬉しさのあまり生じた胸の苦しさは軽減されず、動悸《どうき》は増すばかりだ。

とはいえ、ふらりと目眩《めまい》をおこしても、サイラスが受け止めてくれるから安心ではある。クーハンに入れられたシュナエルを片手に引き受けつつ、ミュリエルを抱き留めるもう片手だって少しも揺るがない。だが、こうなってくると困るのは、強面白ウサギと巨大イノシシの仲裁役が不在となることだろう。

『お、おい！　アトラ君の大きな歯音も控えてほしいが、レグ君の激しい鼻息は即刻やめてくれないか！　シュナエル君の絹糸のような産毛が、そよいでしまっている！　これは風があたっているのではないか⁉　ほら、ミュリエル君！　気絶している場合ではないぞ！　そしてサイラス君！　言い合っている彼らから、迅速に距離を取るのだ！　い、いいや、まずはワタシが盾になろう！　全力でな！』

シュナエルの産毛がそよいだことでヒュッと細身になったクロキリは、息継ぎなく言い終えると、すぐさま盾に相応《ふさわ》しく限界まで羽毛を膨張させた。その時点で、アトラとレグの勢いを防ぐには十分だ。だから、クロキリの言葉がわからないサイラスは、ミュリエルとシュナエルを両手に抱えたまま動かない。するとクロキリはもどかしさからか、ふくらんだ体のまま屈伸運動を開始した。幼いパートナーのことを慮《おもんぱか》っているからか、動きはひどくゆっくりだ。

冬の空気が満ちる庭。上下に揺れるまん丸いタカを中心に、片手に赤子もう片手に婚約者を抱えた美丈夫と、歯音と鼻息で合戦をする強面白ウサギと巨大イノシシがいる。

『ブファッ!! ご、ご、ごめんなさいっス！　が、我慢しようと思ったんスけど、ブフッ!!』

『いやゃぁ、レグさんみたいな鼻息吹かんといて、スジオはん！　めっちゃおもろい〜！』

ある意味外野にいるスジオとロロは呑気《のんき》なものだ。ミュリエルの気絶は長く、現場は混沌《こんとん》としている。しかし、今日のような混沌ならば、幸せなものだと言えるのだろう。

◇◇◇

「ずいぶん、充実した一日だったな」

「は、はい、とても濃い一日でした」

日がすっかり落ちてから、サイラスとミュリエルはエイカー公爵家の馬車に乗り込んだ。一時は混沌めいた庭から引き上げたあとも、この日の二人はいつもと違った意味で忙しかったのだ。理由は、流れていた数日分の予定をつめ込んだからに他ならない。

まずはシュナエルを両親共々ノルト家に送り届けると、そのまま結婚式の衣装の相談をする。

そして、合間を縫うように街で短時間のデートを楽しんでから、エイカー公爵家に移動して式の打ち合わせまですませた。

聖獣番としても元引きこもりとしても、ミュリエルは決まった毎日を過ごしがちだ。そのため、今日のように色んな予定をいっぺんにこなすと、最初にあった出来事がずいぶん前にあったことのように感じてしまう。ただし衝撃の度合いで言えば、最初の出来事こそ一番強い。

「ま、まさか、シュナエルが、クロキリさんのパートナーに選ばれるなんて……」

長い外出はまだ控えたいシュナエルを、いざ帰宅させようとした時も大変だった。言葉は理性的でも体が真逆の行動を取ってしまうクロキリを止めるため、レグが再び尾羽を踏むはめになったのだ。周りにアトラ達がいたため帰ってこられたし、クロキリも庭にとどまったが、特務部隊の面々がいなかったら大騒動になっていただろう。

(サイラス様が定期的に会えるよう、方法を考えてくださることになったけれど……)

何事も任せて安心なサイラスがそう言ったのなら、丸く収まることは約束されている。両親への取りなしも、同じく万事恙《つつが》なくこなしてくれるだろう。ただし、最終的によい着地となっても、聖獣相手の場合はその過程にひと悶着《もんちゃく》あることが多い。

赤子をパートナーと見定めてしまったクロキリの今後については、少し考えるだけでも心配ばかりだ。そして諸々《もろもろ》を加味すると、赤子のうちにパートナーと見定められてしまったシュナエルの方が、より心配になってくる。

「低年齢で聖獣と絆《きずな》を結ぶ前例は、あるにはある。だが、物心もつかない赤子というのは、私が知る限り記録にもないだろう。あとで、リーン殿にも確認してみる。だから、そんな難しい顔をしなくても大丈夫だ」

　知らず知らずのうちに眉に力が入ってしまっていたミュリエルは、サイラスに指で眉間をつつかれてしまった。自分でも、慌ててしわを揉みほぐす。

（そ、そうよね。私が一人でもんもんと考えていても、何かが解決するわけではないし……）

　こういう時は深刻になりすぎずに、大きく構えた方が上手くいく。ミュリエルはそれを、聖獣達の傍でよく学んできたつもりだ。だから、深く息を吸ってから同じ分だけ吐き出して心を落ち着けた。空っぽになった肺に前向きな気持ちを吸い込めば、クロキリとシュナエルが絆を結ぶ未来に向かうことを、喜ばしいと素直に思える。

「疲れてしまったか？」

「い、いえ、大丈夫です」

　気遣ってくれるサイラスに、ミュリエルは笑みを返した。サイラスに聞かれた内容は、クロキリとシュナエルのことだけではなく、その後にこなした結婚式のあれやこれやが含まれているのだろう。もちろん、慣れないことをして疲れてはいる。だが、ずっと隣にはサイラスがいてくれた。しかも、式について決めなければならない諸々に、ミュリエルが尻込みするような事柄は一つも含まれていなかった。

（だって、私が決めやすいように色々なことを、サイラス様とお母様でそろえてくださったあとだったのだもの……）

実家でも公爵家でも、ミュリエルが一から決めることはなく、ある程度絞られた選択肢が用意されていた。あまりに好みを熟知した提示だったため、目移りしてしまうことにこそ困ったほどだ。ぼんやりとして具体的なことを何もしてこなかった己は、密《ひそ》かに連携をとって進めてくれていたサイラスと母に、全力で感謝を伝えたのは言うまでもない。だから、公爵家の座り心地のよい馬車の座面に沈む体は、多くの予定を大きく前進させた満足感でいっぱいだ。

「遅くなってしまったが、アトラからお叱りを受けることはないし、慌てずに帰ろう」

ミュリエルは思わずふふっと笑った。予定のつめ込み具合から遅くなることが確実だったため、すでにサイラスが白ウサギに対して門限の解除を願い出てくれている。

「そうですね。それに、なんと言っても今日はお土産《みやげ》があります！」

ミュリエルは向かいの席に置かれている荷物を見て、頬を緩めた。街にデートにおりた際、先日影絵を見てから絵本を購入した出店にもまた足を向けた。すると、絵本の内容に即した影絵セットも並んでいたのだ。すぐさま手に取ったのは言うまでもない。

「今夜は、アトラのところで寝るのだろうか？」

「っ！　あ、あの、えっと、サ、サイラス様もいらっしゃるのなら……」

楽しい土産に思いを馳せていたところで聞かれて、ミュリエルはしどろもどろになった。せっかくの遠回しなお誘いに、直接的な返事をしてしまう。

「では、寝る前に一緒に披露しようか」

それなのに、どうやら同衾《どうきん》というよりはお土産を一緒に楽しむお誘いだったらしい。ミュリエルは瞬間的にふくらんだ羞恥《しゅうち》に蓋をして、影絵を披露することへ意識的に気持ちを向ける。

（リ、リーン様が作った絵本に、竜と花嫁の切り絵、それにランプとオルゴール……）

見せ方は工夫するつもりだ。光源から離して切り絵をかざせば、影は大きく映る。もともと体の大きな聖獣達も、獣舎の壁いっぱいに大きな竜の影が現われれば驚いてくれるはずだ。

「は、はしゃいでしまって、眠れなくなりそうです……」

騒がしくなる想像は容易で、楽しい時間になることは間違いなく、それを期待したミュリエルの口もとは緩む。すると隣から、喉《のど》を低く鳴らすような控えめな笑い声が聞こえた。

「ならば、君が買ってくれたマグカップに温かいものを入れて、一緒に飲みながら夜を過ごせばいい」

サイラスの言葉で、ミュリエルはせっかく買ったのに出番のないマグカップのことを思い出した。寝る前に甘いものはよくないが、今夜口にするのなら砂糖もミルクもたっぷり入った紅茶がいい。白ウサギを背にしていても厚着をしていても、サイラスとミュリエルはくっついて一つの毛布にくるまるだろう。それを聖獣達にからかわれれば、楽しい夜は長くなる。

とはいえ、帰りつくまではこうしてサイラスと並んで座ったまま、しばしゆったりとした時間を過ごすことになるだろう。心地よい疲労感に満たされた体と、馬車の揺れは相性がいい。

姿勢を保っていたはずの背中から力が抜けてしまいそうになれば、サイラスが栗色の髪をなでるついでに頭を引きよせて、肩を貸してくれた。頭を肩に乗せたままサイラスを見上げれば、紫の瞳が柔らかく微笑んでいる。

面映《おもは》ゆさにむずがりながらも、ミュリエルは頭をよりよい位置にずらした。すると、今度は挟まった腕が窮屈だ。それはサイラスも感じたらしい。だから言葉もなく、互いに腕を絡ませるようにして手を繋いだ。

それからしばらくは、馬車の音だけを聞く時間だ。互いの体温と心音を感じながら、ミュリエルは繋いだ指先を飽きずに見つめ続ける。

夕闇《ゆうやみ》を映す窓が時折、街灯の光を緩やかに拾っていく。馬車が絶えず車輪を回しているが、夜の色が落ちた景色はどれだけ進んでも、まるで影絵が巡っているように同じだった。

「静か、ですね……」

ミュリエルは呟いた。ここ最近、並行しておこった色々なことに手一杯になっている間も、サイラスと二人きりになった瞬間がなかったわけではない。しかし、短い逢瀬《おうせ》だけでこれほどゆったりとした時間ではなかった。

すると、にわかに甘えたい気持ちがふくらんでくる。ミュリエルは少し動かしただけという面目が立つ程度、繋いだ手の親指でサイラスの親指の爪の縁をなぞった。

「寂しくなってしまったか？　君の家族は、いつ会っても賑やかで温かいから……」

わずかに動かしたミュリエルの親指に、サイラスが指の絡め方がより深くなるように手を繋ぎ直す。少し力の入った男の人らしい指先を見ていたミュリエルは、視線を上げた。

「あ、あの……」

こちらを見ているサイラスは、困ったように微笑んでいた。すぐに上手く言葉にできないのが、もどかしくなる眼差しだ。ミュリエルが甘えたくなったのは、賑やかなノルト伯爵家をあとにして、二人で馬車に乗っているからではない。むしろ、やっと二人きりになれたのだから、サイラスにこそ甘えたいのだ。ただし、言葉が整理できたところで、ミュリエルの口から出たのは別の台詞だった。

「わ、私が、もうすぐサイラス様の、家族になりますので……！」

しかし、音にしてしまってから、この返事こそ今のサイラスに対してするべきものだったと強く思った。家族の縁が希薄だと静かに語った時の顔と、重なって見えたからかもしれない。

そんな顔を見てしまえば、雰囲気を重視して甘えている場合ではないだろう。多少問いに対する答えとずれていたとしても、将来を共にすると約束した人、その大切なサイラスの気持ちを軽くするための言葉を口にすることが、己にとっての大事となる。

「家族、か……」

ほとんど動かさない唇から呟きが落ちて、ミュリエルはコクコクと頷いた。

「け、結婚したばかりは、夫婦二人だけの家族になりますが……。こ、子供が生まれれば、サイラス様はお父様にだってなれます……！」

ミュリエルは力説した。繋いでいる手にもう片方の手を乗せ、サイラスの手の甲を温める。

（そ、そうよ。だって、少し想像しただけでも、サイラス様は素敵なお父様だったもの！）

母の見舞いに向かったあの日、ミュリエルが想像したのはわずかな渋みを醸すようになったサイラスだった。その年を重ねた佇《たたず》まいには、今の婚約者であるサイラスを「お父様」と間違えて呼んでしまうほどの魅力があった。しかも、息子に向ける眼差しや掌は愛情深く、どこからどう見ても素敵な父子でしかなかった。ならば、そこに何かと手のかかる己が母親として加われば、賑やかさも添えられるだろう。仲の良い家族の出来上がりである。

「あっ。そ、そうでした。大事なことなのですが、私としましては子供が一人っ子だと心配が多いので、二人以上がいいかな、なんて思っています」

想像のなかの息子に妹か弟を強請られたことまで思い出し、ミュリエルは何もない空中を見ながら微笑んだ。

「きっと家族四人、楽しい毎日が過ごせますよ？　アトラさん達も一緒なら、そんな幸せなことってありませんよね。皆さんなら、喜んで子供のことも可愛がってくれそうですし！」

希望あふれる未来を想像する翠の瞳は、いかにも楽しげだ。しかし、そこでミュリエルはふとサイラスを見た。気づけばずっと返事がない。すると紫の瞳は、驚いたように丸くなっているではないか。気持ちが急くせいで独りよがりになっていたことに、ミュリエルはじわじわと恥ずかしくなった。サイラスが静かだったからこそ、さらに差が強調されるようだ。

「あ、あの、サイラス、様……？」

何も反応を返してくれないことに、とうとう我慢できなくなり名前を呼ぶ。

「子供は二人以上か、なるほど……」

催促したことで返事があり、ミュリエルは一応の安心を得た。ところが、思案するような綺麗な横顔には、何か含むものがありそうだ。

「……君となら、私も温かい家庭を築けるだろう」

「は、はい！　一緒に温かくて賑やかな、素敵な家族になりましょうね！」

しかし、こちらを再び向いたサイラスは、穏やかに微笑んでいた。だから、ミュリエルは今度こそ安心すると輪をかけてニコニコと笑った。

「それでは、君が想像したものを、私にも教えてくれないか？」

「えっ？」

「君がどんな家族を想像したのか、とても興味がある」

ミュリエルの頭のなかで、即座に己の妄想など話してよいものか、と問う声が響いた。ところが、目の前のサイラスは、話してくれるのを少しも疑わない様子で待っている。

（は、話すの……？　わ、私が思い浮かべたものを、サ、サイラス様、に……？）

少し賢くなったミュリエルは、それが色んなものに抵触しないかいったん考えた。自分基準では問題ないように思う。ならば口にしてもよいかもしれない。何より、サイラス基準で問題があったのなら、先に止めてもらえる利点がある。それは今後の家内安全にも繋がるだろう。

「あの、えっと……。サ、サイラス様と私と、五歳くらいになるサイラス様似の男の子を、想像していたのですが……。場所は天気のよいお庭で……」

かくして、ミュリエルによる妄想劇場が幕をあける。しかし、観客であるサイラスを意識した話運びだったのは、冒頭だけだった。想像が捗《はかど》れば捗るほどにミュリエルの口数はまばらになり、代わりに鮮明になった脳内登場人物の口数が増える。脇道だと気づかずに直進しはじめてしまえば、もう完全に想像の世界の住人だ。そして、気の長いサイラスがミュリエルを眺めることに楽しみを見いだしてしまうせいで、歯止めをかける者がいない。

「ねぇ、母様？　約束してくださった弟妹は、まだですか？」

サイラス似の息子がそんな台詞を口にした頃には、ミュリエルは自らがいる場所すら、夜道を走る馬車内から、真昼のうららかな花あふれる温室に変換していた。

「そうね。赤ちゃんは、神様からの授かりものと言うから……」

「それなら僕、張りきって毎日お祈りしてみるよ！」

「まぁ！　ふふふっ、張りきって？」

「うん、そう！　張りきって、頑張って、いっぱいお祈りする！」

よい兄になると胸を張る息子は、椅子《いす》に座った母の膝に甘えながら見上げてくる。その愛らしさに、母親は柔らかな黒髪をいっそう優しくなでた。気持ちよさそうに目を閉じた息子だが、この年頃に違《たが》わず落ち着きはないようだ。突然、ぱっと身を起こした。

「ね？　父様も一緒に！」

そう言っていつの間にか傍らに立つ父親を見上げ、手を伸ばす。

「あぁ、そうだな」

優しく微笑みながら約束をしてくれた父親に、息子は笑い声をあげた。

「期待に応えるために、頑張らなくては、な」

父親の視線は息子にあるし、大きな掌は低い位置にある頭をなでている。しかし、言葉を発した唇は、屈《かが》んでいるために母親の耳もとにこそ近かった。

わずかな風が吹き、花弁《かべん》が散る。温室であればなんら不思議はないものの、ひらりと舞ったその花弁《はなびら》は、団欒《だんらん》の時間には似合わぬ黒薔薇《くろばら》だった。

「ミュリエル」

己の名前が、睦言《むつごと》だと勘違いしてしまうほどの甘さをすでに含んでいる。椅子の背もたれに手をかけて、妻ミュリエルの顔をのぞき込んだ夫サイラスの紫の瞳も、当然甘い。

「今宵《こよい》は、月を一緒に眺めないか？」

サイラスはまるで、秘密の悪戯《いたずら》に誘うようにこっそり囁《ささや》く。ぎこちない動きでミュリエルが顔を向ければ、そこにはゆらゆらと色を揺らす紫の瞳があった。

「できれば、白くなっていく月を、君と見てから眠りたい」

また一片《ひとひら》、黒い花弁が舞い落ちる。その瞬間、様々な花であふれていた温室が、まるで魔法のように黒薔薇だけで染め替えられた。それでも、ひときわ美しいのは紫の瞳だ。長い睫《まつ》毛《げ》の先に、煌《きら》めくように色気が灯《とも》っている。色と香りに惑って思わず目を閉じてしまえば、開いた時には世界までもが潤んでいた。

ミュリエルは小さく震えだした。サイラスの色気にはずいぶん慣れたはずで、背中に手を添えられた程度では、これほどの震えに襲われるのもおかしいと自分でもわかる。では、なぜこれほどまでに羞恥心を覚えるのか。

（わ、わ、わかりそうで、わからないの……、だ、だって……、……、……）

妻となった己は、サイラスと明けゆく空に残る白い月を、どのように眺めるのだろうか。夜空へ黄色く昇った月は、明け方には白くかすれゆく。今のミュリエルにとっては多くを眠って過ごすだけの、隙間でしかない時間だ。しかし、夫婦であったのなら。

「ミュリエル？」

冷えた空気に慣れた耳に、熱い吐息がふわりと触れた。

「っ⁉　い、いい、いけませんっ！　こ、子供がっ、子供が見ていますっ！」

限界を迎えたミュリエルの、妄想に染まりきった台詞が飛び出した。現実においては、そろそろ戻ってほしくなったサイラスが、顔をよせるようにしてミュリエルをのぞき込んでいるところだ。ただ、耳に吐息がかかったのは意図的ではなかったらしい。その証拠に、突然強く制止されたことを普通に驚いている。

「す、すみません……。し、少々、想像の世界に、没頭しすぎました……」

お父様と間違えて呼んでしまうのと並べて、同じ種類の恥ずかしさだ。繋いでいた手に力を入れると、ミュリエルは触れ合う肩に向かって顔を隠した。

「いや、私は嬉しく思っていたところだ。君が知り、思い描く家族が、とても幸せそうだと伝わってきたから。何よりそこに、当然のように私がいるのだということも」

ミュリエルが顔を見せようとしないからか、伏せるその頭を枕《まくら》にするように、サイラスが頬を預けてくる。後頭部から伝わってくるのは笑いの気配だ。ただし、からかうのではなく、それは満ち足りたような温かい微笑みの気配だ。

あまり上手に伝えられた気がしなかったが、ミュリエルの扱いに慣れたサイラスには通じたらしい。サイラスの心が少しでも慰められたのなら、己のはた迷惑な妄想も時には役に立つことがあると思える。

「今の私では、君の想像を借りることしかできない。だが……」

そして、サイラスもまた、家族に思いを馳せはじめる。先程までのミュリエルと同じで、聞かせるというよりは、独り言のような呟きだ。ならば今度は自分が聞く番だ、とミュリエルは静かな声に耳を傾けながらゆったりと体を預けた。

「いつかの、未来になったのなら……」

それなのに、不意に栗色の後れ毛を長い指ですくわれてしまい、ピクリと肩を揺らす。しかしそれは、考え事に気を取られた者の、意識の外にある指の動きに思えた。単調にただクルクルと髪を絡め取る動きは、トントンと机でリズムを取るのに似ている。

「とても、温かく」

そして、意識の外にある指先は悪戯に遠慮がない。髪を巻きつけては逃がす遊びを繰り返し、ついでのように何度も首筋をなで上げる。

「どこまでも、深く」

せっかくサイラスが幸せな想像をしているのだから、ミュリエルは我慢しようと思った。しかし、指先のもたらす動きはかすかなものでも、重ねられた分だけ肌の疼《うず》きは深くなる。

「包んでくれる、その形に……」

悪戯な指は栗色の髪をいいようにしただけでは飽き足らず、耳朶《じだ》の感触さえ楽しみはじめた。それを呼び水にして、首筋に広がっていた疼きは背中をおり、体の奥に溜《た》まっていく。

「私の身が、馴染《なじ》んだらいい……。それなしでは、生きられないほどに……」

指が、耳の形をたどって縁をつまむ。耐えがたくなって声をあげようとした先は、ほんの少し爪があたった痛みによって遮られた。

「それでもまずは……。君と私、夫婦二人の時間を大切にしたい」

しかし、すぐさま痛みを散らすように、吐息と間違えてしまうほどの囁きが余すことなくミュリエルのなかに注がれた。温度などないはずのそれは、とても熱い。体にとどめていることがつらくて、翠の瞳はどんどん潤んでいく。

（も、もう、無理です……！）

一人ではどうにもできなくて、ミュリエルは頬を火照らせながらおずおずと顔を上げた。小さく震えながらすがる相手は、サイラスしかいない。

「サ、サイラス、様……」

至近距離にある紫の瞳に懇願する。呟きが触れるほど近く、二人の瞳が視線を結んだ。それは、恋人同士が口づけを誘う距離でもある。

「……いけないよ、ミュリエル。その目は私を、試す目だ」

「っ！」

まるで困った子を諭すような顔をしながら言われたミュリエルは、涙の膜が張った翠の瞳を見開いた。

「試した結果、私が悪い男であったのなら……。責任を取るのは、君自身になる」

「っ!?」

しかもこれでは、自分を悪い男と言いながら、いかにもミュリエルの方が悪いという口振りではないか。サイラスの邪魔はいけないと、己は大人しく我慢して待っていただけなのに。

あんまりな仕打ちに、ミュリエルの体の震えが大きくなる。それと同時に、涙は決壊寸前まで盛り上がった。体に溜め込んだ熱もこのままではあふれてしまいそうで、色んなものがもう限界だ。

「ぜ、全部、サイラス様がっ、サイラス様がいけないと思います……！」

思いの丈を口にできたのは、熱で頭が沸騰していつものようにぐるぐると余計なことを考えられなくなっていたからかもしれない。さらにミュリエルは、いまだ己の首筋と耳に悪戯を続けている大きな手を捕獲した。

「こ、このっ、この手が、ずっと私をくすぐっていたんです！　私はそれを、我慢していただけなのに……！」

サイラスは手をつかまれてはじめて、自身の指がミュリエルを愛《め》でていたことに気づいたらしい。紫の瞳が信じられないというように、自分の手と今にも涙を零しそうな翠の瞳を見比べている。普通に考えてもひどいと思う。しかも、朝はいい子だと言ったその口で、夜にはあたかも悪い男を作る悪い子なのだと言ったのだ。

「……すまなかった。ぜんぶ、私が悪かった」

サイラスの謝罪は早かった。ミュリエルは鼻をぐずつかせる。泣きだしてはいないが顔をあまり見られたくなくて、広い胸に埋めて隠した。するとサイラスは緩く抱き締めると、背に回した手でトントンとミュリエルをあやしにかかる。それでも黙ったままでいれば、揺らされ、さすられ、しばらくしてまたトントンに戻る。

「機嫌を……、直してもらうにはどうしたらいい？　もう城についてしまう」

カタンと今までと違う音を立てて、馬車が城へ架かる橋を渡っている。しばらくは二人きりだと思っていたのに、いつの間にかその時間はあといかほども残っていないようだ。

「仲直りに、口づけは必要ないだろうか？」

聞くだけ聞いたサイラスの唇が、うつむいたままのミュリエルのつむじに触れた。それに誘われるようにおずおずと顔を上げていけば、続けて額に、目尻《めじり》に、鼻にと次々に唇が落ちてくる。

ご機嫌取りだとわかる、可愛いキスの雨だ。それらは一巡では終わらずに、気ままに何度も降り注ぐ。しかし、唇と唇が触れるには、ミュリエルがもっとあごを上げる必要があった。

カタタンと鳴った車輪の音が、今度は橋を渡り終えたことを教えてくれる。ミュリエルとて、二人きりの時間がおしいのだ。ならば、自分からこのあごを上げなくてはならない。

「……と、とても」

「とても？」

緩くあやしていただけの腕に力が込められる。抱きすくめるようにされたことで、サイラスの顔がミュリエルの肩口に埋まり、代わりにミュリエルの唇はサイラスの耳もとに近づく。恥ずかしくて声が小さくなっても、これなら聞き取ってもらえるだろう。途端に体の奥にあった熱が込み上げる。

「とてもっ……、……、……、ひ、必要だと、思い、ます……」

「私もそう思う」

身じろぎできるだけのわずかな隙間で、ミュリエルは横を向くように、サイラスは首を傾げるようにして見つめ合った。どちらの瞳にも、同じ熱がある。

ミュリエルはいい子のため、睫毛を震わせながらもそっと目を閉じた。それから、あごを上げ、息をつき、わずかに唇をほころばせる。あとは待つだけだ。サイラスの唇が触れるのを。

ふっ、と吐息を食むように、柔らかさを確かめる口づけが一つ、落とされる。すぐ離れ、わざとリップ音を鳴らして、もう一つ。

「どうやら、城の門をくぐったようだ……」

「は、はい……」

わずかに離れたその隙間に告げられて、ミュリエルの意識はのぼせるまえに繋ぎ止められた。しかし、そこへもう一つ、すぐさま伏せ気味のまぶたの上に口づけられる。サイラスの唇はそのまま目尻に滑り、またリップ音を鳴らした。

触れる場所も触れ方も、先程のご機嫌とりのキスとあまり変わらない。それなのに、肌に感じる吐息の熱さが増していくせいで、心臓がどんどんうるさくなっていく。

続けて頬に口づけられれば、耳に黒髪がかすってくすぐったい。首をすくめれば、至近距離にある紫の瞳と目が合った。ドキドキと心臓の音を耳で感じながら、色を濃くして艶《つや》めく瞳に互いだけを映す。間近で見つめ合うだけで息が苦しくなってきて、ミュリエルは耐えられずにゆっくりと目を閉じた。閉じるその速度に合わせて顔をよせ、唇と唇が触れる。

「街の灯《あか》りが、窓に映っているな……」

「……えっ？　あか、り……？」

それなのに、二人の吐息が重なるそこでサイラスが再び呟く。全身に巡る熱に身を委ねようとしていたミュリエルは、その少し手前の潤んだ瞳をぼんやりとあけた。定まらない視線で窓を見れば、高台にある城から見下ろせる、いくつもの街の灯りが硝子《ガラス》に小さく映っている。

他所見《よそみ》をしたミュリエルの眉尻《まゆじり》に、サイラスの唇が触れた。街灯りよりも唇のことの方が気になるミュリエルは、喉をそらして柔らかい熱を追いかける。ところが、すぐさま触れると思った唇は、肩透かしのようにあごに落ちた。

「あの、サイラス、様……？」

いつもと違うと感じる触れ合いに疑問を持っても、どう聞けばいいかわからない。そのためほんの少し不安げに、ミュリエルは首を傾げた。

「……悪い男にならないように、とても、気をつけているところだ」

紫の瞳は熱を持って艶めき、目もとにも睫毛の先にも色気が灯る。滴《したた》るほどの色香をまといながらも、サイラスはミュリエルの鼻の頭に口づけた。ことさら可愛らしくリップ音が鳴り、ミュリエルはパチパチッと瞬きをする。

「協力、してくれるだろうか……？」

ゆったりと深まる微笑みに、黒薔薇の香りが広がる。いつもよりずっと物事の考えられる状態にあったミュリエルはこの時、なんとなくサイラスの言わんとしていることを感じ取った。

求められているのは、悪い男を作る悪い子にならないことだろう。キュッと広い胸もとにつかまりながら小さく頷けば、サイラスはふっと笑ってからミュリエルの唇の端に口づけた。

「では、互いに健闘を祈ろう」

そして顔を離すと、やっと唇に唇が触れる。しかし、あまりに軽いキスだったため、あとを追うようにミュリエルのあごが上がってしまった。それにまた微笑んだサイラスが、顔に角度をつけるとやや深く唇を重ねる。とはいえ、健闘を祈り合ったために、離れるのはいつもよりずっと早い。

「そろそろ、つくだろう……」

「は、い……、あっ」

柔らかさと熱さを感じられる口づけが、顔のいたるところに降ってくる。くすぐったくてミュリエルが身をよじると、顔をよせていたサイラスの頬を意図せず唇がかすめた。パチリと互いに瞬いて見つめてみれば、どちらからともなく微笑んで互いに唇をよせていく。サイラスはミュリエルの下のまぶたに、ミュリエルはサイラスのあごのラインに。

たまに唇と唇が触れれば、どうしてももっとと求めてしまう。その時は、わずかに離れたその隙間で見つめ合い、車輪の音に今を知る。

「もう、馬車が止まりそうだ……」

「は……、い……、んっ……」

深くすることを、制限したからだろうか。相手へ想いを伝える手段が、数を重ねることへと代わっている。どちらかが見誤って、口づけし損なうことすら幸せだ。面映ゆさにおでこを合わせて目を伏せると、潰れた前髪がくすぐったい。触れた鼻先でキスの真似事《まねごと》をすれば、好きな気持ちはどこまでもあふれた。だからまた、吐息に誘われて目をつぶり、唇を贈るのだ。

可愛らしく仲良しな口づけでも、二人の熱はどこまでも生まれてこもる。いつしか馬車の窓は白く曇り、遠くにある街の灯りは水滴に濡れてささやかに煌めいていた。冬の夜にしか見られないそれも、今の二人の目には映らない。緩やかに止まった馬車は、城の尖塔《せんとう》から顔を出した月に見下ろされている。まだ白くなるには遠い、黄色い月に。

それでも、今だけは――。

あと少しだけ、口づけの雨が降りますように。言葉もなく触れては離れる相手の唇が、次にどこに触れるのか、それに応えることがとても幸せだから。

エピローグ

齢《よわい》二十六にして、ここワーズワース王国のエイカー公爵であり聖獣騎士団団長でもあるサイラス・エイカーは、腕に意識はあるもののひどくぼんやりとしてしまった婚約者を抱き、馬車を降りたその足で執務室に向かっていた。しかし、途中で思い直して方向転換をする。

せっかく馬車で健闘したというのに、誰《だれ》もいない執務室に連れ込むなど本末転倒だ。思いついた代案は、遅い時間でも送り届けることが許される、女性棟の入り口になる。

（これでは、繰り返し城につくと口にした意味も、深い口づけを我慢した意味もない……）

有限の状況を意識することで理性を繋《つな》ぎ止め、口づけとて回数は重ねたが深く触れることはしなかった。しかし結局、ミュリエルにはすぎた触れ合いになってしまったようだ。

最初は、互いに心地よい程度に仲良くできていたはずだ。気遣う言葉に隠して己自身が気がかりにしているのだと、逆に気づかされた時は胸をつかれたし、ミュリエルの口を通して語られる温かい家族像には、心の深いところが癒《いや》されると感じた。

しかし、雲行きが怪しくなったのはここからだ。ふと、思ってしまったのだ。もしかしたらこの初心《うぶ》な婚約者は、その手前にある諸々《もろもろ》に実感を抱いていないのではないか、と。

さりとて、あの狭い馬車でそれを指摘して多少意識させられたとしても、それはそれでサイラス自身も都合が悪い。だから、聞かされた温かなもので己の心を満たしてしまおうと、ミュリエルからもたらされた想像に想いを馳《は》せたというのに。

（私の、手が……）

サイラスはミュリエルを抱く自らの両手を見た。右の手も左の手も、今は紳士的に柔らかい体を支えている。サイラスは浮ついた心に平静さを呼ぶために、一瞬だけ固く目をつぶった。

己の幸せは、周りの者の協力あってこそ、ある。前代未聞の赤子をパートナーに見定めたクロキリにも、新たな決意をしたスタンとシーギスにも、晴れやかな春を迎えてほしいのだ。

そのために、己はできることをしなければならない。この時期に密猟団などという者達が王城の近くにいたことには、違和感を覚えているのだ。隣国に渡らせたラテルとニコの動向次第だが、何かしらの対応が必要になるだろう。とはいえ、いつでも自分は独りではない。

（家族に縁がなくとも、仲間の縁にはとても恵まれているのだから、私は幸せ者だ……）

しかもこれから先の未来には、家族の縁さえ約束がある。サイラスが素敵な父親になると言い切ったミュリエルは、さらに素敵な母親になるだろう。ただ、その前に素敵な奥さんになることに目を向けてほしいのだが。再び戻ってきてしまった思考に、サイラスはぼんやりと胸に頭を預けているミュリエルを見下ろした。

「春……、春、か……」

独りごちるとサイラスは悩ましく思った。攻めても、踏みとどまっても、難しい道だ。それに今は、どうやってこの可愛《かわい》い婚約者を自分の足で自室に向かわせるかも、問題である。

あとがき

　こんにちは、山田桐子です。性懲りもなく分厚くなりました『聖獣番』九巻、お手に取ってくださった皆様、ありがとうございます。はい、あとがき一ページですよ。

　切りに切って収め、当初よりあった設定を大小合わせてかなり拾えたと思っております、が。その分、いつもの調子で担当編集様にはご迷惑をおかけし、また、大変お仕事のできるまち先生にも己の鈍足を謝り倒すしかなく……。とはいえ、皆様が楽しんでくださったら、私の諸々も許されるのではなかろうか、などと。ミュリエルと特務部隊の面々はそろって仲良しですが、個々でもそれぞれの関係性があるんだなぁなどと感じていただけたら、嬉しいです。組み合わせとしてはアトラとミュリエルが鉄板でも、クロキリとの掛け合いもイイ、なんて。と、こんな感じで訴えたいこと（サイラスのこととか！）いっぱいあるのですが、ページ数の都合上難しそうです。

　というわけで、関わってくださったすべての方と読者の皆様に感謝をして、今巻も締めとさせていただこうと思います。ここまでお付き合いくださり、ありがとうございました。皆様に笑顔をお届けできていたら、私はとても幸せです。

IRIS ICHIJINSHA

引《ひ》きこもり令嬢《れいじょう》は話《はなし》のわかる聖獣番《せいじゅうばん》9

2024年4月1日　初版発行

著　者■山田桐子

発行者■野内雅宏

発行所■株式会社一迅社
〒160-0022
東京都新宿区新宿3-1-13
京王新宿追分ビル5F
電話03-5312-7432（編集）
電話03-5312-6150（販売）

発売元：株式会社講談社
（講談社・一迅社）

印刷所・製本■大日本印刷株式会社

ＤＴＰ■株式会社三協美術

装　幀■世古口敦志（coil）

ISBN978-4-7580-9627-0

この本を読んでのご意見
ご感想などをお寄せください。

おたよりの宛て先

〒160-0022
東京都新宿区新宿3-1-13
京王新宿追分ビル5F
株式会社一迅社　ノベル編集部
山田桐子《やまだとうこ》 先生・まち 先生